Doris K. Neumann

Die ewige Wiese

Teddy´s Geschichten aus dem Regenbogenland

Band 2

AF191148

Das Buch ist für meine Mama, die mich die Liebe zu den Tieren gelehrt hat und die mir im zarten Alter von vier Jahren Lesen und Schreiben beigebracht hat.

Vielen Dank auch an alle Testleserinnen und Testleser.

Vor allem ein dickes Danke an Yvonne Borsien-Gartmann und Andrea Letfus-Kreuz, die zur Titelfindung maßgeblich beigetragen haben.

Doris K. Neumann

Die ewige Wiese

Teddy's neue Geschichten aus dem Regenbogenland

Impressum

Bibliografische Information der Deutschen Nationalbibliothek: Die Deutsche Nationalbibliothek verzeichnet diese Publikation in der Deutschen Nationalbibliografie; detaillierte bibliografische Daten sind im Internet über http://dnb.dnb.de abrufbar.

Die automatisierte Analyse des Werkes, um daraus Informationen insbesondere über Muster, Trends und Korrelationen gemäß §44b UrhG („Text und Data Mining") zu gewinnen, ist untersagt.

© 2024 Doris K. Neumann
Weitere Mitwirkende: Yvonne Borsien-Gartmann und Andrea Letfus-Kreuz (Titel)

Verlag: BoD · Books on Demand GmbH, In de Tarpen 42, 22848 Norderstedt

Druck: Libri Plureos GmbH, Friedensallee 273, 22763 Hamburg

ISBN: 978-3-7693-1453-3

Inhaltsverzeichnis

ARMUT

Hallo ihr lieben Zweibeiner, hier ist wieder euer Teddy.

Heute habe ich keine schöne Geschichte. Es gibt da etwas, was mich schon seit einiger Zeit sehr bedrückt...

Schon seit einer ganzen Weile kommen immer mehr Waisenkinder und Tiere, die alleine und krank sterben mussten, zu uns.

Viele von ihnen hatten Frauchen und Herrchen bei euch auf der Erde. Aber die konnten die Weißkittel, die ihnen hätten helfen können nicht bezahlen.

Im besten Fall haben sie ihre Tiere in das was ihr „Tierheim" nennt, gebracht. Aber dort sehnten sich die Tiere nach ihrem Zuhause und viele starben aus Kummer.

Aber ganz viele wurden einfach weggeworfen. Ausgesetzt. Alleine, weit weg von ihrem Zuhause. Sie fanden nicht mehr nach Hause. Waren es nicht gewöhnt, alleine Fresschen zu suchen. So verhungerten viele. Oder sie waren vorher ihr ganzes Leben lang nur in den Wohnungen ihrer Herrchen und Frauchen und kannten das Leben und vor allem die Gefahren in der sogenannten Freiheit nicht.

Viele von ihnen - Hundis und Katzies – rannten blind über diese „Straßen", weil sie ihr Zuhause suchten. Und wurden von den Autos überfahren.

Oder sie hatten schon eine Krankheit in sich, die nicht geheilt werden konnte, weil so viele der Zweibeiner sich die Behandlung nicht mehr leisten konnten. Aber anstatt sich Hilfe zu suchen und ihre Tiere durch einen Weißkittel heilen zu lassen, haben sie sie einfach ausgesetzt. So hat sich die Krankheit verschlimmert und die Tiere sind ganz alleine elend gestorben.

Wie Kringelchen. Die alte Kätzin, die heute über die Brücke kam und in Zukunft bei uns bleiben wird. Obwohl sie ein Herrchen hatte...doch der hat sie in ihrer Not alleine gelassen.

Wie schon so oft kam Hexe zu mir und wir gingen gemeinsam zur Brücke. Der Regenbogen leuchtete uns schon entgegen und wir stellten uns an den Rand der Treppe um auf unser neues Tierchen zu warten.

Und dann kam sie. Ganz langsam. Sie tastete sich vorwärts. Hexe sprach sie an, doch sie ging an uns vorbei. Sie war taub und blind! Aus ihrem Mund wuchs etwas, was da nicht hingehörte. Sie konnte ihr Mäulchen nicht mehr schließen und aus ihrer Nase lief roter und gelber Schleim. Ihr Fell war vollkommen struppig und mit kahlen Stellen übersät durch die man die Haut sah.

Auf den ersten Blick sah sie uralt aus.

Sie brach am Ende der Brücke einfach zusammen und schlief ein.

Nach langer Zeit wachte sie auf und wie wir alle auf der Wiese war sie wieder vollkommen gesund. Sie konnte sehen und hören und das böse Ding in ihrem Mund war verschwunden. Sie war eine hübsche Tigerin mit einem lustig gekringelten Schwänzchen

Und sie fing an zu erzählen:

„Ich bin Kringelchen. Ich hatte viele Jahre ein schönes Zuhause bei meinem Frauchen und meinem Herrchen. Irgendwann war Herrchen plötzlich jeden Tag zu Hause. Er war immer ein ganz lieber Zweibeiner, aber plötzlich saugte er jeden Tag an komischen Flaschen und wurde immer böser. Und er roch nicht mehr gut. Auch zu Frauchen war er nicht mehr lieb.

Und dann war Frauchen plötzlich verschwunden. Bevor sie ging, nahm sie mich fest in den Arm und versprach mir, dass sie mich „holen" würde, wenn sie eine „Wohnung" gefunden hätte. Dabei machte sie mein Fell ganz nass.

Doch sie kam nicht mehr. Ich war alleine mit Herrchen. Der saugte immer mehr an diesen Flaschen und oft vergaß er, mich zu füttern. Trotzdem glaube ich, dass er mich lieb hatte. Manchmal nahm er mich in den Arm und kuschelte mit mir. Wie früher.

Doch irgendwann merkte ich, dass es mir nicht so gut ging. Irgendetwas wuchs da in meinem Mund. Das Essen fiel mir schwer. Ich versuchte immer mit der Pfote das störende Dings wegzumachen, aber es ging nicht. Außerdem schmerzte mein Auge und ich konnte immer schlechter sehen.

Herrchen bemerkte, dass mit mir etwas nicht in Ordnung war. Er packte mich in das Kästchen mit den Stäbchen und wir gingen zu dem Weißkittel. Ein Brumsdings hatte er nicht mehr.

Der Weißkittel schaute mir ins Mäulchen und seine Pfoten drückten auf mir herum. Dann leuchtete er mir mit einem Stäbchen ins Auge und sagte, dass ich „blind" werden würde.

Er erklärte dann meinem Herrchen, dass er mir helfen könnte und dass ich wieder ganz gesund werden würde. Er müsse mich operieren und dann wäre alles wieder gut. Herrchen fragte, was das „kosten" würde. Der Weisskittel sagte etwas, was ich nicht verstand. Es war kein richtiges Wort. Er nannte es „Preis".

Herrchen legte seinen Kopf in seine Hände und dann sagte er zu dem Weißkittel, dass er sich das nicht leisten könne, weil er alleine und „arbeitslos" sei.

Der Weißkittel empfahl ihm, sich an den „Tierschutzverein" zu wenden und um Hilfe zu bitten. Also packte mich mein Herrchen wieder in mein

Kästchen und wir liefen ganz weit bis zu einem Haus, aus dem ganz viele Hundistimmen herausschallten.

Da kam eine Frau heraus, die nur sagte, dass sie „voll" seien und dass sie keine Katze mehr aufnehmen könnten.

Herrchen nahm mich wieder auf und dann gingen wir zu einem kleinen Häuschen, wo Herrchen sich hinstellte und aus dem Fenster kamen einige dieser Flaschen die er leersaugte.

Dann gingen wir weiter und irgendwann roch es komisch. So wie die Waldbewohner, die an diesem „Weihnachten" immer in der Höhle wohnten.

Da stellte Herrchen mein Kästchen einfach auf den Boden und ging weg. Er sagte nur noch: „Tut mir leid Kumpel, ich kann es mir nicht leisten. Mach`s gut!"

Ich hatte Angst! Ich hatte Hunger und Durst! Und ich hatte Schmerzen. Schlimme Schmerzen. Und auf dem einen Auge konnte ich nichts mehr sehen. Das andere Auge war auch nicht mehr so gut.

Irgendwie versuchte ich aus dem Kasten zu kommen. Ich warf mich herum, immer wieder und wieder. Und irgendwann gingen die Stäbchen auf und ich konnte fliehen.

Um mich herum waren nur Waldbewohner, die ihr Zweibeiner „Bäume" nennt. Ich irrte umher und suchte mein Herrchen und mein Zuhause. Aber ich fand nichts von beiden. Alles war fremd. Und meine Schmerzen wurden immer schlimmer.

Ich schleckte Wasser aus Pfützen und versuchte Flitzies gegen den Hunger zu fangen. Aber ich sah immer schlechter und so entkamen mir die meisten. So knabberte ich an Gras und Sträuchern, aber satt wurde ich davon nicht.

Irgendwann kam ich an einen Platz, an dem es nach Fresschen roch. Mittlerweile konnte ich fast gar nichts mehr sehen und es war merkwürdig still um mich geworden.

Aber das Fresschen konnte ich riechen. Ich schlich mich heran und sah in meinem Nebel vor den Augen eine Zweibeinerin, die viele Steinchen mit Fresschen füllte. Ich schlich mich heran. Und dann spürte ich plötzlich eine Zweibeinerpfote. Die strich ganz zart über mein Fell und nahm mich hoch.

Ihre Stimme hörte ich nur ganz von Ferne. Warum nur, ich war doch direkt auf ihrem Arm...

Sie sagte: „Wir bringen Dich jetzt zum Arzt, da wird Dir geholfen..."

Dann kam ich wieder in ein Kästchen und wurde in einen Raum, in dem es nach Weißkittel roch, gebracht. Es wurde wieder an mir herumgedrückt und schließlich sagte eine ganz leise Stimme: „Wir müssen ihn erlösen!"

Und jetzt bin ich hier."

Wir waren beide sehr traurig, denn solche oder ähnliche Geschichten mussten wir und auch die Freunde aus anderen Gruppen in der letzten Zeit immer häufiger hören.

Was war denn nur auf der Erde los?

Denkt ihr nicht daran, wenn ihr ein Tier zu euch holt, dass es auch einmal krank oder alt wird? Dass es dann zum Weißkittel muss? Dass es dann besonders eure Liebe braucht?

Das es dann etwas von dem, was euch anscheinend am Wichtigsten ist, braucht? Was das ist? Offenbar euer GELD! Ich weiß nicht was das ist, aber es muss unglaublich wichtig sein!

Aber es gibt offenbar auch immer mehr Zweibeiner, die es sich nicht mehr leisten können, ihre Tiere von Weißkitteln gesund machen zu lassen. Viele von ihnen sind schon alt und haben ihre Tiere schon sehr lange. Sie kaufen sich selbst nur das allernötigste um ihren geliebten Tieren ein schönes Leben bieten zu können.

Irgendwann werden sie voneinander getrennt, weil die Zweibeiner aus ihrer Wohnung in „Pflegeheime" - das hört sich schlimm an – gebracht werden. Die Tiere kommen oft ins Tierheim, weil sie dort nicht mitdürfen. Sowohl die alten Zweibeiner, die ihre Tiere so sehr lieben, als auch die – meist alten – Tiere zerbrechen daran, wenn sie getrennt werden. Warum dürfen sie nicht zusammen bleiben?

Hier bei uns geht es allen wieder gut. Wenn die Frauchen und Herrchen über die Brücke gehen, dann bringen wir und unsere Freunde aus den anderen Gruppen sie wieder zusammen und sie gehen gemeinsam zur ewigen Wiese

Aber könnten sie das nicht schon auf der Erde bis zum Ende sein?

Euer nachdenklicher und ziemlich trauriger Teddy

MUTTERTAG

Hallo hier ist euer Teddy, der heute etwas verwundert ist.

Am Sonntag kam meine Hexe mit allen Freunden zu mir und sagte, dass ich mitkommen solle. Ich fragte sie, wo es hingehen würde und sie erklärte, dass wir Oma-Frauchen besuchen wollen.

Wir? Ich auch? Ostern war doch erst und auch wenn wir hier bei uns keine Zeit kennen und den ewigen Moment leben, so ist es doch noch nicht Weihnachten.Und nur an diesen beiden besonderen Tagen darf auch ich über die geheime Brücke auf die ewige Wiese um Oma-Frauchen zu besuchen.

Also trottelte ich etwas lustlos neben meiner Hexe her und war fest davon überzeugt, dass ich wieder einmal auf der Wiese vor der kleinen geheimen Brücke bleiben musste um auf die Rückkehr der anderen zu warten.

Hexe bemerkte meine Ratlosigkeit und lächelte leise. Dann fing sie an zu sprechen: „Weißt Du Teddy, die Zweibeiner haben außer unseren beiden besonderen Tagen noch einen Tag, den sie den Müttern gewidmet haben, den Muttertag. An diesem Tag besuchen sie ihre Mütter und bringen ihnen Blümis und Geschenke. Sie backen Kuchen und laden sie zum Essen ein. Und dieser Tag ist heute. Deshalb besuchen wir Oma-Frauchen, weil sie ja keinen Besuch von ihrer Tochter – unserem Frauchen Doris – bekommen kann. Und an diesem besonderen Tag darfst auch Du sie besuchen, obwohl Du sie ja zu ihren Lebzeiten nicht gekannt hast. Aber sie hat Dich in ihr Herz geschlossen und deshalb ist die Brücke zur ewigen Wiese heute auch für Dich geöffnet."

Das freute mich sehr, denn auch ich hatte Oma-Frauchen lieb gewonnen und freute mich darauf, sie wiederzusehen. Aber trotzdem war ich immer noch etwas ratlos und fragte Hexe: „Warum brauchen die Zweibeiner einen besonderen Tag um ihre Mamas zu ehren? Um ihnen Geschenke zu bringen und arme Blümis zu töten? Oder Kuchen zu backen und die Mamas zum Essen einzuladen? Und vor allem: Um sie zu besuchen? Die Mama ist doch nicht nur an diesem Tag ihre Mama. Sondern immer! Jeden Tag, nicht nur an diesem „Muttertag"! Was machen denn die Zweibeiner an den anderen Tagen mit ihren Mamas? Besuchen sie sie nicht? Das verstehe ich nicht!"

Hexe schaute nachdenklich und sagte, dass ich meine Frage am besten später dem Oma-Frauchen stellen solle. Die war sehr weise und wusste bestimmt eine Antwort darauf. Damit gab ich mich zufrieden und freute mich nun darauf, die Mama unseres Frauchens wiederzusehen.

Da waren wir auch schon auf der Wiese vor der kleinen Holzbrücke angekommen und sahen auf der anderen Seite schon Oma-Frauchen auf der ewigen Wiese inmitten der schönsten Blümis auf ihrer Bank sitzen. Auf ihren Schoß saß ihre geliebte Katze Minka und dicht neben ihr kuschelte sich die kleine Madeleine mit ihrer Joie – unserem kleinen Bunti – an sie. Die beiden schienen sich sehr zu freuen und winkten uns fröhlich zu.

So gingen wir über die kleine Holzbrücke. Ich ließ die anderen vorgehen, so ganz traute ich mich doch noch nicht. Zu groß war die Angst, wieder gegen die unsichtbare Mauer zu stoßen und enttäuscht zu werden. Aber dann machte ich vorsichtige Schritte auf die Brücke und – die unsichtbare Mauer war weg!

So hüpfte ich den anderen hinterher und war auch ganz schnell bei der Bank um Oma-Frauchen mit Minka und die kleine Madeleine mit Joie – meinem ehemaligen kleinen Schützling – zu begrüßen. Es war ein fröhliches Wiedersehen und Oma-Frauchen knuddelte und herzte jeden von uns ausgiebig. Am meisten freute sie sich aber, Wutti und Wutz wiederzusehen. Die beiden hatte sie zuletzt gesehen, als unser Frauchen noch ein kleines Mädchen war. Die beiden pfiffen wie verrückt und konnten sich vor Freude gar nicht mehr einkriegen.

Da sahen wir von Weitem Ziemzer und unsere liebe Buffy mit ihrem Herrchen herankommen. Herrchen nahm Oma-Frauchen in die Arme und kam zu jedem von uns und knuddelte jeden herzlich. Dann setzte er sich zu Oma-Frauchen und Madeleine auf die Bank und Buffy und Ziemzer kamen zu uns und wir alle freuten uns, einmal wieder zusammenzusein.

Nun, wo die große Begrüßung vorbei war, traute ich mich unserem Oma-Frauchen die Fragen zu stellen, auf die mir Hexe keine Antwort geben konnte.

Da wurde die Mama unseres Frauchens sehr nachdenklich. Sie schaute einen Moment in die Ferne und dann begann sie zu sprechen:

„Mein lieber Teddy, Du hast die richtigen Fragen gestellt! Warum müssen wir Menschen einen „Muttertag" feiern? Ich hatte das Glück, keinen Muttertag zu brauchen. Meine Kinder – Harald und Doris – waren immer für mich da. Wir hatten immer ein sehr enges Verhältnis und viel Spaß miteinander. Aber auch in schweren Zeiten waren wir immer füreinander da. Und wir hatten viele schwere Zeiten in denen nicht alles eitel Sonnenschein war. Aber auch da hielten wir immer fest zusammen.

Die beiden waren nicht nur für mich sondern auch füreinander da. Wenn wir uns nicht sehen konnten, haben wir miteinander telefoniert. Als mein Mann nicht mehr bei mir sein wollte, hat mein Sohn Harald mir geholfen, nicht zugrunde zu gehen und mich gezwungen, wieder Nahrung zu mir zu nehmen. Doris hatte in der selben Zeit die selbe Erfahrung wie ich mit ihrem Mann Hans machen müssen."

Dabei warf sie einen Blick auf das Herrchen von Ziemzer und Buffy, der beschämt seinen Blick senkte.

Dann erzählte sie weiter: „Doris hat in dieser schweren Zeit mit Dir liebe Hexe bei mir gewohnt und wir haben uns gegenseitig wieder aufgerichtet. Jeden Sonntag haben wir zu dritt gemeinsam gegessen und wir waren ein tolles Team.

Wir brauchten keinen Muttertag!

Aber viele Menschen benutzen diesen Muttertag als Alibi. Ihre Mütter sitzen das ganze Jahr alleine in ihren Wohnungen oder - was noch viel schlimmer ist – alleine in Altenheimen und warten. Warten auf ihr Kinder, die sie großgezogen haben. Die sie lieben.

Und sie finden ganz viele Entschuldigungen dafür, dass ihre Kinder sie nicht besuchen. Zu allererst: Keine Zeit! Dann: Der Job, die Entfernung, kein Geld für das Benzin, schlechtes Wetter, Schweissfüsse – Mütter finden immer eine Entschuldigung!

Und dann – am Muttertag – kommen sie. In Scharen! Mit Riesenblumensträußen. Pralinen, sie wissen nicht einmal, dass ihre Mama die nicht essen dürfen (das Pflegepersonal freut sich!). Dann zerren sie ihre Mama in ein überfülltes Lokal und anschließend setzen sie ihre Mama wieder ab und verschwinden. Bis zum nächsten Muttertag...!"

Oma-Frauchen hatte mir eine Antwort gegeben und ich fand das sehr traurig. Doch nach einem Moment erhob sie noch einmal ihre Stimme:

„Ich will euch einmal ein Beispiel für „Muttertag" geben! Doris hat nach ihrer Trennung lange Zeit mit einem sehr lieben Mann in Krefeld gewohnt. Für mich war das sehr schlimm, weil wir noch nie so weit voneinander gewohnt hatten. Auch wenn wir jeden Tag miteinander telefonierten oder uns besuchten, sie war sehr weit weg.

Besonders schlimm war es, als sie fast ein Jahr weg war und die Weihnachtszeit bevorstand. Die schönste und emotionalste Zeit des Jahres. In dieser Zeit waren wir oft unterwegs um Weihnachtsgeschenke zu suchen. Oder wir haben Plätzchen gebacken, auch für die Fellnasen. Oder wir haben die Wohnungen dekoriert. Da hat sie mir sehr gefehlt.

Wir hatten auch immer einen Adventskalender und machten jeden Tag gemeinsam das Türchen auf. Das ging nun alles nicht mehr und machte mich traurig. Aber ich hätte niemals meiner Doris diesen Kummer erzählt. Ich wollte, dass sie auch dort im weit entfernten Krefeld glücklich war.

Es war der 30.November des zweiten Jahres von Doris Umzug nach Krefeld. Da klingelte es bei mir an der Tür. Ich ging an die Sprechanlage und fragte, wer da sei.

Die Antwort war „ein Päckchen für sie." Ich sagte dem Postboten, dass er es unten hinlegen sollte. Ich wohnte in der ersten Etage und wunderte mich, als der Postbote sagte, dass er es lieber hochbringen würde. Und da kam er. Mit einem Riesenpaket. Schnaufend! Schwitzend!

Das musste ein Irrtum sein! Ich hatte nichts bestellt! Da wollte mich bestimmt jemand betrügen. Es tat mir leid, aber das Ding musste er wieder mitnehmen! Man hörte ja soviel Böses!

Der Postbote wuchtete das Paket wieder hoch, da fiel mein Blick auf den Absender: Meine Tochter Doris! Ich schrie auf und vor Schreck lies der Postbote das Paket fallen. Es schepperte ziemlich und er erschrak.

Ich gab ihm ein Trinkgeld und er brachte das Paket in mein Wohnzimmer.

Da rief ich Doris an und wollte wissen, was das sollte. Sie war in der Arbeit und sagte nur: „Schau einfach mal rein."

So holte ich meine Schere und öffnete das Paket. Darin waren ganz viele Päckchen. Große, kleine, ganz kleine. Und alle waren wunderschön eingepackt und auf alle war eine Zahl geklebt. Ich holte sie alle heraus und dann zählte ich sie durch. Es waren 24.

Es war ein Adventskalender!

Am Abend rief ich Doris an und sie sagte mir, dass sie das ganze Jahr diesen Adventskalender zusammengetragen hatte. Immer, wenn sie etwas sah, von dem sie dachte, dass es mir gefallen könnte, hat sie es gekauft. Das Päckchen mit der 24 war das Weihnachtsgeschenk und das würden wir gemeinsam öffnen. Das hatte sie bereits im Februar gefunden.

Für mich wurden die nächsten 23 Tage ein festes Ritual. Jeden Morgen nach dem Frühstück öffnete ich mein Päckchen. Und es war immer etwas wunderschönes darin. Aber vor allem war eines darin: Liebe!

Und dieses Ritual wiederholte sich 10 Jahre lang."

Oma-Frauchen hatte mir meine Fragen beantwortet. Aber trotzdem machte mich die Antwort ein wenig traurig.

Sie hatte Glück, dass sie eigentlich keinen „Muttertag" brauchte. Dass ihre Kinder immer an ihrer Seite waren.

Ihr lieben Zweibeiner, die meisten von euch werden auch keinen Muttertag brauchen um euren Mamas zu zeigen, dass ihr sie liebt. Für die anderen, die angeblich keine Zeit haben...denkt daran, dass eure Mama eines Tages – und das kann sehr plötzlich sein – nicht mehr da ist. Und das ist endgültig.

Euer Teddy

STRUPPI UND DIE WALDBEWOHNER

Hallo, hier ist wieder euer Teddy.

Wir waren immer noch bei Oma-Frauchen zu Besuch auf der ewigen Wiese weil ja Muttertag war und wir sonst nicht so oft hierherkommen durften.

Oma Frauchen hat mir meine Fragen beantwortet und uns eine schöne Geschichte von Frauchen erzählt. Nun saßen wir alle noch beisammen und genossen gemeinsam diesen schönen Tag.

Plötzlich kam etwas durch das hohe Gras und die schönen Blümis gerast. Wutti und Wutz, die beiden Meerschweinchen sprangen laut pfeifend auseinander und Hanibal machte einen Riesenbuckel und stellte sich zum Angriff auf. Und da kam auch schon etwas durch die Luft geflogen und landete auf Oma-Frauchens Schoß. Die fing laut an zu lachen und sagte nur: „Struppi, mein kleiner Bengel!"

Aha, wieder einmal der bekloppte Dackel. Der immer durch die Gegend raste, der vor Übermut nur so sprühte und der uns schon ab und an in den Wahnsinn trieb. Aber eigentlich war er ja ganz lieb. Er konnte nur nicht begreifen, dass hier bei uns kein Tier gejagt werden durfte. Auch nicht aus Spaß. Aber er behauptete immer, dass er nur spielen wollte. Und davon ließ er sich auch nicht abbringen!

Nun saß er bei Oma-Frauchen auf dem Schoß, Minka war vor Schreck hinuntergefallen und legte sich nun beleidigt zu Madeleine und Joie.

Oma-Frauchen krabbelte dem frechen Dackel das Fell und der schien das sehr zu genießen. Sie erzählte, dass sie Struppi schon als winzigen Welpen kennengelernt hatte und dass ihr am meisten gefallen hatte, dass dieser winzige Kerl vor nichts und niemandem Angst hatte. Sie beschrieb es als „kein gesundes Selbstbewusstsein, sondern eine grenzenlose Selbstüberschätzung – Rauhaardackel eben!"

Dackel hatte sich nun zusammengerollt und machte keinerlei Anstalten seinen Platz zu verlassen.

Da fing Oma-Frauchen an zu erzählen:

„Es gab eine Zeit in meinem Leben, da war ich sehr, sehr krank. Ich musste von heute auf morgen meine Familie verlassen und wurde in eine Klinik im Taunus gebracht. Ich durfte fast ein halbes Jahr keinen Besuch empfangen, weil meine Krankheit sehr ansteckend war. Auch meine Familie durfte mich nicht besuchen. Das war eine ganz schlimme Zeit. Damals gab es noch keine Handys und in dem Krankenhaus gab es nur zwei öffentliche Telefonzellen die von allen Bewohnern unserer „Hustenburg" - so nannten wir die Klinik – benutzt wurden.

So konnten wir auch nur ganz wenig telefonieren, weil das öffentliche Telefon eigentlich immer besetzt war.

Nach einem halben Jahr durfte ich endlich den ersten Besuch bekommen und meine ganze Familie samt Schwiegersohn kam angefahren und es war eine riesengroße Wiedersehensfreude. Nun war die Aussicht ja auch da, dass ich wieder ganz gesund werden würde und in einer gewissen Zeit wieder nach Hause dürfte.

Nachdem wir uns ausgiebig begrüßt hatten, sagte Doris, dass wir nun noch ein neues Familienmitglied begrüßen müssten. Mir kam sofort der Gedanke: Ich werde Oma!!! und eine große Freude erfüllte mich.

Wir gingen aus der Klinik heraus auf den Parkplatz zu Doris´ Auto. Hä? Na ja, vielleicht war ja das Ultraschallbild im Auto...

Dann öffnete Doris die Autotür und heraus kam ein geölter Blitz. Struppi! Sofort kam er zu mir gerannt und sprang aus vollem Lauf in meinen Arm. Und in mein Herz! Ok, mein Enkel hatte Fell!

Er war damals 6 Monate alt und ein richtiger kleiner Bengel. Er zog an der Leine, als wäre er eine Dogge. Und wenn man ihn rief und sagte „kommst Du oder nicht?" Dann kam er oder nicht. Ganz einfach, er machte was er wollte!

Wir gingen nun spazieren, um unsere „Hustenburg" war ja nur Wald und ich musste ja auch noch ganz viel an die frische Luft.

Meine liebe Familie kam nun jedes Wochenende mit Struppi und wir gingen ganz viel im Wald spazieren. Der kleine Bengel schien diesen Wald zu lieben, ständig war seine Nase am Boden und es war gut, dass er an der Leine war.

Dann kam die schöne Nachricht, dass ich in der nächsten Woche nach Hause dürfte. Da war ich fast neun Monate in der Klinik. Nun kam meine Familie ein letztes Mal zu Besuch und in der Woche darauf durfte ich endlich wieder zu Hause.

Wir gingen mit Struppi in den Wald. Und er tat so, als wäre er der liebste Hund der Welt. Er lief brav bei Fuß. Wenn wir Rast machten, legte er sich sofort ab. Und so waren wir einen Moment nicht aufmerksam. Wir saßen auf einer Bank und ruhten uns aus. Da fragte plötzlich Doris „Wo ist Struppi?" Wir schauten auf die Leine und daran hing nur noch das leere Halsband.

Und der Hund war weg!

So mein kleiner Bengel, und jetzt erzählst Du weiter!"

Und so setzte sich der Dackel hin und fing an zu erzählen:

„Ich war noch nicht lange bei Herrchen und Frauchen, da haben wir ganz oft die Mama von meinem Frauchen mitten im Wald besucht. Sie wohnte da in einer großen Höhle und freute sich immer ganz doll, wenn wir kamen. Wir liefen dann immer ganz lange durch ein tolles Gebiet, dass die Zweibeiner „Wald" nannten. Und da roch es so gut. Nach Sachen, die ich nicht kannte. Die ich aber eigentlich sehr gerne kennenlernen wollte.

Aber ich hatte ja dieses komische Band um den Hals an dem eine Schnur hing, an der ich Frauchen spazierenführte.

Bei unserem letzten Spaziergang bemerkte ich, dass die Zweibeiner ganz aufgeregt waren und dauernd von „Heimkommen" und „Freude" und „Gesund" sprachen. Und gar nicht auf mich aufpassten.

Und so nutzte ich meine Chance. Als wir wieder bei einer Bank anhielten und die Zweibeiner sich quasselnd hinsetzten, nutzte ich die Chance und zog ganz langsam meinen Kopf aus diesem Band.

Und war frei!

Ich schlich mich langsam von der Bank weg und dann war ich plötzlich in einer neuen Welt. Alles roch so gut. Und alles sah ganz fremd aus. Da wo wir wohnten, waren ganz viele Brumsdingse und alles war platt und der Boden war ganz hart. Am Rand von dem harten Boden war manchmal so ein wenig Kitzelgras, aber das roch bei Weitem nicht so gut wie das hier.

Hier war der Boden weich und überall wuchsen Sachen, die ich nicht kannte. Und ganz große Waldbewohner wuchsen in den Himmel. Es war toll! Das würde ich mir alles noch viel genauer ansehen!

Plötzlich hörte ich von ganz weitem meinen Namen! Es war Frauchen´s Stimme. Ok, sie war noch da! Sie würde sicher auf mich warten, also konnte ich mich auch noch weiter hier umsehen.

So schlich ich noch weiter durch das grüne, weiche Durcheinander und plötzlich hatte ich um mein Schnäuzchen ganz viel klebriges Zeug und auf meiner Nasenspitze krabbelte ein komisches Tier. Ein Schleck und es war in meinem Mund. Aber es schmeckte nicht so sehr gut.

So langsam wurde es finster und ich kam auf eine große Wiese mit Kitzelgras. Da standen ganz viele riesengroße Tiere. Einige hatten große Stöcke auf dem Kopf. Die anderen hatten ihre Kinder dabei und alle aßen ganz friedlich ihr Gras. Trotzdem machte ich einen großen Bogen und tauchte wieder in das, was die Zweibeiner „Wald" nannten, ein.

Ich beschloss nun, nach Frauchen zu sehen und ging zurück zur Bank. Da saß Frauchen und irgendwie schien sie auf etwas zu warten. Die anderen waren alle weg. Aber sie hatte etwas zu essen und ihr Trinkflasche dabei. Und für mich stand ein Steinchen mit Leckerlies da.

Ok, alles in Ordnung, ich konnte weiter auf Streifgang gehen! Mein Steinchen würde ich später leeressen.

So ging ich wieder in den Wald, es gab noch viel zu entdecken!

Auf meinem Streifzug entdeckte ich plötzlich ein Loch im Boden. Mein Instinkt sagte mir, dass ich da hinein musste!

Es war ein sehr langer und schmaler Gang. Ich schlich hinein und immer tiefer in den Gang hinein. Es war stockdunkel und meine Nase sagte mir, dass ich nicht alleine war. Ganz leise schlich ich voran und plötzlich hörte ich ein Rascheln vor mir.

Aber ich krabbelte weiter und da war plötzlich eine kleine Höhle und es lagen kleine Würmelies drin. Aha, Abendessen! Ich wollte mir gerade eines nehmen, da hörte ich hinter mir ein ziemlich böses Fauchen. Ich versuchte mich herumzudrehen, aber es war sehr eng, so dass ich es nicht beim ersten mal schaffte. Aber da spürte ich schon den ersten Schmerz, das Fauchvieh hatte mich in mein Bein gebissen. Und schon konnte ich mich herumdrehen und mich wehren.

Ich schaute in gelbe Augen und eine spitze Schnauze. Und die Schnauze fauchte böse. Aber ich wehrte mich und biss in diese Schnauze. Und das ganz fest. Das Fauchtier kam irgendwie an mir vorbei und stellte sich vor den Würmelies auf.

Langsam zog ich mich böse knurrend aus dem Loch zurück. Aber nun hatte ich auch eigentlich genug Abenteuer für heute und wollte zu meinem Frauchen zurück.

So ging ich durch den Wald zurück zu der Bank, wo Frauchen auf mich wartete. Und richtig – sie saß noch auf der Bank und machte ihre lustigen Grunzgeräusche! Und mein volles Steinchen war auch noch da!

Als ich gerade dabei war, mein Steinchen leerzuessen, hörten die Grunzgeräusche auf und Frauchen schnappte mich von meinen Steinchen weg. He- ich hatte doch noch Hunger!

Aber sie drückte mich ganz feste, ich bekam kaum noch Luft! Und ihre Augen machten mein Fell ganz nass. Was war denn mit ihr los?

Es war leider der letzte Ausflug, den ich so ganz ohne die Schnur machen durfte. Ab da hatte ich so ein Zeugs um meine Brust, aus dem ich nicht mehr ausbüxen konnte."

Nun war es schon spät und der „Muttertag" war vorüber. Wir gingen wieder alle gemeinsam über die geheime Brücke auf unsere Wiese und freuten uns auf unser nächstes Wiedersehen und viele neue Geschichten.

Liebe Grüße euer Teddy

DIE KLEINE MAMA

Hallo liebe Freunde, hier ist wieder euer Teddy.

Heute wurden Hexe und ich wieder einmal zur Brücke gerufen. Wie immer wussten wir nicht, was auf uns zukommen würde. So setzten wir uns an unser Ende der Brücke und warteten.

Nach einiger Zeit sahen wir unseren Neuankömmling. Es war eine kleine Tigerkätzin die eigentlich nur aus einem riesengroßen Bauch bestand. Sie war ganz offenbar trächtig und die Geburt stand ganz kurz bevor. Ganz langsam schlich sie über die Brücke und musste sich immer wieder hinlegen.

Als sie endlich bei uns angekommen war, legte sie sich auf das Gras und schlief sofort ein. Das machen alle unsere „Neuen" wenn sie hier ankommen. In dem Schlaf legen sie ihre Schmerzen, ihre körperlichen und seelischen Wunden ab und werden auf ihr neues Dasein auf der Wiese vorbereitet.

Hexe betrachtete die kleine Tigerin und ihren Bauch. Sie sagte zu mir, dass sich eigentlich die Kleinen in dem Bauch bewegen mussten. Aber da war nichts. Die Kleinen waren offenbar mit ihrer Mama gestorben.

Das hatten wir noch nie. Wir wussten nicht, was mit den Babys passieren würde wenn ihre Mama wach würde. Würden sie einfach verschwinden? Oder würde die Mama vielleicht nicht mehr aufwachen? Wir konnten nur abwarten...

Nach einer Weile – ihr wisst ja, dass wir hier keine „Zeit" kennen – wachte die Mama auf und in diesem Moment begann sich ihr Bauch zu bewegen. Sie legte sich auf die Seite und kurz darauf kam das erste Baby aus ihr heraus. Es ging ganz schnell und die Mama-Katze schien keine Schmerzen zu haben. Sie drehte sich zu ihrem Kleinen herum und schleckte es sauber. Dann ging alles ganz schnell. Hintereinander kamen noch fünf Babys aus ihrer Mama heraus und sie kümmerte sich vorbildlich und die Kleinen. Sie legte die Winzlinge an ihre Zitzen und schien unendlich glücklich zu sein. Die fiepten, tranken ihre erste Nahrung bei Mama und schliefen dann ein.

Da erst bemerkte sie Hexe und mich. Ganz verwundert schaute sie uns an und fragte, wo sie denn sei. Das letzte an das sie sich erinnern konnte, war, dass es ihr gar nicht gut ging und dass sich das erste Mal in ihrem Leben freundliche Zweibeiner um sie kümmerten. Sie spürte zarte Berührungen und dann hörte sie nur noch „sie ist gegangen und die Kleinen sind mit ihrer Mama gegangen..." und dann sah sie den Regenbogen und etwas rief sie über die Brücke.

Wir fragten, wie denn ihr Name sei und ob sie Frauchen oder Herrchen auf der Erde hatte. Sie wusste nicht, was ein „Name" sei und so erklärten wir ihr, dass sie damit von Frauchen oder Herrchen gerufen worden sei. Sie überlegte kurz und dann sagte sie, dass sie zusammen mit einem Kater bei Zweibeinern gewohnt hätten. Sie wurde von den beiden „Scheisskatze" und der Kater „Mistvieh" genannt. Das waren dann wohl ihre Namen.

Wir erklärten ihr, dass das keine richtigen Namen seien. Hier bei uns sollte sie nun einen schönen Namen bekommen und für ihre Babys mussten wir ja auch noch schöne Namen finden. Sie schaute sich um und sah die vielen Blümis um uns herum. Gedankenverloren sagte sie, dass sie gerne so wie die bunten Dingsens heißen möchte. So beschlossen wir, dass sie den Namen „Blümchen" tragen sollte. Das gefiel ihr sehr gut. Um die Namen der Kleinen wollten wir uns später kümmern.

Die Kleinen schliefen immer noch und so konnten wir noch nicht zu unserer Gruppe zurückgehen. Also fragten wir unser Blümchen wo sie denn hergekommen sei und was sie so früh – denn sie war noch sehr jung – zu uns gebracht hatte.

Sie überlegte kurz, schleckte über ihre schlafenden Jungen und fing dann an zu erzählen:

„Schon als kleine Kitten kamen mein Bruder und ich von unserer Mama weg und wurden zu den beiden Zweibeinern gebracht. Anfangs waren die noch ganz lieb zu uns und wir bekamen auch regelmäßig Fresschen. Wir hatten gemeinsam nur ein Klöchen und da war oft ganz viel Pipi und Kacka drin. Das hat gar nicht gut gerochen.

Als mein Brüderchen das erste Mal kein sauberes Fleckchen mehr in dem Klöchen gefunden hatte und vor das Klöchen sein Pipi gemacht hatte, kam der Zweibeinerkater und nahm mein Brüderchen im Genick und tunkte sein Gesicht in das Pipi und schrie ihn dabei an. Brüderchen bekam ganz viel Angst und versteckte sich. Er traute sich dann nicht mehr in das Klöchen und machte sein Geschäft ab da in irgendwelche Ecken. Ab da wurde es noch viel Schlimmer! Kater wurde nur noch beschimpft und der Zweibeiner schlug ihn und schmiss ihn auch oft durch die Höhle.

Das Klöchen wurde nun noch weniger saubergemacht und ich machte dann auch mein Geschäft irgendwo in der Höhle. Dann wurde ich auch gehauen und mit dem Gesicht durch mein großes und kleines Geschäft geschmiert. Das war so eklig!

Nach einer Zeit wurden wir auf einen kleinen Kasten ohne Deckel vor der Höhle gesperrt. Und da mussten wir ganz lange wohnen. Es gab ein kleines Klöchen, das immer schmutzig war. Fresschen und Trinken war nicht immer da. Ab und zu bekamen wir einen Napf voll Futter, der dann aber auch für uns beide lange ausreichen musste. Wir hatten viel Hunger und oft kam Wasser von oben und wir konnten uns nirgends verstecken. So kuschelten wir uns zusammen und warteten, dass wir wieder in die Höhle durften. Aber wir konnten zwar in die Höhle hineinschauen und sahen, dass die beiden Zweibeiner auf ihrem Sitzkasten sassen. Sie hatten nun ein neues Tier bei sich sitzen, das von den beiden gekuschelt und mit Leckerlies gefüttert wurde.

Dann kam der Tag, an dem es mir ganz komisch war. Es zwickte und zwackte und mein Brüderchen roch plötzlich ganz anders für mich. Irgendwie – gut...: Ich rollte mich auf dem schmutzigen Boden hin und her und mein Brüderchen machte plötzlich Sachen mit mir, die mir nicht gefielen. Das tat mir so weh. Aber irgendwann war das auch vorbei und wir kuschelten wieder zusammen.

Aber irgendwas war merkwürdig. Ich spürte, dass da irgendetwas in mir anders war. Irgendetwas – wuchs in mir. Was war denn das? Ich hatte auch viel mehr Hunger und es störte mich plötzlich, wenn mein Brüderchen mit mir kuscheln wollte. Mein Bauchi wurde immer dicker, obwohl wir doch fast nichts zum Essen bekamen.

Nach einiger Zeit wurde mein Brüderchen immer stiller und schlief ganz viel. Ich merkte auch, dass mit mir irgendetwas nicht in Ordnung war. Ich wurde immer schwächer und mir war schrecklich heiß. Und das Gezappel in meinem Bauch, was ich in der letzten Zeit immer gespürt hatte, wurde immer weniger. Ich hatte auch gar keinen Hunger mehr. Wollte nur noch schlafen.

Brüderchen war nun ganz still geworden und ich stupste ihn an, aber er reagierte nicht. Da ging plötzlich die durchsichtige Wand zu der Höhle auf und der Zweibeiner schaute sie Brüderchen an und sagte „das Mistvieh ist verreckt, aber die Scheisskatze lebt noch. Wir bringen die ins Tierheim, sollen die doch sehen, wie sie die durchbringen!"

So stopften sie Brüderchen und mich in einen kleinen Kasten mit Stäbchen davor und dann rumpelten sie mit ihrem Brumsdings eine Weile herum. Dann war plötzlich Ruhe und der Kasten wurde irgendwo hingestellt.

Brüderchen lag neben mir und ich spürte, dass er nicht mehr bei mir war. Ich war auch ganz schwach und das Zappeln in mir hatte ganz aufgehört. So schlief ich auch ein.

Ich wachte auf, als der Kasten wackelte und Stäbchen sich öffneten. Irgendetwas hob mich heraus und ich hörte von ganz weit weg eine ganz liebe Stimme. „Dem kleinen Kater können wir nicht mehr helfen, aber vielleicht ist die Kleine noch zu retten. Sie ist schwanger, aber ich spüre die Babys nicht." Dabei streichelte die Zweibeinerin mich und irgendetwas machte mein Fell ganz nass. Aber ich hatte keine Angst und fühlte mich geborgen.

Und dann sah ich den Regenbogen...!"

Die Kleinen waren nun wach und nun mussten wir sehen, wie wir die kleine Familie zu unserer Gruppe bekommen. Da tauchten Hanibal und Schildie auf. Irgendetwas hatte ihnen gesagt, dass wir Hilfe brauchen. Aber so ist das hier. Es braucht keine Worte...

Gemeinsam nahmen jeder von uns ein Kleines im Genick und trugen sie zu unserer Gruppe. Da angekommen, legte sich Blümchen sofort wieder auf die Seite und die Babys kuschelten sich an die Zitzen und tranken. Alles schien nun in Ordnung zu sein.

Aber Blümchen schien unruhig zu sein. Dauernd hob sie ihr Köpfchen und schnupperte. Dann sprang sie plötzlich auf und schaute sich um. Wir schauten auch, aber da war nichts!

Doch in einiger Entfernung sahen wir einen Kater sitzen. Ein Tiger. Und er schaute zu uns herüber. Und Blümchen schaute zu ihm. Dann lief sie zu ihm und schnupperte an ihm. Und dann brachte sie ihn zu uns.

Es war ihr Brüderchen!

Er sollte nun auch einen richtigen Namen bekommen. Blümchen meinte, dass Rainbow doch schön sei und er fand das auch. So war das beschlossen.

Nun hatten wir auf einen Schlag sieben neue Mitglieder in unserer Gruppe. Aber es würde wahrscheinlich so sein, dass Rainbow und Blümchen mit den Kleinen in absehbarer Zeit eine eigene Gruppe gründen würden.

Aber bis dahin waren sie ein Teil von uns!

Gute Nacht, euer Teddy

M U S C I

Hallo meine Lieben Zweibeinerinnen und Zweibeiner.

Heute komme ich mit einer ungewöhnlichen Geschichte zu euch. Dazu muss ich euch zuerst etwas erzählen:

Frauchen und ich freuen uns immer sehr, dass mittlerweile so viele von euch meine Geschichten mögen. Jedes Mal, wenn ich Frauchen eine neue Geschichte erzählt habe und sie die für euch getippselt hat, schreiben viele von euch ganz liebe Worte unter die Geschichte. Viele fühlen sich an ihre Tiere erinnert und oft soll ich Grüße ausrichten.

Woher ich das weis? Wenn Frauchen eure lieben Worte liest, spricht sie immer mit mir. Und oft besuche ich sie dann und schaue ihr über die Schulter. Sie scheint das zu bemerken und liest mir dann eure Worte vor. Das sind immer ganz besondere Momente.

Aber dann kam dieser Tag, an dem Frauchen die – wie sie sagt – Kommentare las und sie ganz still wurde. Ich spürte hier oben, dass etwas sie ganz besonders berührte und machte mich auf den Weg zu ihr weil ich wusste, dass sie mich jetzt braucht.

Sie saß an ihrem Tippselkasten und es lief Wasser aus ihren Augen. Behutsam schleckte ich einen Tropfen weg und sie sagte „Teddy, wenn Du mich hörst, hilf bitte"

Und dann fing sie an vorzulesen:

„Lieber Teddy, Ich habe als Kind eine ganz schlimme Geschichte erlebt, die ich bis heute nicht verwunden habe, und für die ich mich immer noch verantwortlich fühle. Könntest du für mich im Regenbogenland die kleine Katze Musci (mit langem U!) und ihre 4 Babys suchen?? Vielleicht könnte ich dann meinen Frieden damit machen und Musci den ihren finden . Ich erzähle dir, was vor über 40 Jahren passiert ist. Ich war 6 Jahre alt und wie jedes Jahr mit meinen Eltern die Sommerferien über auf Mallorca. Meine Eltern hatten ein Lieblingsrestaurant, in das wir regelmäßig einkehrten. Ein altes Mallorquinisches Landhaus mit tollem Garten zum Sitzen. Betrieben von einem Deutschen Ehepaar und ein Mallorquinisches Paar arbeitete in der Küche. Besonders freute ich mich immer auf die "Hauskatze" Musci. Eine wunderschöne weiße Katze mit grauen Tigerflecken. Schon damals gab es für mich nichts schöneres als Katzen. Auch an diesem schicksalhaften Tag rannte ich Musci nach, krabbelte ihr unter den Tischen hinterher. Aber sie hatte keine Lust zum Spielen und als ich sie zu sehr bedrängte, kratzte sie mir quer übers Gesicht. Ich hab gebrüllt wie am Spieß und alle kamen sofort angelaufen. Nach dem ich "versorgt" war (war nur ein oberflächlicher Kratzer) und mich beruhigt hatte, schlich ich hinters Haus um zu sehen wo Musci geblieben war. Da sah ich den Koch, wie er sie am Nackenfell hielt und in einen gemauerten Schacht mit Holzdeckel warf. Und ihre 4 kleinen weißen Babys hinterher.... seine Frau stand in der Küchentür, die Hände vor das Gesicht geschlagen. Und als sie aufschaute traf mich ihr Blick. Voller Hass und Trauer. Der Schacht war die Zisterne... Ich habe erst später realisiert, was dort wirklich passiert ist. Als ich wieder bei meinen Eltern am Tisch saß, brachte mir die Wirtin ein "Trost- eis". Der Koch erschien bei uns am Tisch und sagte: Musci fue a la piscina! Musci ist ins Schwimmbad gegangen. Ich habe das nie vergessen und fühle mich unendlich traurig und schuldig. Bitte suche sie im Regenbogenland und sage ihr, dass ich das nicht gewollt habe und es mir unendlich leid tut. Das haben Sie und Ihre Babys einfach verdient. Ganz liebe Grüße und vielen Dank für all die wunderbaren Geschichten von C."

Nachdenklich kehrte ich zurück zu unserer Gruppe und die anderen bemerkten sofort, dass etwas nicht stimmte.

So erzählte ich von dem schlimmen Erlebnis der lieben Zweibeinerin und wir entschlossen uns, dass wir die kleine Musci und ihre Kinder suchen müssten!

Aber wie sollten wir das anstellen? Unsere Wiese war riesig und es gab unzählige Tiere.

So trugen wir das Wenige, was wir wussten zusammen. Wo sie auf der Erde gewohnt hatten, wie sie aussahen und wann das Unglück geschehen war. Wobei das eigentlich keine Rolle spielte, den Zeit war bei uns nicht wichtig.

So teilten wir uns auf und machten uns auf den Weg. Hanibal hatte noch die Idee, dass er den „Katzenmann" auf der ewigen Wiese aufsuchen würde und da der eine riesengroße Katzengruppe hatte, kannte vielleicht eine von ihnen unsere gesuchte Musci.

Ich ging mit Hexe und Kalli los und trafen unterwegs viele Gruppen und erzählten unsere Geschichte.Und alle wollten helfen und nach der gesuchten Musci Ausschau halten.

So wanderten wir über die Wiese und suchten. Wir bekamen viele Hinweise, aber alle erwiesen sich als falsch.

Wir hatten schon fast die Hoffnung verloren, da sahen wir Hanibal und Schildie, die auf Poco saßen, herangeflogen. Als sie bei uns ankamen, sprangen sie von Poco herunter und berichteten uns aufgeregt, dass der Katzenmann ihnen von einer großen Katzengruppe erzählt hatte, die alle von diesem „Mallorca" stammten. Vielleicht konnten wir Musci und ihre Kinder dort finden.

Wir sprangen alle auf den Rücken von Poco und irgendwann kamen wir zu einer großen Gruppe, in der nur Katzen von diesem „Mallorca" waren. Die meisten hatten nie ein Zuhause gehabt. Sie lebten von dem, was ihnen die Zweibeiner hinwarfen.

Oft kamen auch Zweibeiner, die ganz doll lieb zu den Katzen waren und ihnen leckeres Fresschen und viele Schmuseeinheiten gaben. Aber die waren nach kurzer Zeit dann auch wieder weg. Aber das ist eine andere Geschichte...

Wir teilten uns auf und fragten jeden in der Gruppe nach Musci und ihren Kindern. Und plötzlich stand da direkt vor mir eine wunderhübsche weiße Katzen mit Tigerflecken und hinter ihr vier schneeweiße Katzenkinder.

„Hallo, ich bin Musci. Ich habe gehört, ihr sucht mich?"

Ich rief die anderen zu mir und dann setzten wir uns zusammen und wir berichteten Musci, warum wir sie suchten.

Sie wurde ganz still und schaute vor sich hin. Die vier Kleinen hatten sich zu ihr gelegt und schliefen.

Dann fing Musci leise an zu erzählen:

„Wir wohnten in diesem warmen Land und es ging uns eigentlich gut. In der Höhle gab es immer etwas zu essen und die Zweibeinerin, die immer in großen Töpfen rührte, war immer sehr lieb zu mir. Aber der dicke Zweibeiner, der offenbar ihr Herrchen war, konnte mich nicht leiden!

Es kamen immer viele Zweibeiner, die mir leckeres Fresschen hinwarfen und mich krabbelten. Ich war frei und konnte mich überall frei bewegen. Und dauernd kamen neue Zweibeiner, die in lustigen Zweibeinerlauten mit uns sprachen und sehr lieb zu uns waren.

An das kleine Zweibeinermädchen kann ich mich erinnern. Sie war sehr lieb, aber auch noch sehr klein. Und die kleinen Zweibeiner verstanden noch nicht, wann sie aufhören mussten, uns zu bedrängen. Irgendwann wurde es mir zu viel und ich versuchte, mich zu befreien. Aber sie ließ nicht von mir ab. So haute ich kurz zu. Ich wollte ihr nicht wehtun, aber ich wollte nur weg, weil ich zu meinen Babys musste, die hatten Hunger!.

Sofort fing das kleine Menschlein an zu schreien. Ich rannte weg und wollte nur noch zu meinen Kleinen.

Aber da kam der dicke Zweibeiner aus seiner Höhle und packte mich hinter meinem Kopf. Das war die Stelle, wo wir unsere Babys packen und wegtragen. Und das funktioniert auch noch bei erwachsenen Katzen. Ich konnte mich nicht mehr bewegen.

Er hob mich hoch und schmiss mich in ein tiefes Loch. Ich hörte noch sein Frauchen schreien und dann wurde ich nass. Und dann platschte es ein paar Mal neben mir. Und ich hörte Gewimmer. Meine Babys! Ich versuchte, sie zu packen, aber sie versanken nach kurzem Zappeln einfach in der Tiefe. Ich versuchte, an den Wänden hochzuklettern, aber es war klitschig und irgendwann hatte ich keine Kraft mehr und versank in dem kalten Wasser.

Aber plötzlich war ich wieder wach und sah einen wunderschönen Regenbogen, der mich zu rufen schien. Und neben mir waren meine vier Babys. Wie konnte das sein? Ich hatte sie untergehen sehen!

Und vor uns war eine Brücke. Eine sehr alte Brücke. Und irgendetwas oder irgendjemand rief uns zu, dass wir über die Brücke gehen sollen.

Vorsichtig setzte ich eine Pfote auf die Brücke. Aber es passierte nichts Böses. So sagte ich meinen Kleinen, sie sollten mit folgen. Aber die waren natürlich so neugierig, dass sie an mir vorbeistürmten. Am Ende der Brücke sah ich einen wunderschönen großen Kater und eine Kätzin, die sehr lieb schaute.

Wir gingen ihnen entgegen und als wir die Brücke verließen, wurden wir sehr müde und schliefen sofort ein.

Als wir erwachten, ging es uns richtig gut. Ich hatte keinen Hunger und keine Angst. Und meine Kleinen lagen an meinen Nuckelies und waren zufrieden.

Und neben uns standen der Kater und die Kätzin und sagten uns, dass wir nun zu ihrer Gruppe gehörten und dass es uns immer gut gehen würde.

Und so war es auch! Uns geht es viel besser als jemals bei den Zweibeinern. Niemand jagt uns weg. Niemals haben wir Hunger oder Schmerzen. Und wir können immer zusammen sein. Hier im Regenbogenland werden wir auch nicht älter. Meine Babys bleiben für immer meine Babys und meine Nuckelies sind immer für sie gefüllt!

Sagt bitte dem kleinen Mädchen, dass es keine Schuld daran hat, dass der böse Zweibeiner uns einfach weggeschmissen hat. Sie war immer lieb zu uns und sie war noch so klein, dass sie nicht wissen konnte, dass ich zu meinen Babys musste."

Nun waren wir alle froh! Wir hatten Musci gefunden und es ging ihr gut. Aber sie würden niemals ein für immer Zuhause auf der ewigen Wiese mit einem Frauchen nur für sich bekommen. In dieser Gruppe gab es keine Herrchen oder Frauchen, die irgendwann über die Brücke kommen würden.

So fragten wir die kleine Familie, ob sie zu uns kommen wollten und irgendwann mit unserem Frauchen über die geheime Brücke auf die ewige Wiese gehen wollten.

Poco hatte sich mittlerweile zu uns gesellt und wir gingen alle gemeinsam zu ihm. Als Musci und ihre Babys den schnaubenden Riesen sahen, wichen sie fauchend zurück. Aber Hanibal, Schildie, Hexe, Kalli und ich hüpfen auf seinen Rücken. Und da trauten sie es sich auch.

Gemeinsam trabten wir zurück zu unserer Gruppe. Und irgendwann würde die kleine Familie mit uns allen über die geheime Brücke gehen.

Oder vielleicht gemeinsam mit den „kleinen Mädchen" ...

ARKO

Hallo, hier ist euer Teddy.

Nachdem unsere Suche nach der kleinen Musci und ihren Kindern so erfolgreich war und die fünf mittlerweile fest zu unserer Gruppe gehören, ist wieder die Normalität hier auf der Wiese eingekehrt.

Jeder Tag ist ein schöner Tag und jeder von uns genießt das Dasein hier auf seine Weise. Manche wollen gerne alleine sein, manche haben sich zu kleinen Gruppen zusammengeschlossen. Ich bin oft mit meinen Kumpels Kalli, Lazarus und mit unserer alten Hexe zusammen.

Manchmal besucht uns unser großer Freund Poco, der ja jetzt bei seiner Pferdeherde wohnt. Dann dürfen wir uns auf ihn setzen und er fliegt mit uns über die Blümis.

Oft habe ich Sehnsucht nach unserem Frauchen, dann besuche ich sie Nachts in ihrem Bett. Ich lege mich dann neben sie auf mein Kissen und mit meiner großen Pranke berühre ich ihr Fell auf dem Kopf. Das scheint sie zu spüren, sie lächelt dann im Schlaf und manchmal läuft Wasser aus ihren geschlossenen Augen. Und oft sagt sie ganz leise meinen Namen: „Teddy"...

Dann weiß ich, dass sie mich noch liebhat und ich kehre zurück zu den anderen auf die Blumenwiese.

Heute war ich wieder mit meinen beiden Kumpels Kalli und Lazarus unterwegs, als ich spürte, dass Hexe nach mir rief. Wir brauchen hier keine Töne wie ihr Zweibeiner. Wir unterhalten uns einfach mit unseren

Gedanken. Und das funktioniert auch über weite Strecken. Frauchen konnte auch in unserer Gedankensprache mit Hexe und mit mir sprechen. Aber nur mit uns beiden, weil wir ihre Seelentiere waren.

Aber nun lief ich zurück und auf halber Strecke zur Gruppe kam mir Hexe schon entgegen und gemeinsam sahen wir den Regenbogen über der alten Holzbrücke leuchten.

Aha, da kam wieder ein Neuankömmling für unsere Gruppe. Wir waren gespannt, ob wir ihn oder sie kannten, oder ob es ein Waisentier war, das wir in die Gruppe aufnehmen würden.

So stellten wir uns am Ende der Brücke auf und warteten. Und da sahen wir ihn: Ein großer Schäferhund kam langsam über die Brücke. Er schien alt zu sein und er wirkte sehr traurig.

Wir nahmen ihn in Empfang und er sagte nur leise: „Bin ich jetzt Zuhause?" Ohne auf eine Antwort zu warten, legte er sich hin und schlief ein. Diesen Schlaf bekommt jeder Neuankömmling um gesund zu werden und einige Qualen, die er oder sie erlitten hat, zu verarbeiten.

Da wir das kannten, setzten wir uns neben den schönen Schäferhund und warteten.

Irgendwann wachte der große Kerl auf und streckte sich. Er schaute uns an und was uns zuerst auffiel waren seine sanften Augen. Aus diesen Augen sprach eine tiefe Sehnsucht. Die Sehnsucht nach Liebe und Geborgenheit...

Er sagte: „Ich bin Arko. Wer seid ihr und wo bin ich? Muss ich wieder in einen Käfig? Werde ich wieder gehauen? Habe ich etwas falsch gemacht?"

Hexe unterbrach ihn und erklärte ihm, wo er sei und dass er niemals mehr in einen Käfig müsse. Schon gar nicht würde er Schläge bekommen und es würde ihm ab heute immer gut gehen. Ohne Schmerzen, ohne Hunger und ohne Qualen. Und irgendwann würde er mit uns gemeinsam mit der liebsten Zweibeinerin zusammen auf die ewige Wiese gehen.

Er schaute uns ungläubig an und fing an zu erzählen:

„Als kleiner Welpe kam ich zu Frauchen und Herrchen. Wir lebten zusammen in einer kleinen Höhle und wir hatten nicht soviel von dem was die Zweibeiner „Geld" nennen. Aber wir hatten immer zu essen und abends lagen wir alle drei gemeinsam auf der „Couch" und schauten in den Flimmerkasten. Und ich lag in der Mitte und wurde von beiden geknuddelt und gekrault.

Wir gingen stundenlang Gassi und die beiden spielten draußen ganz viel mit mir. Sie hatten mich gut erzogen.Aber niemals böse, sondern immer wenn ich etwas Neues gelernt hatte, bekam ich Leckerlies.

So ging es lange Zeit und ich war ein glücklicher Hund. Aber irgendwann begann es sich zu ändern. Ganz langsam. Die beiden hatten nicht mehr so viel Zeit für mich und ließen mich oft lange alleine. Dafür zogen wir in eine große Höhle. Da waren viele neue Sachen drin und die Flimmerkiste war plötzlich riesig. Die beiden kuschelten immer weniger gemeinsam obwohl sie jetzt eine riesengroße „Couch" hatten. Da saßen sie immer öfter ganz weit voneinander entfernt und jeder hatte so einen Tippselkasten auf den Hinterbeinen. Wenn ich dann zum Kuscheln kam, schoben sie mich weg und sagten, ich solle in mein Körbchen gehen. Das war natürlich ein wunderschönes und großes, weiches Körbchen. Aber da war ich ganz alleine und niemand kam zum Kuscheln.

Unsere Gassirunden wurden immer kürzer und wenn ich mein Geschäft gemacht hatte, ging es wieder ins Körbchen.

Aber es war mir egal! Die Hauptsache war, dass die beiden bei mir waren. Und es war auch nicht so schlimm, dass ich so viel alleine war. Na ja, manchmal musste ich ein wenig weinen, aber das tat ich ganz leise, damit ich niemanden störte. Aber ich hatte die beiden doch so sehr lieb und wollte sie nicht enttäuschen.

Dann kam die Zeit, als sie sich nur noch stritten. Sie schrien sich gegenseitig an und ich war wohl nur noch ein lästiges Anhängsel mit dem man vor die Tür musste. Aber das würde sich sicher bald ändern und dann würden wir wieder alle gemeinsam auf der Couch liegen und zusammen kuscheln.

Irgendwann standen in der ganzen Höhle große Kisten und sie stritten sich, welche Sachen in welche Kisten kommen sollten.

Und sie stritten sich, wem ich „gehörte". Das verstand ich nicht. Sie waren doch beide meine Frauchen und Herrchen. Wem sollte ich denn „gehören"? Was meinten sie denn damit?

Und dann sagte Herrchen „Dann kommt er halt ins Tierheim!" Ich verstand nur „Heim" und dachte, dass wir nun gemeinsam in ein neues Heim gehen würden, wo wir gemeinsam wieder glücklich sein würden.

So sprang ich glücklich neben den beiden her, als sie mit mir zu ihrem Brumsdings gingen. Sie hatten sogar mein großes Bettchen und meine Spielzeuge und Näpfe dabei, dass ich mich in unserem neuen Heim wohlfühlen sollte.

So sprang ich in unser Brumsdings und freute mich auf unser neues „Heim".

Doch es kam ganz anders!

Wir hielten vor einem großen Gitter und Herrchen ging mit mir vor das Tor. Frauchen blieb im Brumsdings sitzen. Aber warum lief ihr Wasser aus den Augen, wir würden uns doch gleich wieder sehen!

Das Gittertor wurde von einer Zweibeinerin geöffnet und Herrchen drückte ihr meine Schnur in die Hand. Dann ging er zum Brumsdings und holte mein Bettchen und die Spielsachen. Dann fragte ihn die Zweibeinerin, ob er es sich nicht noch einmal überlegen wolle, ich sei doch so eine liebe Seele! Aber er schüttelte nur den Kopf und drehte sich herum. Dann fuhr er davon. Mit Frauchen.

Ohne mich!

Die Frau strich mir über den Kopf und sagte ganz lieb: „Du armer sanfter Riese, du tust mir so leid! Aber wir finden eine neue Familie für dich!"

Das verstand ich nicht! Ich hatte doch meine Familie! Ich brauchte keine Neue!. Dann ging sie mit mir an vielen Gitterhöhlen vorbei und in jeder war ein Artgenosse. Groß, klein, dick, dünn, jung, alt. Aber eines hatten alle gemeinsam: Den Blick! Manche bellten, manche weinten, manche waren ganz still. Einige waren aggressiv, aber ganz viele waren einfach nur traurig.

Und dann kamen wir an einen leeren Käfig. Sie steckte ein Stöckchen in ein Löchlein und die Gittertür ging auf. Die Zweibeinerin führte mich da hinein und legte mein Bettchen auf den harten Boden. „Das ist jetzt dein Zuhause." sagte sie und ließ mich alleine.

Das verstand ich nicht. Was hatte ich denn falsch gemacht! Warum durfte ich denn nicht mehr bei Frauchen und Herrchen wohnen? Warum hatten sie mich denn nicht mehr lieb? Da musste ich weinen. Erst ganz leise und dann immer lauter. Und ich konnte nicht mehr aufhören. Die liebe Zweibeinerin kam und brachte mir Leckerlies und streichelte mich. Aber ich konnte mich nicht beruhigen. Ich konnte nicht aufhören zu weinen!

Und ich musste einmal! Aber ich durfte nicht in die Höhle machen! So versuchte ich über Stunden, mein Pipi und Kacka einzuhalten. Aber irgendwann ging es nicht mehr und ich machte in eine Ecke dieser Gitterhöhle. Aber so wie es hier roch, machten das alle...

Am nächsten Tag kam eine andere Zweibeinerin und machte mein Geschäft weg. Sie streichelte mich kurz und war dann wieder weg. Etwas später kam eine andere Zweibeinerin und brachte mir Fresschen. Aber ich hatte keinen Hunger. Ich musste nur Weinen.

Irgendwann mussten doch nun Frauchen und Herrchen kommen um mich abzuholen. Aber sie kamen nie mehr!

Doch die liebe Zweibeinerin, die mich in Empfang genommen hatte, kam irgendwann und sagte mir, dass sie eine liebe Familie für mich gefunden hätte. Die hätten zwei „Kinder" und ein großes „Haus mit Garten". Und die kämen heute um mich anzuschauen. Ich wusste nicht, was sie mit da erzählte und ich wusste auch nicht, was „anzuschauen" bedeuten sollte.

So legte ich mich in meine Ecke und weinte wie jeden Tag leise vor mich hin.

Dann waren plötzlich Zweibeiner vor meiner Gitterhöhle. Zwei große und zwei Kleine und die Frau, die sich um mich kümmerte. Sie erzählte, den beiden anderen großen, dass ich eine „Seele von Hund" sei und sehr „kinderlieb". Ich verstand beides nicht und beschloss, erst einmal abzuwarten.

Dann bekam ich mein Band um den Hals und durfte auf die große Wiese. Da waren dann auch die anderen Zweibeiner und die beiden großen kamen direkt auf mich zu. Sie stellten sich vor mich und der Zweibeiner-Rüde patschte mir von oben mit seiner Pranke auf den Kopf und sagte so etwas wie „dubistnprachtkerl" und die Zweibeinerin rief mit einer ganz schlimmen und schrillen Stimme „Arko ist kein Name, du heisst jetzt Baron!"

Das verstand ich auch nicht. Seit ich klein war, riefen mich die Zweibeiner mit diesem „Namen" Arko. Und der sollte nun nicht mehr gut sein. Aber von mir aus. Mir war mittlerweile alles egal. Also „Baron".

Die beiden kleinen Zweibeiner hielten sich zurück. Sie waren sehr brav. Oder zumindest taten sie so. Aber immer wenn ihre großen Zweibeiner wegschauten Knufften und Pufften sie sich und schienen sich überhaupt nicht zu verstehen. Und der Junge zwickte mir zweimal ziemlich fest ins Fell. Und das schien ihm zu gefallen, dass ich leise piepte.

Die vier waren noch zweimal da und beim dritten Mal musste ich mitgehen. Aber ich mochte die nicht! Besonders die beiden „Kinder" - so hießen die wohl – waren nicht lieb! Aber das sah niemand!

Besonders die Zweibeinerin war davon überzeugt, dass sie die am besten erzogenen Kinder der Welt hatte!

Also zog ich in dem großen „Haus" ein. Ich bekam eine Ecke mit meinem Bettchen und ich war wohl als Spielzeug für die beiden Kinder gedacht. Die großen Zweibeiner kümmerten sich überhaupt nicht um mich. Nur morgens und mittags – wenn die beiden Kinder in der Schule waren – würde ich in den Garten gelassen um mein Geschäft zu machen.

Wenn dann die beiden nach Hause kamen, wurde ich zu deren Opfer. Sie durften mit mir machen, was sie wollten. Der Junge liebte es, auf mir zu reiten. Und der war schon sehr schwer! Aber ich ließ es geschehen. Mir tat der Rücken danach so weh, dass ich kaum noch laufen konnte.

Wenn ich dann schlafen wollte, kam die kleine Zweibeinerin und schmierte mir Sachen ins Gesicht, die fürchterlich brannten. In der selben Zeit wollte der Junge mit mir „spielen" und zerrte mich an meinen Schweif von seiner Schwester weg. Das tat so weh! Aber ich durfte mich nicht wehren! Ich hatte von klein auf gelernt, dass man Zweibeinern nichts tun darf, es sein denn, das Herrchen oder Frauchen angegriffen werden. Und das war nicht der Fall!

Als musste ich alles ertragen!

So wurde ich Tag für Tag von den beiden gequält. Sie kniffen mich, sie zerrten mich am Schweif, sie traten mich und sprangen mit den Beinen auf meinen Rücken. Aber ich ertrug alles.

Und die große Zweibeinerin freute sich immer, wie schön ihre „Kinderchen" mit „Baron" spielten. Dass mir das alles furchtbar weh tat, bemerkte sie nicht.

Dann kam der Tag, dass meine kleinen Peiniger alleine in der Wohnhöhle waren. Ich lag erschöpft in meinem Bettchen als ich plötzlich einen furchtbaren Schmerz empfand. Ich sprang hoch und da sah ich den Jungen, wie er mir mit einer Flamme meine Pfote verbrannte. Ich drehte mich blitzschnell herum und biss meinem Peiniger in die Hand. Nicht fest, nur dass er das brennende Hölzchen loslies!

Der schrie wie wahnsinnig und seine Mutter kam herein und schrie etwas von „Killerköter" und „einschläfern".

Sie packten mich in ihr Brumsdings und brachten mich zu dem Weisskittel, bei dem ich schon mehrmals war.

Der untersuchte mich und stellte fest, dass ich vollkommen gesund war und auch keinerlei Hinweise zur Aggression zeigte. Die Zweibeinerin erklärte vollkommen hysterisch, dass ich fast ihren Sohn zerfleischt hätte und sie darauf bestünde, dass ich eingeschläfert würde. Der Weisskittel wollte mich der Zweibeinerin abkaufen, aber sie bestand darauf, dass ich getötet würde.

Sie ging aus dem Zimmer hinaus, ohne sich noch einmal umzudrehen. Zwei sehr liebe Zweibeinerinnen und der Weisskittel nahmen mich in den Arm und dann merkte ich einen Pieks und das letzte was ich spürte, war das Wasser, das aus den Augen der Weisskittel auf mein Fell tropfte. Und das erste Mal seit Langem: Geborgenheit!"

Unser Arko – der natürlich wieder seinen Namen trug – kam nun mit uns.

Unser Wunsch an euch Zweibeiner: Bringt doch bitte euren Kindern bei, das wir kein Spielzeug sind und dass wir genauso Schmerzen empfinden wie ihr. Und wir sind keine Geschenke...

Liebe Grüße aus dem Land hinter dem Regenbogen und gute Nacht

Euer Teddy

FRAU SIGGI

Hallo meine lieben Zweibeiner-Froinde, hier ist wieder euer Teddy.

Unser neuer Freund Arko hat sich prima bei uns eingewöhnt und er ist ein ganz liebes Klick-Klack-Müffeltier! Nicht so frech wie unser Struppi, dem es immer Spaß macht uns kleine Streiche zu spielen.

Arko versucht immer es jedem recht zu machen und es hat einige Zeit gedauert, dass er verstanden hat, dass er hier vor nichts und niemandem Angst haben muss. In diesem großen und stattlichen Schäferhund steckt ein ganz zartes und liebes Seelchen. Jeder hier mag ihn und er ist seit langem endlich wieder glücklich.

Heute war ich mit Hexe unterwegs um Poco zu besuchen. Plötzlich sah ich den Regenbogen und hörte, dass ich gerufen wurde. Ich drehte mich zu Hexe herum und sagte ihr, dass wir zur Brücke gerufen wurden.

Hexe sah mich verständnislos an und erklärte mir, dass sie nicht gerufen wurde und dass sie den Regenbogen nicht sah. Das verstand ich nicht, bisher wurden wir immer als die Anführer der Gruppe gemeinsam zur Brücke gerufen um ein Tier für unsere Gruppe abzuholen. Den Regenbogen sehen immer nur die Tiere, die zur Brücke gerufen werden. Für alle anderen ist er unsichtbar.

Immer noch verwirrt machte ich mich also alleine auf den Weg zur Brücke. Je näher ich kam umso mehr Artgenossen waren gemeinsam mit mir auf dem Weg zur Brücke. Einige kamen mir bekannt vor, aber ich wusste nicht, woher ich sie kennen sollte.

An der Brücke angekommen standen da schon ganz viele von uns und es wurden immer mehr. Alle waren verwirrt, weil keiner wusste, was wir hier sollten.

So warteten wir gemeinsam unter dem strahlenden Regenbogen, wer da jetzt kommen würde.

Nach einiger Zeit sahen wir eine Zweibeinerin auf der Brücke. Sie stand noch auf der anderen Seite und schien verwirrt zu sein. Sie sah sich ein paar mal um und betrat dann die Brücke.

Langsam kam sie auf uns zu und schüttelte immer wieder den Kopf. Sie schien nicht zu begreifen, was mit ihr geschah.

Da erkannte ich sie: Frau Siggi! Ich war ja ganz lange in diesem Tierheim und Frau Siggi war für uns Katzen und Kater da. Sie war immer sehr lieb zu allen und kümmerte sich Tag und Nacht darum, dass es uns gut ging. Sie ging immer zu allen in die Käfige und knuddelte und schmuste mit ihnen. Ausser bei mir. Ich galt ja als ungemein gefährlich und zu mir traute sich niemand in den Käfig. Aber sie stand immer vor dem Gitter und sprach ganz lieb mit mir und versprach mir, dass sie das richtige Frauchen oder Herrchen für mich finden würde. Und das Versprechen hatte sie ja auch eingehalten, als sie mein geliebtes Frauchen zu mir brachte.

So löste ich mich aus der Gruppe und ging auf sie zu. Sie schaute ungläubig und sagte nur „Freddy, bist Du das?" Dazu muss ich sagen, dass ich im Tierheim „Freddy Krüger" - nach dem Massenmörder – hiess, weil ich ja als furchtbar gefährlich galt.

Ich ging die letzten Schritte zu ihr und rieb meinen großen Katerkopf an ihrem Bein. Sie erschrak und da legte ich ihr meinen Kopf in die Hand. Sie knuddelte mich ganz leise und sagte „ich muss wohl Träumen!".

Dann setzte sie sich auf die Wiese und schlief ein.

Die anderen Katzen und Kater bildeten einen Kreis um sie und alle hatten etwas über Frau Siggi zu erzählen. Alle waren zu irgendeiner Zeit ihres irdischen Lebens in ihrem Tierheim. Viele hatten schlechte Erfahrungen mit Zweibeinern gemacht und sie hatten durch Frau Siggi wieder Vertrauen zu den Menschen gefasst. Viele kamen auch als Babys ins Tierheim, mit oder ohne ihre Katzenmama.

Die Babys ohne Mama nahm Frau Siggi mit nach Hause und fütterte sie mit kleinen Nuckelies und schenkte ihnen Wärme und Liebe.

Für die meisten hat Frau Siggi ein Fürimmer-Zuhause gefunden. Und sie kümmerte sich auch nach dem Auszug aus dem Tierheim darum, ob es ihren Schützlingen gut ging.

Manche von den Tierheimbewohnern hatten nicht mehr das Glück ein neues Zuhause zu finden. Viele von ihnen waren schon älter und die Zweibeiner, die im Tierheim nach einer neuen Katze suchte, wollten nur junge Katzen. Die älteren wurden einfach übersehen.

Und die blieben im Tierheim bis zu ihrem Tod. Aber sie waren in ihren letzten Stunden niemals alleine. Frau Siggi begleitete sie bis zu ihrem letzten Atemzug. Sie hielt sie in ihren Armen und vermittelte ihnen bis zum Schluss das Gefühl, geliebt worden zu sein.

Sie war eigentlich Tag und Nacht im Tierheim und kümmerte sich um alles, was mit uns Katzentieren zu tun hatte.

Wir bemerkten, dass sich Frau Siggi bewegte und sich streckte und reckte. Dann schaute sie in die Runde und rieb sich die Augen. „Träume ich immer noch?" Ich trat an ihre Seite und sagte ihr, dass sie die irdische Welt verlassen hatte und nun bei uns im Land hinter dem Regenbogen sei. Und dass ich nicht mehr „Freddy" sondern schon ganz lange „Teddy" hieß. Sie schaute mich an und fragte ganz verwundert, ob sie jetzt Dr. Doolittle sei, weil sie mich verstand. Ich kannte diesen Dr. Doolittle nicht, aber ich erklärte ihr, dass hier im Regenbogenland jeder jeden verstand, ohne dass wir sprechen mussten. Wir unterhielten uns mit unseren Gedanken.

Sie sagte: „Also gibt es das Regenbogenland! Ich habe immer daran geglaubt und so sehr gehofft, dass ich hier meine lieben Schützlinge wiedersehe. Ich hatte ja auf der Erde keine eigene Familie. Meine Familie waren immer meine Tiere im Tierheim. Und ich habe oft daran gedacht, was wohl mit mir geschehen würde, wenn ich nicht mehr lebe. Das hier habe ich so sehr gehofft! Aber ich wollte eigentlich noch nicht so schnell hierherkommen. Das letzte, an was ich mich erinnere, war, dass ich in meinem Auto saß und ein kleines Tier – ich glaube, es war ein Mäuschen – das über die Straße lief. Ich wollte es nicht überfahren und verriß das Lenkrad. Dann sah ich den großen LKW und dann wurde alles Dunkel. Das nächste, an das ich mich erinnere war die Brücke und der Regenbogen. Und ihr...“

Der Kreis um sie wurde immer enger und alle wollten mit ihr schmusen. Einige sehr alte Katzen und Kater gingen zu ihr und von jedem wusste sie den Namen. Es waren die, die von ihr über die Brücke geleitet worden waren und die hier auf sie gewartet hatten. Und es waren viele!

Die anderen, die von ihr neue Herrchen und Frauchen bekommen hatten blieben etwas zurück und ließen den alten Tieren den Vortritt. Sie würden sich später bedanken.

Nun ging ich zu ihr und sagte ihr, dass ihre Reise noch nicht zu Ende sei. Wir würden sie nun zu der geheimen Brücke geleiten, von der aus es auf die ewige Wiese geht. Dort würde sie gemeinsam mit den Katzen und Katern, die bei ihr blieben, bis in alle Ewigkeit glücklich sein.

Sie lächelte mich an und sagte „Ich glaube, mit Deinem Frauchen habe ich eine gute Wahl getroffen, Du bist ein wahrhafter „Teddy" geworden."

Das hat mir gut gefallen und so ging ich voran. Frau Siggi beschäftigte sich mit den anderen und so kamen wir nur langsam voran.

Aber irgendwann waren wir auf der Wiese vor der geheimen Brücke angekommen. Nun mussten sich Frau Siggi und wir entscheiden, wer mit ihr über die Brücke gehen würde.

Natürlich gingen alle, die von Frau Siggi früher im Tierheim über die Brücke geleitet worden waren, mit ihr. Einige, die auf der Erde Frauchen oder Herrchen bekommen hatten, gingen auch mit ihr. Die anderen blieben zurück und wollten hier auf ihre Menschen warten.

Aber es gab ja diese besonderen Tage, an denen auch wir über die Brücke durften und dann auch Frau Siggi wiedersehen konnten.

So warteten wir, bis die Gruppe über die Brücke gegangen war. Frau Siggi drehte sich noch einmal um und winkte uns zu.

Nun gingen wir wieder zu unseren Gruppen wo wir auf unsere Herrchen und Frauchen warten würden.

Aber da es bei uns ja keine Zeit gab, war das nur ein Wimpernschlag.

Bis bald, euer Teddy

LENNY

Hallo Ihr Lieben, hier ist wieder euer Teddy.
Ihr wisst ja, dass ich immer spüre, wenn Frauchen etwas beschäftigt.
Heute lag ich alleine unter meinem Baum und döste so vor mich hin, als ich spürte, dass Frauchen sehr traurig war. So machte ich mich auf den Weg zu ihr und fand sie vor ihrem Tippselkasten.
Viele von euch Zweibeinern lesen meine Geschichten und ganz viele von euch haben schon liebe bepelzte Gefährten hier bei uns. Das berichten sie dann und schreiben ihre – oft traurigen – Geschichten. Dann wird Frauchen immer auch ganz traurig.

Als ich heute zu ihr kam, sass sie vor dem Tippselkasten und das Wasser lief ganz schlimm aus ihren Augen. Ich setzte mich neben sie und legte leise meine Tatzen auf ihren Arm. Wenn ich nur mehr tun könnte...

Frauchen hielt kurz inne und schaute in meine Richtung. Spürte sie, dass ich da war? Oft hatte ich das Gefühl, wenn ich sie besuchte...

Sie sagte: „Teddy, wenn Du da bist, ich muss Dir etwas vorlesen..."

Und sie klappte den Tippselkaten auf und fing an zu „lesen":

„Seit letzten Donnerstag 11 Uhr ist wieder mal nichts mehr so wie es mal war. Ich musste Lenny gehen lassen. Nur 8 Wochen waren uns vergönnt

Acht sehr sehr intensive Wochen.

Wer war Lenny?

Lenny war ein unkastrierter Streuner, ca. 4-6 Jahre alt. Ein riesengroßer Kater, der abgemagert im Tierschutz ankam.

Schnell fielen seine extrem großen Ballen auf, die auf eine plasmazelluläre Pododermatitis hin deuteten, eine seltene Autoimmunerkrankung bei Katzen. Im Blut wurden Mykoplasmen nachgewiesen, welche die roten Blutkörperchen angreifen. Es wurde sofort eine Therapie begonnen.

Zu diesem Zeitpunkt befand ich mich eben in der Tierarztpraxis. Ich hatte einen Termin mit dem Nachbarskater, als eine Helferin auf mich zukam und sagte „komm bitte mit, ich muss dir unbedingt jemanden zeigen."

Ja, und schon stand ich in der Station und Lenny kam an.

Tja, es war um mich geschehen.

Er sollte erst einmal noch in der Praxis bleiben, bis er stabil genug für die Kastration wäre. In mir arbeitete es seitdem pausenlos. Sollte ich mir schon wieder eine kranke Katze nach Benny holen?

Ja, ich sollte!

Am 28. März zog Lenny bei mir ein.
Er war sofort zuhause und saugte alles auf, was er bekommen konnte.

Aber am liebsten wollte er kuscheln.

6,9 kg brachte er nun auf die Waage. Nicht dick, nur ein stattlicher, großer Kater. Ich hatte mich Hals über Kopf in diesen Kuschelbär verliebt.

Es folgten wunderbare erste Wochen. Abends wenn er merkte, dass ich Richtung Bett ging, war er immer als erster drin. Er liebte es abends im Bett zu kuscheln, ganz eng an mir dran.

Wir sollten nach 4 Wochen zur Kontrolle kommen, er musste ja immer noch das Antibiotikum nehmen. Alles war bestens.

Eine Woche später, hatte er plötzlich wenig gefressen und wollte nicht mehr spielen. Ab zum Tierarzt, eine schlimme Anämie war die Diagnose. Man ging davon aus, dass sein Immunsystem die eigenen Erythrozyten zerstört. Hochdosiertes Cortison bekam er nun.

3 Tage später Kontrolle. Er hatte wieder gefressen und war auch sonst gut drauf. Leider war der Wert nicht so angestiegen wie erwünscht. Also noch ein Ultraschall. Leber und Milz sahen nicht gut aus und dann entdeckte man auch noch ein Lymphom in der Niere.

Prognose : Maximal eine Woche hatte er noch!

Lenny war aber ein Kämpfer und erholte sich erst einmal prima. Eine weitere Woche später, war der Hämatokritwert wieder im Normalbereich. Wir feierten das so. Das ganze Praxisteam und ich waren so happy mit ihm. Vielleicht war uns doch noch ein wenig mehr Zeit vergönnt!

Eine Woche später musste ich wieder in die Praxis, die Schleimhäute waren schon wieder blaß. Schon wieder Anämie!

Mittwoch Kontrolle, Wert noch schlechter, seit Dienstag wollte er kaum noch fressen.

Noch einmal Ultraschall mit der vernichtenden Diagnose: Knoten in der Leber, freie Flüssigkeit im Bauch. Die Probe ergab, dass es Blut war...

Ich durfte ihn aber nochmal mitnehmen und wir sollten schauen, wie lange es geht. Ich war nur noch am heulen. Am Mittwoch Abend hat er dann sogar noch ganz gut gefressen, kam ins Bett zum ausgiebigen kuscheln und die Hoffnung keimte erneut auf, dass die Blutung nochmal kompensiert werden könnte. Nachts um 4 wurde ich wach, Lenny war ganz an mich gekuschelt und atmete sehr schwer.

Da wusste ich, dass wir doch keine Chance mehr hatten.

Die Tierärztin kam auf Wunsch nach Hause. Ich wollte, dass das Letzte was er sieht sein Zuhause war, dass er so geliebt hatte.

Bis zur letzten Sekunde hielt ich ihn in meinen Armen und bis zur letzten Sekunde schaute er in meine Augen.

Lenny war so glücklich hier. Er hat sich vom ersten Tag in mein Herz und in das meiner ganzen Familie gebohrt. Alle liebten ihn.

Lenny hat gefunden, was er immer suchte. Er war wie ein kleiner Hund, immer an meiner Seite. Im Bett, im Bad, auf der Couch, im Garten, er ist mit mir überall hingefolgt, wir haben zusammen die Igel im Garten gefüttert.

Du fehlst so unendlich kleiner Mann! Es tut einfach so verdammt weh.

8 Wochen nur!

Ich hätte dir so gern mehr von diesem schönen Leben gegeben.

Ich hoffe, du bist gut bei Benny und Felix angekommen. Ich werde dich niemals vergessen und bin dankbar, dass du da warst.

Mach's gut Lenny. ich hoffe, wir sehen uns wieder."

Die ganze Zeit, während sie vorlas, ist Frauchen das Wasser aus den Augen gelaufen.

Als sie fertig war, klappte sie den Kasten zu und sagte, dass das Frauchen von Lenny sicher gerne wüsste, wie es ihm so geht...

Dann ging sie in ihr Bettt und ich legte ihr meine Tatze auf den Kopf. Sie schnaufte noch einmal tief und schlief dann mit einem Lächeln im Gesicht ein.

Nachdenklich kehrte ich zu meiner Gruppe zurück. Ich erzählte Hexe von der Geschichte von Lenny und fragte, was wir tun könnten.

Sie sagte „Wir haben Musci gefunden, da werden wir auch Lenny finden!"

Und so machten wir uns auf den Weg. Hanibal ging wieder zu dem Katzenmann um zu fragen, ob der Lenny kannte. Hexe und ich gingen zu Poco's Herde. Die anderen fragten rundum in den Gruppen. Unsere Wiese hatte ja keinen Anfang und kein Ende. Unendlich viele Tiere warteten hier auf ihre Frauchen und Herrchen. So war es schwierig, eine einzelne Fellnase zu finden.

Doch dann kamen Arko und Struppi – die beiden unglaublich unterschiedlichen Klick-klack-Müffeltiere waren mittlerweile unzertrennlich geworden – und hatten drei Katzentiere im Schlepptau.

Der eine – ein heller rothaariger Riese -trat hervor und sagte: „Hallo, ich habe gehört ihr sucht mich. Ich bin Lenny!"

Wow, der war fast genauso groß wie ich!

FAST!

Bei den beiden anderen, die bei ihm waren, handelte es sich um einen sehr schönen Tiger und um einen – na ja – etwas rundlichen roten Kater. Der Tiger schaute neugierig, was nun geschah und der Rote legte sich gemütlich ins Gras und schlief ein.

Ich ging nun zu Lenny und erklärte ihm, warum wir ihn suchten.

Er wurde ganz still, setzte sich hin und fing an zu erzählen:

„Ich war lange unterwegs. Immer alleine. Ich hatte niemals ein Zuhause. Mein Zuhause war da, wo ich gerade schlief und wo ich etwas zu essen fand. Manchmal war ich länger an einem Platz weil es da Zweibeiner gab, die mir Fresschen gaben. Aber meistens wurde ich verjagt. Aber das war nicht schlimm, ich war frei und konnte gehen, wohin ich wollte!

Und ich habe in meinem Leben viele Katzenmädchen gehabt. Überall wo ich war, habe ich meine Marke gesetzt. Da wussten die anderen Kater, dass sie keine Chance hatten.

Viele Kämpfe habe ich bestritten und niemals ging ich als Verlierer hervor!

So ging das lange, aber irgendwann merkte ich, dass etwas mit mir nicht in Ordnung war. Meine Tatzen schmerzten ganz schlimm beim Laufen. Ich versuchte, den Schmerz wegzuschlecken, aber es wurde immer schlimmer. Meine Pfoten wurden ganz dick und manchmal lief dieser rote Saft heraus.

Jeder Schritt machte mir Schmerzen und ich konnte nicht mehr so lange Strecken laufen. Und ich konnte mir keine Flitzies mehr fangen. Es tat so weh! Also versuchte ich in der Nähe der Zweibeiner Futter zu finden, aber da wurde ich meist verjagt und beschimpft.

Als ich schon aufgeben wollte, fanden mich Zweibeiner und brachten mich in eine große Höhle. Dort roch es fürchterlich, aber die Zweibeiner waren sehr lieb zu mir. Sie sagen Lenny zu mir und gaben mir leckeres Fresschen. Ich war mittlerweile so dünn, dass ich mich kaum noch auf den Beinen halten konnte.

Die Zweibeiner, die alle ein weisses Fell hatten pieksten mich und steckten mir etwas in den Popo, aber es war mir alles egal! Denn sie gaben mir Fresschen!

So kam ich langsam wieder zu Kräften, aber meine Pfoten schmerzten immer noch sehr!

Und dann stand plötzlich eine Zweibeinerin vor meinen Gitterkasten. Sie krabbelte mich ganz sanft und wollte mich am liebsten sofort mitnehmen. Aber die Weissbefellten meinten, dass ich mich noch etwas erholen müsse.

Doch dann kam der Tag, an dem diese Zweibeinerin kam und mich abholte. Sie brachte mich in ein wunderschönes Zuhause. Da konnte ich in der Höhle auf weichen Böden herumlaufen, die meinen Pfoten nicht wehtaten. Aber ich durfte auch nach draussen und dort auf dem Kitzelgras herumtoben.

Frauchen – so hiess die Zweibeinerin - war immer bei mir und sorgte sich, dass ich genug zu essen hatte und dass es mir gut ging. Aber vor allem: Sie war so lieb zu mir!

Und ich hatte nun einen Namen: Lenny!

In meinem ganzen Leben hatte ich keinen Namen! Oft habe ich die Tiere beneidet, die von ihren Herrchen und Frauchen liebevoll mit einem Namen gerufen wurden. Die ein Leckerlie bekamen, wenn sie auf ihren Namen hörten.

Ich war immer nur der Kater. Oder das Mistvieh. Oder sonst irgendwelche bösen Worte.

Aber nun war ich Lenny!

Doch ich wusste genau, dass ich nicht mehr lange hier bleiben durfte. Meine Zeit ging zu Ende!
Aber das war egal! Diese Zeit war die Schönste in meinem Leben!

Auf Schritt und Tritt war ich bei meinem Frauchen und besonders schön war es, Abends mit ihr in ihrem Bett zu liegen und zu kuscheln. Oder im „Garten" die lustigen Stacheltiere zu füttern. Ihr Lachen, wenn ich mich mit der Nase an den Stacheln dieser Tiere piekste. Oder einfach nur, wenn ich bei ihr lag und sie mich krabbelte und ich diese unendliche Liebe spüren durfte.

Aber dann ging es mir immer schlechter und ich spürte, dass wir uns nun bald trennen mussten. Wir waren nun sehr oft bei den Weissbefellten. Aber die Gesichter zeigten nichts Gutes.

Aber ich wusste es ja schon lange...

Irgendwann lag ich bei Frauchen im Arm und die Zweibeinerin mit dem weissen Fell kam zu uns nach Hause. Frauchen hatte mich im

Arm und dann spürte ich einen Pieks. Und mein Fell wurde nass von dem Wasser aus Frauchens Augen. Aber sie hielt mich fest und flüsterte mir ins Fell, dass wir uns wiedersehen und dass Benny und Felix mich im Regenbogenland empfangen würden.

Und dann war er plötzlich da: Der Regenbogen. Und da war die uralte Brücke. Am Ende der Brücke sah ich zwei Fellnasen stehen.

So ging ich hinüber und die beiden sagten, dass sie Felix und Benny seien und wir nun gemeinsam auf unser Frauchen Marion warten würden.

Dann schlief ich ein und wachte irgendwann ohne Schmerzen und als der stattliche Kater, der ich einmal war, auf.

Seitdem sind wir hier auf der schönen Wiese unterwegs bis wir hörten, dass wir wohl gesucht würden. Und dann sind wir losgelaufen und haben Arko und Struppi getroffen."

Die drei waren ja nun eine eigene Gruppe, die auf ihr Frauchen warteten, aber sie beschlossen, dass sie in unserer Nähe bleiben wollten.

Liebes Frauchen Marion, einfach nur Danke, leider gibt es viel zu wenig Menschen wie Dich!

DER WISSENDE

Hallo, hier ist euer Teddy. Es ist so schön, dass euch meine Geschichten so gut gefallen.

Aber es gibt auch viele, die – wie das Frauchen von Lenny – gerne wissen möchten, was mit ihren Fellnasen passiert ist. Aber es gibt hier bei uns unzählige Tiere, die ihren Frauchen und Herrchen vorausgegangen sind und die hier auf sie warten.

Wir können nicht alle finden, aber manchmal hilft uns der Zufall.

Wie so oft bekam Frauchen Post von zwei Fellnasen – Max und Tichi. Und wie so oft las Frauchen den Brief der beiden in Gedanken. Ich saß auf ihren Beinen und konnte ihre Gedanken hören:

„Liebe Doris, lieber Teddy, heute kamen eure 2 Bücher an und wir können es gar nicht erwarten dass Fraulie uns vorliest. Fraulie hat uns versprochen euch zwei etwas zu fragen: Fraulie hatte früher sehr viele Katzen von der Straße betreut und dabei viele schöne und traurige Tage erlebt. All die Katzen ohne ein zu Hause hatten es hier gefunden. Die meisten ließen sich nie streicheln, aber Fraulie fütterte sie, ging zum TA wenn sie krank waren und kümmert sich immer um sie. Dabei lernte sie auch Pepino kennen. Dieser war ein gestandener alter Kater. Er traute keinen Menschen. Zu diesem Zeitpunkt wurde Fraulie sehr krank. In den schlimmen Momenten kam Pepino zu ihr in das Zimmer und legte sich zu ihr ins Bett. Dort blieb er eine Zeitlang. Doch irgendwann stand er auf, reckte sich und sprang aus dem Bett. Er schaute sich nochmals zu Fraulie um und ging hinaus. Seit diesem Tag kam er nie wieder. Fraulie hat ihn nie vergessen und fragt sich was passiert ist. Teddy vielleicht kannst du ihn finden und Fraulie endlich helfen ihre Ruhe und Frieden zu finden. Lg Max und Tichi (mich hat Fraulie auch gerettet, ich lebte in einem Kriegsgebiet) „

Als ich wieder bei uns in der Gruppe war, erzählte ich den anderen von dem Brief. Sie versprachen, nach dem alten Tigerkater Ausschau zu halten. Aber wir hatten nicht so viel Hoffnung ihn zu finden. Schliesslich war er einfach gegangen und wir wussten nicht, wohin. Und ob er schon über die Brücke gekommen war.

Trotzdem fragten wir unsere Freunde und auch den Katzenmann, ob sie den alten Kater kannten. Aber keiner konnte mit dem Namen und der Beschreibung etwas anfangen.

So dachten wir nicht mehr an Pepino bis wir eines Tages Oma-Frauchen und Frau Siggi besuchten. Seit Frau Siggi hier bei uns war, durfte auch ich immer über die geheime Brücke gehen und die beiden besuchen.

So saßen wir beisammen und Oma-Frauchen erzählte, dass vor einiger Zeit ein uralter Kater mit einer ebenfalls uralten Frau über die Brücke gekommen war. Der uralte Kater war ein Tigerkater. Und er hatte nicht auf die uralte Frau auf der Wiese gewartet, sondern war mit ihr zusammen über die Brücke gekommen. Sie waren gemeinsam eingeschlafen!

Oma-Frauchen erzählte uns, dass sie sich mit den Beiden unterhalten hatte und die uralte Frau ihr erzählt hatte, dass der Kater ein „Wissender" sei.

Ich fragte sie, wie die Zweibeinerin den Kater nannte, also wie sein Zweibeinername sei. Sie sagte, dass die alte Frau ihn Zeus nannte. Aber dass er auf der Erde wohl viele Namen von Zweibeinern, die er zur Brücke geleitet hatte, bekommen hatte. Es gab aber auch Zweibeiner, die schwer krank waren und sich auf dem Weg zum Regenbogen befanden. Auch von ihnen hatte er einen „Namen" bekommen. Doch sie fanden auf den Weg in das irdische Leben zurück und der alte Kater zog weiter.

In mir begann ein Gedanke zu wachsen. Konnte Zeus unser gesuchter Pepino sein? Ich fragte Oma-Frauchen wo ich die alte Frau und den alten Kater Zeus finden könnte.

In diesem Moment kam eine wirklich uralte Zweibeinerin mit einem genauso alten Tigerkater über die Wiese auf uns zu.

Die alte Frau setzte sich neben Oma-Frauchen. Der alte Kater kam zu mir und sagte, dass er der Gesuchte sei. In seinem langen Leben hatte er viele „Namen" von den Zweibeinern bekommen und er konnte sich an jeden Einzelnen erinnern, weil mit jedem Namen das Schicksal eines Zweibeiners verbunden war.

Wir baten ihn, uns seine Geschichte zu erzählen. Und so setzte er sich zu Füssen der alten Frau und fing an:

„Ich wurde geboren zu der Zeit, die von den Zweibeinern Weihnachten genannt wird. Mir ging es gut. Ich war alleine mit meiner Mama und wohnte bei einer alten Zweibeinerin. Die war sehr lieb mit uns und jeden Tag kam eine andere Zweibeinerin, die aussah wie unser Frauchen nur viel jünger.

Sie kümmerte sich sehr lieb um uns und um ihre Mama. Wir hatten immer leckeres Fresschen und das junge Frauchen machte immer unser Klöchen sauber.

Auch als ich älter wurde, durfte ich bei meiner Mama bleiben und unser Frauchen und die „Tochter" waren immer sehr lieb zu uns.

Doch irgendwann ging es unserem Frauchen nicht mehr gut. Sie lag nur noch in ihrem Schlafkasten, den sie „Bett" nannte und schlief ganz viel. Ihre Tochter war nun dauernd da und gab ihr zu essen und kümmerte sich sehr lieb um sie.

Und da sah ich ihn das erste Mal: Den Regenbogen! Strahlend stand er über dem Bett meines Frauchens!

Was war denn los mit meiner Mama und mit Frauchen-Tochter? Sahen sie den Regenbogen nicht? Sahen sie nicht, dass Frauchen gehen wollte?

So sprang ich auf das Bett und kuschelte mich an Frauchen. Sie schaute mich an und sagte: „Du weißt es...!"

Dann schloss sie ihre Augen für immer.

Frauchen Tochter sass an ihrem Bett und weinte bitterlich. Sie kraulte meine Mama und sagte zu ihr, dass wir – Mama und ich – nun bei ihr wohnen würden.

Dann kamen Zweibeiner und legte unser Frauchen in eine Kiste und Frauchen-Tochter steckte Mama in einen Kasten mit Gittern. Dann wollte sie auch mich in so einen Kasten stecken.

Aber ich wusste, dass ich einen anderen Weg gehen musste!

So befreite ich mich und rannte hinter den Zweibeinern mit der Kiste hinterher. Und dann lief ich einfach. Weiter und immer weiter. Ich war frei.

Auf meinem Weg traf ich immer wieder Zweibeiner, die es gut mit mir meinten. Ich bekam Essen und einen Namen und oft wollten mich die Zweibeiner auch anfassen. Aber das lies ich nicht zu. Ich wanderte immer weiter...

Dann kam ich irgendwann zu einem Platz, wo leckeres Fresschen stand und wo offenbar viele Artgenossen leckeres Essen bekamen.

Jeden Tag kam eine Zweibeinerin, die leckeres Fresschen in die Steinchen füllte. Die anderen Artgenossen kannten sie schon. Sie wurden wohl schon länger von der Zweibeinerin versorgt und alle hatten einen „Namen". Und so bekam auch ich einen Namen: Pepino!

Aber trotzdem ließ ich es nicht zu, dass die Zweibeinerin mich anfasste. Ich wartete immer, bis die anderen gefressen hatte und dann ging ich zu den Steinchen. Die Zweibeinerin machte immer extra für mich ein Steinchen wieder voll.

Und dann, an einem Abend als die Zweibeinerin wieder mein Steinchen voll machte, sah ich ihn:

Den Regenbogen!

Direkt über der lieben Zweibeinerin. Sie wurde gerufen!

Ganz offenbar ging es ihr gar nicht gut. Sie schlich zurück zu ihrer Wohnhöhle und schien Schmerzen zu haben. Dann legte sie sich in das „Bett" und schlief ein.

Ich spürte, dass sie auf dem Weg war und legte mich zu ihr. Sie krabbelte mein Fell und schlief dann wieder ein. Es ging ihr gar nicht gut und es kamen andere Zweibeiner, die ihr kleine Steinchen in den Mund stopften.

Irgendwann sah ich, dass der Regenbogen verblasste. Sie durfte bleiben!

Da reckte ich mich und sprang aus dem Bett. Ich wurde nicht mehr gebraucht und konnte weiter ziehen. Einmal drehte ich mich noch um und sie sah mich an und sagte leise meinen Namen:

Pepino.

So zog ich weiter und kam nach einiger Zeit an eine große Zweibeinerhöhle, in der ganz viele alte Menschen wohnten. Vor der Höhle waren ganz viele Blümis und Bäume. Dort gingen viele alte Leute mit kleinen Rollendingsen spazieren. Und überall standen Brettchen auf kleinen Stelzen, wo die alten Zweibeiner sich hinsetzten. Sie nannten es „Bänke" zum Ausruhen.

Auf einer dieser „Bänke" sass eine ganz alte Zweibeinerin. Die winkte mich zu ihr. Irgendwie fühlte ich mich angezogen und so ging ich zu ihr. Ich setzte mich neben sie und sie krabbelte leise mein Fell.

Dabei sagte sie: „Du siehst es, gell?" Und ja. Ich sah es. Ich sah, wenn ein Zweibeiner gehen sollte.

Und ich war bestimmt, den Zweibeiner auf dem Weg zu begleiten.

Ich durfte nun bei der ganz alten Zweibeinerin bleiben. Sie wohnte in einem „Altenheim" So nennen die Menschen die Häuser, in denen sie ihre Eltern und Großeltern unterbringen. Bis sie sterben.

Einige von denen, die hier wohnen, werden von ihren Kindern und Enkeln oft besucht. Und es geht ihnen gut. Und wenn sie gehen müssen, werden sie von ihren Lieben begleitet.

Aber es gibt leider auch viele alte Menschen, die alleine gehen müssen. Und die habe ich besucht. Der Regenbogen hat mir den Weg gewiesen. Ich bin dann zu den alten Zweibeinern gegangen und habe mich zu ihnen in ihr Bett gelegt. Und ich habe mich an sie gekuschelt. Dann haben sie mich mir ihren Fingern leise gekrault.

Und bis sie eingeschlafen sind, habe ich sie auf dem Weg zur Brücke begleitet

Die Zweibeinerinnen in den weissen Fellen ließen mich ganz frei in den Zimmern herumlaufen und wenn ich mich in ein Bett zu einer

Zweibeinerin oder einem Zweibeiner legte, ließen sie uns in Ruhe und machten das Zimmer dunkel.

Und sie gaben mir immer sehr leckeres Fresschen...

Aber ich ging immer zu meinem lieben Frauchen zurück. Sie war eine der ältesten Zweibeinerinnen in diesem „Altenheim". Und sie hatte ihr langes Leben lang immer Katzen.

Und ich würde ihre Letzte sein!

Eines Morgens wachte ich auf und sah den Regenbogen. Nicht wie sonst wenn er die Zweibeiner rief. Nein, strahlend schön stand er da .

Und ich wusste, er rief uns beide!

So standen wir dann vor der Brücke, mein letztes Frauchen und ich, Zeus!

Wir gingen gemeinsam über die Brücke und etwas wies uns den Weg zu einer anderen kleinen Holzbrücke. Wir überquerten die geheime Brücke und nun sind wir hier für alle Ewigkeit zusammen."

Wir hatten ihn gefunden: Pepino. Oder Zeus. Oder sonst wie.

Auf jeden Fall einen besonderen Kater, der den Regenbogen vor allen anderen sehen konnte...

DA GEHT WAS...

Hallo ihr lieben Zweibeiner. Hier ist euer Teddy.

Ich muss ich euch etwas fragen: Seid ihr da auf der Erde vollkommen verrückt geworden? Überall hängen bunte Lappen an den Häusern oder an langen Stangen in den Gärten. Und eure geliebten Autos habt ihr bunt verkleidet!

Aber richtig wild ist es in vielen Städten auf der Straße. Da rennen unheimlich viele Zweibeiner in großen Gruppen herum, die sich alle in die gleichen bunten Felle gewickelt haben und oft merkwürdige Kopfbedeckungen aufhaben. Viele haben sich die Gesichter bunt bemalt und blasen in lustige Tröten. Alle sind ausgelassen und es ist ein wirres Durcheinander von ganz unterschiedlichen Zweibeinersprachen. Doch irgendwie verstehen sich wohl alle untereinander. An einem geheimen Zeichen rennen alle in riesige runde Höhlen, die kein Dach haben. Da treffen sich dann zwei Gruppen von den lustigen Zweibeinern. Es gibt nur zwei Arten und Farben von Fellen und sie schwenken unglaublich viele riesengroße bunte Lappen. Und sie singen. Jede Gruppe hat ihren eigenen Gesang und damit tragen sie eine Art Wettkampf aus.

Es geht wohl darum, wer am lautesten singen kann.

In der Mitte der offenen Höhle ist ganz viel Kitzelgras. An jedem Ende des Kitzelgrases steht ein Käfig. Da wird bestimmt immer einer von den Zweibeinern eingesperrt, der nicht laut genug singt! Irgendwie komisch ist aber, dass der Käfig vorne offen ist, da kann ja derjenige, der da eingesperrt werden soll, gleich wieder wegrennen!

Aber dann wird das Kitzelgras mit zwei riesigen bunten Lappen, die genauso aussehen wie die vielen kleinen Lappen von den Zweibeinern, zugedeckt. Und dann geht das Geschrei von den Wänden der Höhle richtig los, als zwei lange Reihen von Zweibeinern auf das Kitzelgras laufen. Die haben jeweils die gleichen Felle an, wie die singenden Zweibeiner und jeder von denen hat einen Mini-Zweibeiner an der Hand. Aber die Kleinen müssen gleich wieder vom Kitzelgras runter. Die waren wohl nicht brav!

Und dann stellen sich alle nebeneinander auf und es wird plötzlich ganz ruhig in der Höhle. Plötzlich fängt richtige Musik an zu spielen und es wird ganz feierlich. Jede Reihe singt ein richtig schönes Lied und die Zweibeiner an den Wänden singen farblich sortiert mit.

Aber dann nimmt der Wahnsinn richtig seinen Gang: Einer, der ein anderes Fell hat wie alle, hat ein Bällchen mitgebracht. Und er hat eine Tröte im Mund. Und da trötet er jetzt rein und alle vergessen zu singen.

Er legt das Bällchen in die Mitte und alle schreien durcheinander. Und die auf dem Kitzelgras fangen an, das Bällchen zu jagen. Es geht hin und her und jeder Zweibeiner will das Bällchen haben.

In den beiden Käfigen steht jetzt auch jeweils ein Zweibeiner und es scheint darum zu gehen, den mit dem Bällchen abzuschießen. Aber die anderen auf dem Kitzelgras wollen das nicht zulassen und trampeln auf das Bällchen und auch manchmal auf die anderen Zweibeiner. Dann kommt der Trötenmann und trötet. Darauf hören lustigerweise alle! Und manchmal hebt der Trötenmann einen bunten kleinen Zettel in die Luft. Dann meckern alle, aber nicht so laut, sonst wird der Trötenmann böse und hebt einen anderen bunten Zettel aus seiner Poppestasche hoch. Dann darf einer der Zweibeiner nicht mehr mitspielen.

Aber am wildesten wird es, wenn wieder einmal einer das Bällchen auf den armen Gefangenen in dem Käfig tritt und der es nicht festhält. Dann schreit die eine Hälfte der Zweibeiner an den Höhlenwänden so etwas wie „Tooooooooooooooooooooor" und die eine Hälfte der Zweibeiner wirft sich auf den armen Kerl, der den Gefangenen nicht getroffen hat. Der wird wohl jetzt bestraft! Also ist „Tooooooooooooooor" wohl etwas Schlimmes!

Dieses Spektakel dauert ziemlich lange und irgendwann trötet der Trötenmann und alle verlassen die Höhle.

Und dieses Spektakel findet überall statt. Und diejenigen, die nicht in die Höhle dürfen, treffen sich vor riesigen Flimmerwänden und schauen sich das dort an.

An einem Abend bin ich wieder zu Frauchen gekommen, weil ich sehen wollte, wie es ihr geht. Sie war krank und ich mache mir da immer Sorgen um sie.

Sie saß in ihrer Wohnhöhle und schaute in ihre Flimmerkiste. Die beiden Kleinen – Sternchen und Schnäuzchen – lagen auf ihren Beinen und schliefen. Und was soll ich euch sagen: In der Flimmerkiste lief das Bällchenspektakel. Frauchen schien ganz aufgeregt zu sein und zappelte und schimpfte. Die beiden Kleinen schien das nicht zu stören, die schliefen ganz fest.

Aber dann trat einer von den Zweibeinern im Flimmerkasten gegen das Bällchen und es flog an dem Gefangenen vorbei. Frauchen sprang auf und schrie „Tooooor". Und die beiden Kleinen flogen in hohem Bogen durch die Luft und standen ganz betröppelt vor der Couch

Okay, Frauchen war nun auch verrückt geworden!

So beschloß ich, zurück zu meinen Freunden zu gehen.

Dort erzählte ich, was bei den Zweibeinern los war und dass unser Frauchen offenbar verrückt geworden war. Meine Freunde berichteten, dass viele unserer Freunde aus anderen Gruppen ähnliches berichteten.

Was war da denn los?

Wir beschlossen, jemanden zu fragen, der uns da eine Antwort geben konnte: Oma-Frauchen!

So zogen wir zu der kleinen Holzbrücke und schon von Weitem sahen wir Oma Frauchen und Frau Siggi auf der kleinen Holzbank sitzen. Madeleine spielte mit Joje auf der Wiese.

Hexe und ich überquerten die geheime Brücke und gingen zu Oma-Frauchen und Frau Siggi. Wir wurden herzlich begrüßt und dann erzählte ich, was bei den Zweibeinern los ist.

Oma-Frauchen schüttelte sich vor Lachen und erklärte uns dann, dass dort auf der Erde gerade der ganz normale Wahnsinn stattfand. Es nannte sich „Fußball Europa-Meisterschaft". Da traten ganz viele Zweibeiner aus vielen verschiedenen „Ländern" gegeneinander an.

Wir fragten, ob das so etwas wie „Krieg" sei. Oma-Frauchen antwortete uns, das es das Gegenteil ist. Die Spieler der verschiedenen Länder trafen sich auf dem Spielfeld – dem Kitzelgras, was wir gesehen hatten – und die Fans – das waren die Zweibeiner an den Wänden der Höhle und vor den Flimmerwänden – schauten die Spiele und feierten gemeinsam.

Das gefiel uns! Und wir fragten Oma-Frauchen, warum es dann diesen Krieg gab, in dem sich unschuldige Zweibeiner gegeneinander verletzten oder sogar totmachten und deren Anghörige trauerten oder nicht einmal wussten, was mit ihren Lieben passiert war. Und die, die dafür verantwortlich waren auf ihren Sesseln saßen und Reden schwangen. Eigentlich sollten doch die Verantwortlichen sich auf einem Kitzelgras treffen und miteinander in einem fairen Wettkampf streiten.

Darauf konnte uns Oma-Frauchen keine Antwort geben.

Aber mir kam eine Idee...

Hier auf unserer wunderschönen Wiese waren unzählige verschiedene Tiere aus allen Ländern zusammen. Warum sollten wir nicht auch so eine Art Olympiade der verschiedenen Länder und der verschiedenen Tiere veranstalten.

Es war zwar wunderschön hier, aber so ein wenig Abwechslung wäre ja schon toll!

Ich erzählte Hexe und Oma-Frauchen von meiner Idee. Sie und Frau Siggi waren begeistert. Sie fingen sofort an zu planen.

Wir überlegten hin und her und kamen dann zu dem Schluß, dass es am fairsten war, wenn es Wettläufe gab, in denen jeweils die gleichen Tierarten aus den selben Ländern zusammen antraten.

Das Wort „Gegeneinander" gibt es bei uns nicht. Auch keinen „Verlierer" oder „Gewinner". Es sollte um den Spaß gehen. Um das Miteinander. Und um das Kennenlernen von neuen Freunden.

So war es beschlossen: Es würde einen Freundeslauf geben. Alle Länder und Tiere würden eingeladen und es würde ein wunderschönes Fest werden.

Aber wie sollten wir die Tiere alle informieren? Die Wiese war unendlich groß und es gab eine unermessliche Anzahl von Tieren...

Und da liess sich ein kleiner Flatterer neben Oma-Frauchen auf der Bank nieder.

Er hopste auf ihre Schulter und fing an zu zwitschern: „Ihr überlegt, wie ihr eure Idee auf unserer Wiese verbreiten könnt? Wir finden die Idee schön und möchten euch gerne helfen! Meine Freunde und ich werden die Idee verbreiten und ihr werdet sehen, es werden ganz viele Tiere kommen!"

Der kleine Flatterer flog ein Stück weiter und setzte sich auf einen der wunderschönen Bäume und ließ seinen hellen Gesang erklingen. Da kamen unzählige Flatterer zu dem Baum und man hörte den kleinen Flatterer zwitschern. Nach einer Weile verstummte er und es rauschte in dem Baum, als die Vögel sich in die Luft schwangen und in alle Himmelsrichtungen davonflogen.

Nun mussten wir unseren Freundeslauf organisieren, aber dabei würde uns Mutter Natur helfen.

Freut euch auf unseren „Freundeslauf", wir freuen uns auch darauf!

Gute Nacht euer Teddy

DER FREUNDESLAUF

Hallo, hier ist euer aufgeregter Teddy.

In den letzten Tagen haben wir zusammen mit Oma-Frauchen, Frau Siggi, dem Katzenmann und Herrchen überlegt, wie wir unseren Freundeslauf gestalten können. Schließlich gibt es ja eine riesengroße Menge von unterschiedlichen Tieren bei uns auf der Wiese. Da mussten wir ja auch unterschiedliche Bedingungen schaffen!

Wenn alle auf einer Bahn laufen würden wäre das Chaos vorprogrammiert. Wäre die Bahn zu groß, müssten die Kleinen, wie Meerschweinchen, Schildkröten und Mausis viel zu weit laufen. Wäre die Bahn zu klein, könnten die Pferde ihre Kraft nicht ausleben.

Aber da half uns Mutter Natur.

Als wir zusammen mit unseren Zweibeinern zu dem großen Baum gingen, der mitten auf unserer Wiese, wo der Freundeslauf stattfinden sollte, steht, bewegten sich plötzlich die Blümis auf der Wiese. Sie bewegten sich zur Seite, so dass in der Mitte nur noch Kitzelgras war.

Die Blümis hatten eine Laufbahn gemacht! Die Bahn ging einmal um den Baum herum und endete wieder bei uns. Gut, also hatten wir EINE Laufbahn. Aber was war mit den Tieren, für die diese Bahn nicht passte?

Und schon zeigte uns Mutter Natur, was sie kann. Die Blümis bewegten sich wieder aufeinander zu und die Kitzelgrasbahn wurde kürzer und schmäler. Das machten die Blümis noch ein paarmal, so dass die Kitzelgrasbahn immer für die jeweiligen Tiere passte.

Oma-Frauchen und die anderen Zweibeiner waren total begeistert und schauten fassungslos diesem Wunder zu.

Aber würden denn auch Tiere kommen? Die Flatterer waren ja ausgeschwärmt, um die Kunde unserer Idee zu verbreiten. Aber bis jetzt war keiner zurück gekomem.

Vielleicht war unsere Idee ja das, was ihr Zweibeiner eine „Schnapsidee" nennt.

So saßen wir gemeinsam unter dem Baum als plötzlich der Regenbogen über dem Baum erstrahlte. Plötzlich sahen wir von ganz weit her eine große Staubwolke, die sich auf uns zu bewegte. Und dann begann der Boden zu vibrieren. Es begann ein Donnern von unzähligen Hufen, die auf den Boden trommelten: Die Pferde kamen! Und vornweg flog ein Flatterer mit einem hübschen Blümchen im Schnabel.

Direkt vor unserem Baum blieb diese beeindruckende Herde stehen und zwei von ihnen lösten sich aus der Masse. Es war der wunderschöne weisse Andalusier-Hengst Paco mit der langen Mähne und dem schönen Schweif. Und unser Poco.

Die beiden stellten sich vor uns und Paco sagte, dass die Flatterer ihnen von unserer Idee erzählt hatten und sie gerne bei dem Freundeslauf mitmachen möchten. Allerdings hatten sich ja alle Pferde aus allen Ländern der Erde zusammengetan auf ihrem eigenen Abschnitt der Wiese. Aber sie wollten trotzdem mitmachen. Aber nicht alle, die meisten waren als Zuschauer hier. Vor allem die Pferde, die zu ihren Lebzeiten schon von den Zweibeinern gezwungen worden waren, bei Wettrennen zu gewinnen. Und das oftmals mit sehr schmerzhaften Mitteln. Die wollten nicht mehr laufen. Aber die großen Shire-Horses – Absolute Riesen unter den Pferden- wollten zeigen, dass sie nicht nur Baumstämme schleppen konnten, sondern auch schnell auf den Hufen waren. Da kam auch schon ein lustiges Wiehern von den kleinen Isländern, die behaupteten, schneller als die Riesen zu sein.

Wir konnten uns nicht weiter mit den Pferden beschäftigen, denn da kam wieder ein Flatterer mit einem Blümchen im Schnabel und hinter ihm waren ganz viele Wauzies. Die sahen alle recht ähnlich aus. Der kleine Flatterer setzte sich zu uns und erklärte, dass die Wauizies aus einem Land kamen, wo sie extra gezüchtet wurden, um von den Zweibeinern gegessen zu werden. Das Fell von den Wauzies wurde dazu verwendet, um die Felle der Zweibeiner zu schmücken. Die Wauzies waren alle sehr schüchtern, weil sie niemals die Liebe von den Herrchen und Frauchen kennenlernen durften. Die Wauzies wollten auch gar nicht mitkommen, aber der Flatterer wusste ja, dass ungeliebte Tiere von den Gruppen aufgenommen würden, um irgendwann mit deren Frauchen und Herrchen Geborgenheit kennenzulernen.Sie würden hier als Zuschauer dabeisein. Und neue Freunde und neue „Familien" finden.

Aber nun kamen immer mehr Flatterer. Und alle hatten große Gruppen von Tieren hinter sich. Manche hatten unglaublich viele Katzen dabei. Da waren Gruppen aus verschiedenen Ländern wie „Griechenland, Italien, Spanien und Türkei". Auch bei den Hundi-Gruppen waren sehr viele Hundis aus den selben Ländern und dazu ganz, ganz viele aus „Rumänien". Aber die waren alle fröhlich, weil sie dankbar waren, dass sie hier im Regenbogenland eine neue Heimat hatten. Es gab für diese Tiere auch auf der Erde Zweibeiner, die sich um sie gekümmert hatten und die auf der Erde versucht hatten, diesen Tieren ein Zuhause zu bringen. Mit denen würden die Hundis auf die ewige Wiese gehen, wenn sie die Erde verlassen.

Mittlerweile war es voll um unseren großen Baum. Es kamen immer mehr Flatterer mit Gruppen von Tieren. Sehr oft waren es Gruppen mit verschiedenen Tieren, die alle auf ein bestimmtes Herrchen oder Frauchen warteten. Und jeder Flatterer hatte ein anderes Blümchen im Schnabel.

Wir fragten, was das mit den Blümchen sollte. Da kam unser kleiner Freund, der seine Kumpels in alle Winde geschickt hatte, und erklärte uns, dass sie sich überlegt hatten, wie sie denn die vielen, vielen

Gruppen von Tieren auseinander halten sollten. Da kam ihnen die Idee, dass jeder Gruppe ein bestimmtes Blümchen zugeordnet werden sollte. Daran konnte man sie unterscheiden!

Das war eine tolle Idee!

Die Wiese war nun voll und die Flatterer kamen zu uns und brachten uns die verschiedenen Blümchen.

Nun machten unsere Zweibeiner sich daran, aus den Gruppen so etwas wie „Mannschaften" zu bilden.

Es gab dann:

- die Pferde

- die Hunde

- die Katzen

- die Kaninchen, Hasen und sonstige Hoppeler

- Meerschweinchen

- Schildkröten

- Flatterer

Aus jeder Gruppe durfte ein Tier teilnehmen, außer bei den Pferden. Die waren eine eigene Gruppe und liefen außer Konkurrenz.

Aber was gut wäre, würde ein unparteiischer Schiedsrichter sein. Doch wo sollten wir den finden, der müsste sehr klug sein und ganz schnell überall bei unseren Teilnehmern sein können. Das konnten unsere Zweibeiner nicht und unparteiisch waren die auch nicht!

Wir waren noch am überlegen, da kam ein Zweibeiner zu uns, den wir noch nie gesehen hatten. Der war schon lange auf der ewigen Wiese und hatte durch Herrchen von unserem Freundeslauf gehört. Über ihm flogen vollkommen lautlos zwei sehr große Flatterer. Sie setzten sich neben ihn und schauten uns aus unglaublich klugen Augen an. Sie hatten so schöne Puschelohren und konnten ihren Kopf fast einmal um die eigene Achse drehen. Der Zweibeiner bot an, dass seine beiden „Uhus" sich um die Fairness kümmern konnten, da sie unheimlich klug seien. Und er habe noch einen besonderen Trumpf für schwierige Fälle. Da streckte er den Arm aus und pfiff. Wir schauten in die Luft und dann stockte uns der Atem. Es schoss der größte Flatterer, den wir jemals gesehen hatten auf uns herab. Kurz bevor er auf dem Arm landete, breitete er seine Schwingen aus und das war der allergrößte Flatterer, den ich jemals gesehen hatte!

Es war „Stern", der Steinadler.

Die Theorie, die unsere Zweibeiner sich ausgedacht hatten, hörte sich ganz prima an. Und so machten wir uns daran, die Gruppen nach Blümchen aufzuteilen.

Aber niemand hatte mit der Kreativität unserer Teilnehmer gerechnet!

Zuerst waren die Pferde dran. Zwei der Riesen traten gegen zwei Mini-Isländer an. Die anderen Pferde standen neben der Bahn und machten einen Riesenkrach. Sie wieherten und schnaubten. Und dann rannten die vier los!

Die Shire-Horses trabten los und die Erde bebte. Die Isländer standen noch auf der Wiese und fraßen Gras. Dann schauten sie hoch und sahen die Großen laufen. Und dann liefen auch sie los. Die Großen waren eigentlich unerreichbar. Aber die kleinen Isländer straften alle Lügen! Sie rannten mit ihren kurzen Beinchen und kamen sehr schnell an die schweren Shire´s heran. Und dann waren sie da. Und überholten!

Dann kamen die Hundis. Ganz viele traten an und rannten auf das Signal los. Aber denn fanden sie leckere Gerüche im Kitzelgras viel interessanter und schnüffelten alles ab.

Das war dann auch nix! Also schickten wir unsere Katzen ins Rennen. Das waren unglaublich viele. Aber genauso unglaublich viele

Ablenkungen gab es auf unserer Wiese. Einige krabbelten auf den schönen Baum. Einige suchten in der Blümiwiese. Und einige legten sich einfach in die Sonne zum Dösen.

Okay, das war dann auch nichts!

Nun kamen die Hoppels. Sie stellten sich auf und als unser Oma-Frauchen in ihre Tröte pustete, hoppelte die Kleinen in alle Richtungen davon. Ein Pfiff von unserem Großflattererfreund rettete die Hoppels gerade noch davor, von dem Riesenflatterer gepackt zu werden...

Das Schlusslicht waren unsere Meerschweinchen. Sie stellten sich brav an ihrer Bahn auf. Dann pfiff Oma-Frauchen. Und – die Meerschweinchen aßen Gras. Sie bewegten sich nicht. Sie hatten Hunger und aßen!

Da beschlossen wir, den Freundeslauf abzubrechen.

Aber es war ein wunderschöner Tag. Wir brauchen hier keinen „Wettkampf"! Wir haben Freude und wir sind mit allem zufrieden, was uns diese wunderschöne Wiese bietet.

Das haben wir heute gelernt!

Nun sitzen wir mit unseren Freunden – den alten und denen, die wir heute dazugewonnen haben- zusammen und erzählen uns unsere Geschichten.

Schöne, traurige, lustige, kuriose und unglaubliche.

Und vielleicht erzähle ich euch einige davon.

Schlaft gut, euer Teddy!

IGEL

Hallo, hier ist euer Teddy.

Nach unserem Freundeslauf ist hier bei uns wieder Ruhe eingekehrt. Wir hatten eine schöne Zeit und haben viele neue Freunde gefunden.

Viele Geschichten wurden erzählt. Lustige, traurige, unglaubliche und kuriose. Lange saßen wir zusammen, aber irgendwann haben sich alle wieder auf den Weg zu ihrem Teil der Wiese gemacht.

Aber wir haben uns versprochen, dass wir diesen Freundeslauf irgendwann wiederholen werden. Auch wenn kaum jemand gelaufen ist...wir werden dann die Flatterer wieder aussenden und uns treffen.

Wann das sein wird, weiß niemand, Zeit kennen wir hier ja nicht.

Nun lag ich hier unter dem schönen Baum und überlegte, welche Geschichten ich meinem Frauchen diktieren soll. Sie tippselt die Geschichte dann für meine vielen zweibeinigen Freunde und macht ein neues Buch daraus.

Doch dann wurde ich jäh gestört. Hexe kam zu mir und in diesem Moment sah ich ihn auch: Den Regenbogen. Er leuchtete in seiner ganzen Schönheit über der Brücke und rief Hexe und mich.

Wir waren gespannt, wer über die Brücke kommen würde

So stellten wir uns am Ende der Brücke auf und hielten Ausschau. Und wir sahen – nichts!

Da kam nichts! Kein Tier zu sehen. Doch nach einer Weile sahen wir fast am Ende der Brücke drei kleine lustige Tiere. Schon öfter hatten wir solche Tiere auf unserer Wiese gesehen, aber immer wenn wir zu ihnen gehen wollten, wurden die zum Stachelball. Also ließen wir sie in Ruhe!

Die Kleinen waren sehr schwach und kamen kaum die kleine Treppe hinunter. Als sie es doch geschafft hatten, legten sie sich zur Seite und schliefen sofort ein.

Das kannten wir ja schon, jedes Tier, das hier ankam, schlief zuerst einmal seine Schmerzen, seine Sorgen und alles was ihn sonst noch plagte, weg. Wenn es dann erwachte, war es kerngesund und konnte seine Geschichte erzählen.

So setzten wir uns auf die Wiese und beschlossen, darauf zu warten, daß die Kleinen aufwachten.

Plötzlich bewegte sich das Gras und die Blümchen und wir vermuteten schon, dass uns die neugierigen Wutz und Wutti wieder einmal gefolgt waren.

Aber da kam ein Stacheltier aus den Gras auf uns zu. Es war sehr groß und hatte überhaupt keine Angst vor uns. Das Stacheltier schien schon sehr alt zu sein, es hatte ein ziemlich graues Schnäuzchen und sein Blick war irgendwie weise. So wie unsere Hexe.

Er setzte sich hin und betrachtete uns mit seinen schlauen Knopfaugen. Hexe ging zu ihm und beschnupperte ihn. Er lies sich das geduldig gefallen und rollte sich nicht zu einem Stachelball zusammen.

Hexe fragte ihn, wieso auch er hier sei. Normalerweise – wenn wir gerufen wurden – sollten wir ein Tier abholen, was fortan zu unserer Gruppe gehören sollte. Aber da er nun auch hier sei, sollte er wohl auch mit uns kommen.

Er schaute zu den drei Kleinen und fing dann an zu erzählen:

„Ich heiße Igel. Ich habe keinen Zweibeinernamen weil ich der erste meiner Art bin, der von Zweibeinern gerettet wurde. Sie haben mich verletzt gefunden, mein Beinchen war kaputt und hat sehr weh getan. Anders als andere Zweibeiner, für die wir zu der Zeit eine Art Ungeziefer waren, haben die Zweibeiner mich mitgenommen. Ich war damals von einem großen Tier, was bellte und stank, angefallen worden. Die Zweibeiner hatten mich zu einem anderen Zweibeiner gebracht, der mich gepiekst hat und dann musste ich eine Zeitlang bei meinen neuen Freunden wohnen. Aber das war eigentlich schön. Ich bekam leckeres Fresschen und hatte einen Platz,in dem immer frisches Gras und weiches Zeugs war. Und mein Beinchen wurde auch immer besser und tat irgendwann gar nicht mehr weh.

Zu den Zweibeinern hatte ich mittlerweile sehr viel Vertrauen gefasst und ich rollte mich auch nicht mehr zusammen, wenn sie mich anfassten. Im Gegenteil, es war sehr schön, wenn sie mir mein Bauchi krabbelten.

Und auch die Plagegeister, die auf mir wohnten und mich quälten, waren nicht mehr da!

Irgendwann meinte die Zweibeinerin, dass ich nun gesund sei und wieder in die Freiheit dürfte. Und so machte sie eines Abends den Käfig auf und ich ging hinaus in die Freiheit. Aber irgendwie vermisste ich meine Zweibeiner doch auch, sosehr ich meine Freiheit genoß. Und als ich eine hübsche Igelfrau fand, beschloss ich, zu meiner Zweibeinerfamilie zurückzugehen. So machten wir uns auf den Weg.

Bald waren wir wieder in dem schönen Garten, in dem mein Käfig gestanden hatte. Das Zweibeinerfrauchen erkannte mich sofort, weil mein kaputtes Beinchen anders war als bei anderen Igels. Und sie freute sich und auch meine Igelfrau wurde bewundert, auch wenn die noch etwas scheu war.

Und der Garten war so schön, wir fanden jede Menge Verstecke und ganz viel Futter. Und dazu bekamen wir von unserem Zweibein-Frauchen auch noch leckeres Fresschen und immer ein Schälchen mit Trinken. So blieben wir da. Und dann kamen unsere Kinder. Und auch sie wurden von unserem Frauchen verpflegt.

Wir waren eine glückliche Familie und oft kamen auch noch andere Igel in unseren Garten. Die habe ich dann vertrieben. Da hier war mein Revier. Aber es gab ja genug andere Gärten für die anderen Igel.

Das ist lange her...

Mittlerweile gibt es nur noch wenige von uns. Jedes Jahr gibt es noch weniger Igel. Obwohl nun einige Zweibeiner erkannt haben, dass wir kein „Ungeziefer" sind, das man einfach „plattfahren" kann.

Mein ehemaliges Frauchen auf der Erde hat es sich zur Aufgabe gemacht, verletzte und kranke Igel zu retten. Aber das ist mittlerweile auf der Erde ein fast aussichtsloser Kampf!

Als ich auf der Erde war, konnte ich ganz weit laufen. Zwischen den Gärten der Zweibeiner waren Hecken oder Gitter, durch die wir durchlaufen konnten. In den Gärten waren hohe Wiesen oder ganz viel von dem „Gemüse" was die Zweibeiner gerne aßen. Da gab es ganz viel Getier, was wir sehr gerne mochten. Vor allem die schleimigen Rutschtiere, die so gerne das Gemüse der Zweibeiner aßen, waren unsere Leibspeise.

Wenn es langsam kälter wurde, haben die Zweibeiner große Haufen aus dem alten Gras und Gemüse gemacht, in denen wir uns eingekuschelt haben und den kalten Winter so verschlafen konnten.

Es war eine schöne Zeit und viele von uns durften recht alt werden. So auch ich.

Aber es gab im Laufe der Zeit immer breitere Wege, auf denen die bösen Brummser hin und herrasten. Und so sehr wir uns auch bemühten, viele von uns schafften es nicht, über diese Wege zu rennen. Unsere Beinchen waren viel zu kurz und viele von uns rollten sich einfach zusammen, wenn sie die Gefahr auf sich zu kommen sahen. Und wurden überrollt...

Die Zweibeiner hatten sich angewöhnt, ihre Gärten mit hohen Gittern rundum zu schützen. Wovor? Wir hatten keine Chance mehr, durch diese Gitter zu kommen. Wenn sie wenigstens unten einen Spalt lassen würden, unter dem wir hindurch kommen könnten...

Und die Gärten wurden nun so sauber geputzt. Warum nur? Es gab nur noch kurz geschnittenes Gras und unsere Wildkräuter wurden Unkraut genannt und ausgerissen. Die Insekten, die wir gerne mochten, fanden nichts mehr zu essen. Die schleimigen Kriechtiere, die wir so gerne aßen, wurden entweder in komischen Flüssigkeiten ertränkt, dann schmeckten sie uns auch nicht mehr. Oder es wurden bunte Kügelchen verstreut und die machten auch unsere Artgenossen krank und viele starben daran.

Und wenn es kalt wurde, gab es die kuscheligen Gras- und Gemüseberge nicht mehr. Es wurde alles weggeräumt. Wir fanden nichts mehr zu essen und konnten nirgends richtig über die kalte Jahreszeit hinweg schlafen.

So hatten viele von uns Hunger und überlebten die kalte Jahreszeit nicht.

Aber dann gab es auch noch die ganz bösen Dinger, die abends durch die Gärten fuhren und das Gras fraßen. Sie waren platt und denen war es egal, ob unsere Artgenossen vor ihnen im Gras lagen. Die hatten sich zum Schutz zusammengerollt , aber diese Dinger, die von den Zweibeinern ihr „Rasenroboter" genannt wurden, und die von ihnen geliebt wurden, schnitten ihnen mit ihren scharfen Messern einfach alles ab, was sie erwischen konnten. Und unsere Artgenossen schafften es vielleicht noch aus dem „Garten" und lagen dann hilflos irgendwo.

Und waren wehrlos!

Und dann kam das Schlimmste: Die bösen Fliegen! Sie legten ihre Eier in die Wunden meiner verletzten Artgenossen und ganz schnell bildeten sich aus den Eiern sehr böse Würmer, Maden genannt.

Die bohrten sich in die Wunden und frassen sich an meinen Artgenossen satt. Und die starben einen ganz schlimmen Tod.

Aber es gab mittlerweile einige Zweibeiner, die versuchten, unsere Artgenossen zu retten. Sie kümmerten sich mit all ihrer Kraft um das Überleben der Igel.

Sehr sehr oft verloren sie den Kampf. Und ständig kommen mehr über die Brücke.

Und wir spüren die Tränen der Zweibeiner, die versuchen, unsere Artgenossen zu retten. Die die Qualen sehen. Die den Ekel überwinden. Die diese ekelhaften Fliegenlarven entfernen. Die unsere lieben Artgenossen alle zwei Stunden füttern. Die Hoffen. Die Kämpfen. Die Verlieren! Die Abschied nehmen.

Die aber auch durch einen unermüdlichen Kampf einzelne von uns retten können.

Die drei, die heute über die Brücke gekommen sind, waren noch Babies. Aber sie hatten keine Chance! Die Mutter war überfahren worden. Gärten mit Nahrung gab es nicht mehr. Neben der Straße, auf der ihre Mutter überfahren worden war, gab es nur kalten Beton. Kein Gras. Keine Insekten. Nichts!

Zum Sterben verurteilt!"

In diesem Moment wachten die Kleinen auf. Sie schauten sich um und sie gingen sofort zu dem alten Igel und kuschelten sich an ihn.

Der stand auf und wandte sich mit den Kleinen zum Gehen.

Ich ging zu ihm und fragte ihn, warum wir zum Regenbogen gerufen worden waren, wenn er jetzt die Kleinen mitnahm.

Er sagte, dass es immer schon klar war, dass die Kleinen zu ihm in die Igelgruppe kommen würde. Aber er wollte, dass die Zweibeiner über ihr Verhalten nachdenken. Und dass er von mir gehört hätte und ich da vielleicht helfen konnte.

Und das mache ich gerne!

Bitte denkt bei eurer Gartengestaltung an die Igel. Und die Insekten. Und die Bienen.

Nicht an die Nachbarn! Die sind vollkommen unwichtig!

Und wenn ihr schon so einen furchtbaren Rasenroboter kaufen müsst, lasst ihn nicht Nachts laufen! Da sind die Igel unterwegs und die können sich nicht gegen dieses Monster wehren! Oder am besten: Mäht wie früher den Rasen mit dem Schiebeding! Das ist auch gut für eure Figur!

Schaut euch dieses liebe Tier einmal genauer an. Schaut ihm in seine lieben und schlauen Äuglein! Soll es von eurer Welt verschwinden?

Gute Nacht, euer Teddy

KATASTROPHOLUS

Kurz nach dem Erlebnis mit Opa-Igel besuchten wir wieder einmal Oma-Frauchen. Sie saß wie immer auf ihrer Bank mit Minka auf ihrem Schoß. Die kleine Madeleine spielte mit Joie vor ihr im Gras.

Neben Oma-Frauchen saß Hans-Herrchen und Buffy hatte ihren Kopf mit den langen Schlappohren auf seine Beine gelegt und wurde geknuddelt.

Mich hatte die Geschichte von den Igeln sehr beschäftigt und so erzählte ich von meinem Erlebnis mit dem uralten Igel.

Hans-Herrchen wurde sehr traurig und als ich fertig war, fing er an zu erzählen:

„Ich liebe diese kleinen schlauen und putzigen Stacheltiere, wir - euer Frauchen Doris und ich - hatten selbst über Jahre eine Igelfamilie im Garten, die bei uns gefüttert wurden und auch im Garten überwintert haben.

Wir hatten damals ein Haus mit Garten gekauft. Der Garten war – wie es sich so in Deutschland gehört – ein Stück ordentlich kurz gemähter Rasen mit ein paar gestutzten Büschen. Eine betonierte Terrasse und eine betonierte Vorfahrt vor der Garage. Vor dem Haus ein hässlicher Steingarten.

Und genau so sahen die Gärten in der Nachbarschaft aus.

Aber ich sah von Anfang an, was man aus diesem Rohdiamanten machen konnte! Ein Naturparadies!

Zum Entsetzen unserer Nachbarn gestalteten wir unseren Garten zu einem wunderschönen natürlichen Biotop um. 2/3 des Rasens wurde fast 2m tief ausgebaggert und es entstand ein Naturteich, in dem Fische aufgrund der Tiefe problemlos überwintern konnten. Es wurden Wasserpflanzen eingesetzt und Stege und eine Holzterrasse gebaut. Rund um den Teich haben wir unterschiedliche Stauden und Büsche gepflanzt.

Am Haus entlang entstand ein kleiner Bachlauf und ein wunderbarer Kräutergarten für Doris.

Aus dem hässlichen Geröll-Vorgarten wurde ein schöner Vorgarten mit allerlei Stauden und Pflanzen für all die Bienchen, Schmetterlinge und all die anderen Flugsaurier. Und in der Hecke konnten die Vöglein Nester bauen. Na ja, wenn Hexe es zulies...

Um den Rest kümmerte sich die Natur! Innerhalb eines Jahres hatten wir einen tollen Naturgarten.

Im Teich schwammen Rotfedern und andere Fische. Und Frösche waren auch schnell da.

Nur eines hatten wir nicht: Freunde in der Nachbarschaft! Die hassten uns, weil unser Garten „total verwahrlost" war. Aber das war uns ziemlich egal!

Und eines Abends saß plötzlich ein Igel auf der Terrasse. Unsere Hexe rannte sofort zu ihm und – schwupps – wurde er zum Stachelball. Hexe piekste sich beim Schnuppern in die Nase und hielt erstmal Abstand.

Nach einiger Zeit entrollte er sich und schnupperte auf der Terrasse herum. Doris war sofort klar: Er hatte Hunger! Wobei sie immer dachte, dass alle Tiere in ihrer Umgebung am verhungern waren...

Also machte sie ein Schälchen mit Katzenfutter und eine andere Schale mit verdünnter Katzenmilch zurecht und stellte sie auf die Terrasse.

Der Kleine flitzte davon, aber wir waren überzeugt, dass er nicht widerstehen konnte

Und so war es: Schon nach kurzer Zeit war er wieder da. Und machte sich hungrig über das Fresschen und die Milch her. Und machte dabei eine Riesensauerei!

Schon hatte er seinen Namen weg: Katastropholus!

Dann dackelte er langsam davon.

Von nun an kam er jeden Abend. Jeden Abend saß Hexe in gebührendem Abstand und beobachtete das merkwürdige Tier.

Der lies sich nicht stören und Hexe wagte sich immer näher an ihn heran. Doch der Kerl schien keine Angst zu haben. Nein, er fauchte Hexe an und die hüpfte rückwärts davon.

Und irgendwann kamen sie zu zweit. Unser Katastropholus hatte eine Frau gefunden! Sie war zuerst noch etwas schüchtern und insbesondere vor Hexe hatte sie Angst. Aber dann siegte doch der Hunger und sie mampfte fröhlich alles weg.

Also stellte Doris am nächsten Tag die doppelte Ration raus. Und sie kamen wieder zu zweit und so ging es einige Zeit.

Sie wurden richtig zutraulich und rollten sich nicht mehr zusammen. Mittlerweile schnupperten sie an der ausgestreckten Hand und Doris konnte sie schon anfassen. Da sahen wir, dass sie voll mit Parasiten waren. Flöhe, Läuse und vor allem Zecken. Unser Freund, der praktischerweise Tierarzt im Nachbarort war, erklärte uns, wie wir die Plagegeister entfernen konnten. Wir badeten die beiden und sie liessen es mit sich machen. Dann kam unser Freund zu uns und untersuchte die Zwei. Sie bekamen eine Wurmkur und ansonsten waren die beiden nun parasitenfrei und fit.

In unserem Garten waren mittlerweile in der hinteren Ecke schöne Büsche gewachsen, deren Zweige bis auf den Boden reichten. Und dort verschwand unser Igelpaar nun jeden Abend.

Und an einem späten Nachmittag, es dämmerte schon, sah ich sie: Vier Babyigel!

Ganz leise zog ich mich zurück und sagte Doris Bescheid. Zusammen robbten wir uns an den Busch heran und plötzlich tauchte ein bekanntes kleines spitzes Schnäuzchen auf: Mama-Igel! Und direkt hinter ihr die Babys.

Sie störte sich nicht an unserer Anwesenheit sondern schnupperte herum und die Kleinen schienen ihr alles nachzumachen.

Irgendwann tauchten zur Essenszeit hinter den beiden Großen noch die vier Mini-Ausgaben auf. Wie an der Schnur aufgezogen kam die kleine Karawane auf die Terrasse und sie störten sich auch nicht mehr an uns.

Sie kamen nun auch, wenn wir abends auf der Terrasse saßen und schauten uns neugierig an. Doris hatte mittlerweile die Terrasse zum Igel-Buffet umfunktioniert! Es gab Kittenfutter, angegartes Rührei, Eier, Spezialfutter die unser Freund der Tierarzt empfohlen hatte. Aber es gab nur noch Wasser mit einem kleinen Spritzer Katzenmilch.

Auch Hexe hatte die merkwürdige Familie akzeptiert.

Als es kälter wurde, haben wir ihnen ein schönes Winterquartier gebaut. Als gelernter Schreiner baute ich ein behagliches Igelhäuschen, welches mit Laub ausgepolstert wurde. Um das Häuschen wurden abgestorbene Äste und Laub zu einem großen Haufen aufgetürmt.

Aber bevor es richtig kalt wurde, mussten wir dafür sorgen, dass die kleine Familie für den Winter gerüstet waren. So bekamen sie ordentlich Futter.

Doris war in ihrem Element und ich befürchtete, dass die kleine Familie den Winter nicht erleben würden, weil sie vorher platzten!

Es wurde immer kälter und wir beobachteten, dass unser Katastropholus um den Laubberg herumschlich. Und dann krabbelte er das erste Mal da hinein. Es war nun Nachts richtig kalt und dann war war unsere Igelfamilie irgendwann verschwunden. Aber mein Mann hatte um die Igelburg – wie wir sie nannten – feinen Sand gestreut. Und an den Spuren die hineinführten sahen wir, dass sie ihr Winterquartier wohl angenommen hatten.

Nun warteten wir gespannt, ob wir sie im Frühjahr wiedersehen würden.

Es wurde nun langsam wärmer und die ersten Pflanzen zeigten ein zartes Grün. Auch die Fische waren aus ihrer Winterstarre erwacht und kamen im Teich nach oben. Aber die Frösche blieben noch stumm. Und auch unser Katastropholus lies sich nicht blicken. Hoffentlich hatte die kleine Familie den Winter überlebt!

Wir warteten ungeduldig und Doris war schon versucht, in der Igelburg nachzuschauen, ob sie noch lebten. Ich hielt sie gerade noch davon ab.

Und dann kam noch einmal ein fürchterlicher Kälteeinbruch mit richtig hohem Schnee.

Danach setzte sich der Frühling durch und alles wurde grün. Und plötzlich war ein zartes „Quak" zu hören. Und dann noch eins. Und plötzlich startete ein Froschkonzert.

Am Abend hörten wir das bekannte „Kretschkretsch" auf der Terrasse. Unsere Igelchen waren wach! Aber es waren nur unser Katastropholus und sein Weibchen. Die kleinen hatten sich wohl schon vor dem Winter abgenabelt und irgendwo überwintert. Hoffentlich hatten sie überlebt!

Die beiden hatten einen Riesenhunger und nach dem Essen blieben sie einfach auf der Terrasse sitzen. Irgendwann verschwanden sie dann im Gebüsch.

So blieb unsere kleine Igelfamilie über fünf Jahre bei uns. Und sie brachten in jedem Jahr ihre Jungen zu uns.

Irgendwann kam unser Katastropholus plötzlich alleine. Er frass nicht mehr, blieb einfach auf der Terrasse sitzen und schaute uns mit seinen kleinen schlauen Augen an. Es ging ihm nicht gut, so nahmen wir ihn, setzten ihn in ein Körbchen und fuhren mit ihm zu Tierarzt. All das lies er ohne Regung über sich ergehen. Aber seinen Blick werde ich niemals vergessen...

Unser Freund untersuchte ihn und sagte, dass der Bursche schon sehr alt sein musste und dass er Lungenprobleme habe, vermutlich Lungenwürmer.. Ihm sei nicht mehr zu helfen und man sollte ihm weitere Qualen ersparen.

So nahm Doris ihn in ihre Hände und er schnüffelte an ihrem Finger. Dann sah er uns noch einmal an und bevor unser Freund ihm die Spritze geben konnte, schlief er für immer ein.

Wenn Du Opa-Igel noch einmal siehst, frage ihn nach Katastropholus, er ist bestimmt irgendwo hier auf der Wiese!"

So viel hatte Hans-Herrchen noch niemals geredet. Sonst war er immer sehr still und hörte zu.

Leider seid ihr Menschen daraf versessen, zu zeigen, wer den hässlichsten Garten hat. Wer das kürzeste Kitzelgras hat. Wer die „ordentlichsten" Bäume und Büsche hat. Und um Himmels Willen, kein Fitzel „Unkraut" darf den Rasen verunzieren. Und das wunderschöne „Unkraut" mit den Blümchen für die vielen Bienen, Schmetterlinge und andere Flieger wird mit Gift vernichtet. Und daran sterben auch die Tiere!

Und wenn sich dann auch noch ein Mäuslein in den Garten verirrt, werden sofort barbarische Fallen aufgestellt und die kleinen Tierchen umgebracht.

Um eure Grundstücke macht ihr „Zäune", durch die keine Igel durchkommen können. Die müssen dann über die Strasse, wo sie totgefahren werden.

Aber es sind ja nur Igel! Da muss man nicht mal anhalten falls das Tier noch lebt, der nächste, der drüberfährt, macht sie ja dann richtig platt!

Habt ihr Menschen eigentlich schon einmal darüber nachgdacht, dass all dieses „Unkraut" Und all das „Ungeziefer" einen Sinn hat? Dass ihr euch vielleicht mit der Ausrottung dieses „Unkrauts" und des „Ungeziefers" selbst ausrottet?

Irgendwann?

Denkt mal über eure „pflegeleichten" Geröllgärten" nach!

Euer Teddy

„EURE ERDE"

Hallo, hier ist euer Teddy. Ich habe mich lange mit Hexe darüber unterhalten, warum die Zweibeiner so sind wie sie sind.

Sind sie böse oder dumm? Sie müssen doch merken, dass sie - wenn sie so weitermachen – viele Tiere über die Brücke schicken. Und damit machen sie das, was sie „ihre Erde" nennen, langsam kaputt.

Aber warum nennen die Menschen das Ding, auf dem sie leben eigentlich „ihre Erde"? Das ist doch eigentlich die Erde von allen die darauf leben, die gehört doch keinem. Nicht den Zweibeinern und nicht den Tieren. Sie ist einfach dazu da, dass alle etwas zu essen haben, dass sie Lebensraum haben. Das alle sicher sind und sich wohlfühlen können .

Die große Blümiwiese, auf der wir sind gehört auch keinem, aber wir alle sorgen dafür, dass sie so schön bleibt, wie sie ist. Und wir sind alle in Frieden zusammen.

Unsere Wiese besteht seit Urzeiten. Wie lange kann keiner sagen, da es ja den Begriff „Zeit" bei uns nicht gibt. Aber es sind Tiere hier, die uns von Zeiten berichten, als es auf der Erde noch ganz anders aussah.

Es gab keine Brumsdingse wie heute und so große Städte gab es auch nicht. Die Zweibeiner lebten auf dem Land und bestellten ihren Acker. Es gab aber auch keine „Haustiere", wie es sie heute gibt. Die Tiere, die bei den Menschen wohnten, mussten auch schwer arbeiten. Pferde mussten schwere Lasten tragen. Hunde wurden oft an der Kette im Freien gehalten und hatten die Aufgabe das Heim und den Hof zu bewachen. Katzen mussten Mäuse fangen. Kühe, Hühner und Schweine wurden gehalten, um die Zweibeiner zu ernähren.

Die Tiere waren dazu da, für den Menschen zu arbeiten und sie zu ernähren. Dafür bekamen sie Futter. Nicht – wie heute – Futter, das extra für Tiere hergestellt wurde, sondern oft die Reste von dem Essen der Zweibeiner.

Die Rinder und Schweine lebten in großen Gruppen zusammen auf der Weide und wenn die Zeit gekommen war, wurden sie von dem Bauern geschlachtet. Direkt auf dem Hof, wo sie ihr Leben verbracht hatten.

Aber was machen denn die Zweibeiner heute mit „ihrer Erde"?

Viele Tiere werden in Ställe gesperrt und sie sehen in ihrem ganzen Leben die liebe Sonne nicht. Den Kuhmamas werden nach der Geburt ihre Babys weggenommen, nur dass die Zweibeiner die Milch, die eigentlich für die Kälber bestimmt ist, für sich benutzen können. Und die Babys stehen dann ganz alleine und rufen nach ihrer Mama. Und die Mama ruft nach ihrem Baby. Und viele der Babys werden sehr bald totgemacht, weil die Zweibeiner das zarte Babyfleisch so gerne mögen. Und bald darauf muss die Mama Kuh wieder ein Baby bekommen, damit die Milch nicht alle wird. Und auch dieses Baby wird wieder weggenommen. Und so geht das immer weiter.

Die Schweine laufen auf harten Böden ohne Platz herum. Sie stehen in ihrem eigenen Pipi und Kacka und können sich nicht aus dem Weg gehen. Es ist kein Platz! So kämpfen sie und die stärkeren beißen die schwächeren bis zum Tod. Und teilweise essen sie sich gegenseitig auf. Aber am Schlimmsten ist es bei den Schweine-Mamas. Die liegen in einer winzigen Gitterbox eingepfercht und ihre Babys haben auch keinen Platz um richtig zu nuckeln. Sehr viele von den Babys müssen auch noch im Babyalter sterben. Die Zweibeiner schieben dann einen langen Spieß durch die Kleinen und hängen sie über ein großes Feuer...

Am allerschlimmsten ist es, wenn die Tiere in riesengroße Brumsdingse getrieben werden. Wenn sie nicht freiwillig gehen wollen, werden sie mit spitzen Stöcken hineingetrieben. Es ist auch egal, ob sie sich wehtun, manche brechen sich die Beine...

Und dann werden sie tagelang mit dem Brumsdings durch die Gegend gefahren. Kein Wasser, kein Futter und furchtbare Angst! Viele sterben unterwegs...

Irgendwann kommen sie an dem Bestimmungsort an, dem Ort, wo sie sterben werden. Nicht in Würde. Nicht schmerzfrei. Sie werden von dem Brumsdings getrieben und gezerrt, manche bei lebendigen Leib mit Ketten herausgezogen.

Dann kommt der Haken, mit dem sie an den Beinen mit dem Kopf nach unten hochgerissen werden. In den Augen die schiere Angst. Und dann ist die Qual endlich vorbei.

Jetzt gibt es endlich das billige Kotelett für den Zweibeiner!

Menschen, denkt bitte nach!

Euer Teddy

GRUMMEL

Hallo, hier ist euer Teddy. Heute war ich mit meinem Kumpel Hanibal unterwegs zu unserem großen Baum um ein wenig zu dösen.

Auf halbem Weg kam uns ein sehr alter und sehr großer schwarzer Kater entgegen. Er blieb vor uns stehen und fragte uns, ob wir eine schwarze Katze mit einem weißen Lätzchen namens „Hexe" kennen würden.

Wir antworteten ihm, dass der Name unserer Anführerin Hexe sei und dass sie auch ein weißes Lätzchen auf der Brust habe. Da wurde er ganz aufgeregt und fragte, ob sie einen Kumpel namens Meikel gehabt hätte und ob ihr Frauchen rotes Fell auf dem Kopf hatte.

All das bejahten wir und da freute sich der Schwarze sehr und rannte los. Hanibal und ich schauten uns verdutzt an. Was war jetzt das?

Nach kurzer Zeit kam der Schwarze zurückgerannt. Er blieb vor uns stehen und sagte, dass er ja gar nicht wusste, wo er Hexe nun finden würde. Aber das war von seiner Zeit auf der Erde noch übriggeblieben, manchmal sei er etwas verwirrt...

So nahmen wir ihn in die Mitte und gingen zurück zu unserer Gruppe.

Schon von Weitem sahen wir unsere Hexe und die blickte in unsere Richtung. Plötzlich flitzte sie los und rannte unseren schwarzen Gast einfach über den Haufen. Gemeinsam rollten sie über die Blümiwiese.

Dann rappelten sie sich auf und Hexe kuschelte sich an den Schwarzen und sagte: „Darf ich vorstellen: Das ist mein lieber Opa-Kumpel Grummel!"

Grummel schaute Hexe an und sagte: „So lange habe ich Dich gesucht! Ich war ja schon viel, viel früher als Du hier auf der Wiese und lange wohnte ich bei einer kleinen Katzengruppe. Dort war ich auch zufrieden, obwohl ich oft an die Zeit mit meiner Hexe bei unserem lieben Frauchen denken musste. Obwohl ich nicht sehr lange da sein durfte, so war es doch die schönste Zeit in meinem Leben.

Irgendwann tauchte ein Flatterer bei uns auf und erzählte uns von einer Gruppe, die einen „Freundeslauf" der Tiere hier auf der Wiese veranstalteten. Und einige aus unserer Gruppe machten sich auf, an dem Lauf teilzunehmen.

Ich blieb da, mir war das zu anstrengend und die anderen würden mir ja alles erzählen.

Als die zurückkamen, berichteten sie von dem schönen Ereignis und von den vielen neuen Freunden, die sie gefunden hatten. Und die zwei Anführer der Gruppe, Hexe und Teddy und deren Oma-Frauchen Katharina und das Herrchen Hans hätten sich um alles toll gekümmert.

Bei den Namen Hexe und den Namen von Oma-Frauchen und Herrchen horchte ich auf! Konnte das sein? Konnte das meine Hexe sein? Und die Mama von Frauchen, die oft bei uns war und die so lieb zu mir war? Und das Herrchen Hans, der mich auch gerne gekrabbelt hat und gerne mal an den Bitterflaschen nuckelte?

Und so lief ich los und fragte alle Tiere, denen ich begegnete nach euch. Einige hatten von euch gehört, wussten aber nicht, wo ich euch finden würde. Aber die meisten konnten mir nicht helfen. Ich hatte schon fast die Hoffnung verloren und wollte eigentlich umkehren. Da sah ich Hanibal und Teddy. Ok, die beiden noch, dann gehe ich zurück dachte ich mir.

Und jetzt bin ich hier! Und bin so froh, meine Hexe zu sehen!"

Hexe legte ihre Pfote auf seine Tatze und fing an zu erzählen: „Ich erinnere mich noch genau, als Du das erste mal zu uns kamst. Frauchen hatte gerade die Näpfe für Paul, den Igelmann, voll gemacht und raus gestellt. Ich döste auf meinem Platz auf der großen Platte vor dem nassen plätschernden Spiegel. Da hörte ich ein Geräusch. Das war anders als das von Paul. Ich spitzte die Ohren und ging in Lauerstellung.

Und dann tauchtest Du aus dem Gebüsch auf. Ich wollte mich schon auf Dich stürzen, aber dann sah ich, dass Du kaum laufen konntest. So beschloss ich, inne zu halten und abzuwarten. Du krabbeltest in Richtung des Fresschens und dann hast Du ganz schnell alles aufgegessen. Genauso schnell hattest Du das Milchie, was die Zweibeiner nicht trinken, ausgetrunken. Dabei grummeltest Du vor Dich hin.

Frauchen hatte mittlerweile auch schon bemerkt, dass da nicht Paul, der Igel, an den Näpfchen war. Sie näherte sich vorsichtig und sprach ganz leise und ruhig mit Dir. Und sie hatte Dir auch schon einen Namen gegeben: „Grummel"!

Und Du hast einfach da gesessen und hast Dich nicht gerührt. Du hattest viele Wunden am Körper und Deine Augen waren fast nicht mehr zu sehen. Aus Deiner Nase lief Schleim.

Frauchen holte aus der Wohnhöhle einen großen weichen Lappen, packte Dich ein und legte Dich in meinen Weißkittel-Gitterkasten. Du wehrtest Dich nicht, hat nur leise vor dich hingegrummelt.

Und dann hat Dich Frauchen weggetragen."

Und nun erzählte Grummel weiter:

"Ich habe immer alleine gelebt. Es ging mir immer gut, ich war auf Wanderschaft und ich war ein sehr guter Jäger. Viele Flitzies und

Flatterer habe ich gefangen und manchmal habe ich auch von Zweibeinern Fresschen bekommen.

An einem Platz, wo Zweibeiner uns Futter gebracht haben, wurde ich eines Tages in einem Gitterdings gefangen und zu einem Weissbefellten Zweibeiner gebracht. Ich war ziemlich böse darüber und habe gefaucht und gekämpft. Aber dann hat mich etwas Spitzes in dem Po gepiekst und als ich wieder aufwachte, hatte ich keine Lust mehr auf Katzenmädels.

Aber das war nicht schlimm, ich ging immer weiter meinen Weg. Doch irgendwann ging es mir überhaupt nicht mehr gut. Überall kratzte es und mein ganzer Körper tat mir weh. Meine Äuglein schmerzten und ich bekam ganz wenig Luft. Ich konnte nur noch ganz kurze Strecken laufen und auch keine Flatterer und keine Flitzies mehr fangen. Ich knabberte Kitzelgras und manchmal konnte ich ein kleines Krabbeltier fangen und essen. Mein Hunger wurde immer größer und ich spürte, dass meine Kraft mich verlies.

So kam ich an einen Platz, an dem es so lecker nach Fresschen roch. Wo war das blos? Ich konnte es riechen, aber ich sah nichts mehr. Dann raschelt es neben mir im Gebüsch und etwas tapste an mir vorbei. Ich versuchte einen kleinen Sprung und irgendetwas piekste in meine Pfote und fauchte komisch. So blieb ich liegen und beschloß zu warten.

Und schlief ein.

Als ich wieder wach wurde, roch es wieder so lecker.

Und ich krabbelte in die Richtung des Geruches los. Und dann stieß ich mit der Nase an etwas hartes und darin war – Fresschen! Und das war so lecker! Und daneben roch es auch so gut. Ich drehte meinen Kopf und da war Wasser, was aber viel besser schmeckte. Das trank ich auch aus. Und dann bleib ich einfach liegen.

Ich spürte, dass eine Artgenossin in der Nähe war. Aber ich war einfach nicht mehr in der Lage mich umzuschauen. Und dann war da noch etwas. Ein Zweibeiner! Das war mir egal. Ich hatte lecker gegessen und getrunken. Doch ich war auch so schwach und alles tat mir weh. Und ich konnte kaum atmen.

Dann legte sich ein weicher Lappen um mich und ich wurde hochgehoben. Ich wollte mich wehren, aber es ging nicht. Eine Stimme sagte ganz lieb „Ruhig mein kleiner Grummel, jetzt wird Dir geholfen, so oder so!"

Ich wurde abgestellt und es brummte und rumpelte kurz. Dann stellte die Zweibeinerin die Gitterkiste ab und es kam ein Zweibeiner im weissen Fell. Das kannte ich schon. Jetzt piekste es gleich. Aber das war mir egal.

Und dann kam der Pieks. Und ich schlief ein.

Als ich wieder wach wurde, lag ich unter einem warmen Licht, eingehüllt in einen warmen Lappen. Ich bekam leckeres Fresschen, aber auch immer wieder die bösen Piekse. Aber es ging mir besser. Und irgendwann konnte ich auch wieder besser atmen. Und auch meine Äuglein besserten sich. Zuerst konnte ich nur ganz komisch sehen, alles war verschwommen. Aber das wurde immer besser.

Und jeden Tag hörte ich die liebe Stimme, die mich hierher gebracht hatte. Und jeden Tag krabbelte sie mein Fell und sprach mit mir.

Dann saß ich in meinem Gitterkasten und hörte die Stimme: „Grummelchen, jetzt fahren wir nach Hause!"

Und sie packte mich in das Gitterdings und wir rumpelten los. Und dann brachte sie mich in eine Höhle, wo ich die Artgenossin, deren Geruch ich schon kannte, spürte.

Und dann ging das Gitterdings auf und ich kroch langsam hinaus. Und da saß die Artgenossin und sah mich neugierig an.

Die Zweibeinerin, die „Frauchen" hieß, sagte: „Darf ich vorstellen: Hexe-Grummel, Grummel-Hexe! Und jetzt vertragt euch!"

Hexe kam langsam auf mich zu und dann legte sie sich einfach hin. Ich krabbelte aus meinem Kasten und legte mich zu ihr. Dann begann sie mich abzuschlecken und ich schlief ein.

Ich hatte das erste Mal in meinem Leben ein Zuhause. Und eine richtige Freundin. Und ich wollte nicht mehr rausgehen. Es war so schön hier. ich durfte überall liegen. Es gab richtig schöne saubere Kacka-Kästchen. Und das Fresschen füllte sich in den Steinchen immer nach.

Aber am liebsten war mir meine Freundin Hexe. Sie war oft unterwegs, und wenn sie wiederkam erzählte sie mir von ihren Abenteuern. Und sie schleckte mich immer sauber, weil ich das selbst nicht mehr so gut konnte. Und manchmal vergaß ich das auch. Manchmal fand ich auch das Kacka-Kästchen nicht und machte irgendwo hin. Aber auch da schimpfte die Zweibeinerin, die „Frauchen" hieß, nicht.

Manchmal brachte mir Hexe von ihren Streifzügen ein Flitzie mit. Das lies sie extra für mich am Leben und ließ es dann in der Wohnhöhle flitzen. Dann versuchte ich es zu fangen, aber ich war immer sehr schnell ganz müde und sah auch nicht mehr so gut. Dann versuchte Frauchen das Flitzie zu fangen und das war immer sehr lustig.

Oft musste ich mit Frauchen zu dem Weissbefellten. Dann bekam ich meine Piekse, aber das machte mir mittlerweile nichts mehr aus. Viel schlimmer war das Dings, was der mir immer in den Po steckte! Aber das ging immer schnell vorbei und dann rumpelten wir wieder nach Hause. Ich musste jeden Tag komische bittere Steinchen essen. Aber die stopfte das Frauchen immer in Leckerlies, dann ging das.

Dann kam der Tag, als wir wieder bei dem Weissbefellten waren und Frauchen auf dem Heimrumpeln ganz viel Wasser aus den Augen lief.

In der Wohnhöhle legte sie mich zu meiner Hexe und ging dann zu Herrchen. Sie gab schlimme Töne von sich und das Wasser lief aus ihren

Augen. Dann sagte sie „Morgen müssen wir ihn gehen lassen, der Krebs frisst ihn auf!"

An diesem Abend bekam ich mein Lieblingsfresschen und ein Töpfchen von der „Sahne", die sonst niemals bekommen durfte.

Ich schleckte alles auf und dann kam mein Frauchen und ich legte meinen Kopf in ihre Hand. Ich wusste, dass es mein Abschied war.

Dann legte ich mich zu meiner Hexe. Sie kuschelte mich an mich und ich schleckte über ihren Kopf.

Dann sah ich den Regenbogen und macht mich auf den Weg..."

Nun war er angekommen. Da Hexe als er gerufen wurde noch bei den Zweibeinern war, musste er den Umweg über eine andere Gruppe machen.

Aber durch unseren Freundeslauf hatte er uns gefunden und würde nun für immer bei uns bleiben.

Liebe Grüße euer Teddy

DER TEICH

Hallo, hier ist euer Teddy. Seit der Grummel-Opa bei uns ist, sitzen die beiden und Meikel oft beisammen und erzählen sich Geschichten. Wir setzen uns dann immer dazu und hören zu.

Ganz oft sind es lustige Geschichten, die besonders von Hexe erzählt werden.

An diesem Abend sitzen wir wieder zusammen, als ein lustiges Tier vorbeigehüpft kommt. Es hopst auf seinen beiden Hinterbeinen und alle paar Hüpfer bleibt es stehen und bläst seinen Kopf auf. Wenn es den Kopf wieder klein macht kommt ein Ton heraus, der sich so ähnlich wie „Quaaaaks" anhört. Dann hüpft es wieder weiter.

Wir schauen dem kleinen Kerl fasziniert zu und Hexe erklärt uns, dass es sich bei dem lustigen Tier um einen „Frosch" handelt. Die wohnen bei den Zweibeinern oft in Gärten, wo die Zweibeiner einen „Teich" gebaut haben. Dort veranstalten die Kleinen dann einen Höllenlärm, denn sie sind niemals alleine. Wo einer ist, kommen immer ganz schnell viele Freunde zusammen!

Dann schaut Hexe in die Runde und erklärt uns, dass Herrchen auch einmal so einen „Teich" gebastelt hat. Und dass das ziemlich aufregend war. Nun möchten wir wissen, was denn so aufregend war und ob sie uns das nicht erzählen möchte.

Hexe überlegt kurz und sagt dann, dass sie die Geschichte schon einmal erzählt hat, viele von uns sie aber noch nicht kennen. Deshalb will sie uns das gerne noch einmal berichten. Und so fängt sie an zu erzählen:

„Frauchen ist weggefahren. Sie hat mir erzählt, dass sie sich zusammen mit ihrer Cousine ein paar Tage verwöhnen lassen will. So ein Blödsinn, da muss sie doch nicht wegfahren, dafür hat sie doch mich! Aber sie hört nicht auf mich und steigt in ihr Brumsdings und lässt mich mit Herrchen alleine.

Der scheint ganz schön sauer zu sein. Gleich als Frauchen weg ist, geht er mit so einem komischen Ding in meinen Garten. Das Ding hat eine Platte an einem langen Stiel. Damit hackt er wie wild auf mein Kitzelgras ein und macht alles kaputt! Jetzt holt er ein ganz merkwürdiges Teil aus dem Brumsdingshaus: Es hat vorne eine Rolle und oben drauf einen Kasten ohne Deckel. Er schiebt es an langen Stöcken durch die Gegend. Da wirft er jetzt mein schönes Kitzelgras rein und bringt es weg.

Das finde ich gar nicht gut! Ich bin auch traurig, dass Frauchen weg ist, aber deshalb mache ich doch nicht alles kaputt!

Aber Herrchen wütet weiter. Mittlerweile ist auch der andere Zweibeiner von nebenan da und der scheint auch wütend zu sein. Auf alle Fälle hackt der genauso auf meinen Garten ein. Warum zerstört der denn nicht seinen eigenen Garten?

Jetzt haben sich die beiden wohl genug ausgetobt und sitzen auf meiner Terrasse und saugen an diesen komischen Flaschen, die so eklig bitter riechen. Aber das Zeug scheint ihnen zu schmecken und es macht sie irgendwie lustig. Herrchen redet viel mehr als sonst und sagt zu dem Nachbarzweibeiner so lustige Worte wie „Teich", „Bagger", „Findling", „Wasserfall", lauter Worte, die mir so gar nichts sagen. Aber es müssen lustige Sachen sein, die beiden machen dauernd die lustigen Geräusche und saugen dabei noch ein paar von den bitteren Flaschen aus.

Jetzt muss ich mir doch mal meinen kaputten Garten anschauen. Oh je, kein Kitzelgras mehr da. Es sieht irgendwie aus wie ein riesiges Hexenklo! OK, dann weihe ich es mal ein. Ich suche mir ein Plätzchen und mache ein schönes Häufchen...! Das vergrabe ich ordentlich. Beim

Graben kommt da plötzlich so etwas Lustiges aus dem Boden. Es ist ganz lang und ich muss gleich mal dran schnuppern. Hihi, es zieht sich zusammen und macht sich gleich wieder lang. Ich nehme das Teil in den Mund und spucke es gleich wieder aus. Bäh! Das Ding ist schleimig und schmeckt gar nicht lecker. Ich beiße es durch und lasse es liegen. Aber was ist denn das? Das Ding, was jetzt zwei Dinger sind, bewegt sich und verschwindet in dem Boden. Ui, unheimlich, da gehe ich nicht mehr dran!

Ich gehe jetzt mal auf meinen Rundgang. Herrchen und der Nachbarzweibeiner waren fleißig, es stehen ganz viele Saugflaschen auf dem Tisch und Herrchen ist in unser Bett gegangen und macht diese Grunzgeräusche..

Am nächsten Morgen wache ich auf, weil Herrchen unten schon viel Lärm macht. Der ist aber früh auf! Wahrscheinlich bereut er mittlerweile, dass er den Garten kaputt gemacht hat und macht jetzt wieder alles ganz!

Da höre ich es draußen in meinem Garten brummen. Gleich mal nachschauen. Was da um die Ecke kommt macht mir ganz viel Angst! Es ist eine Art hohes Brumsdings aber trotzdem ziemlich klein. Es hat keine Räder, sondern viele kleine Platten als Füße, die aber alle zusammenhängen und darauf bewegt es sich. Herrchen sitzt in einer Glashütte oben drauf und zieht an kleinen Stöckchen. Aber das Schlimmste ist das große Maul von dem merkwürdigen Brumsdings. Es sitzt an einer langen Stange und bewegt sich auf und ab. Das Ding fährt mit Herrchen in meinen kaputten Garten und da senkt es sein großes Maul und frisst die Erde auf. Aber die scheint ihm nicht zu schmecken, gleich darauf spuckt es die Erde wieder in den komischen Kasten mit der Rolle. Das macht es noch ein paarmal und der Nachbarzweibeiner bringt den Rollenkasten weg. Kurz darauf kommt er mit dem leeren Kasten wieder und das Spiel beginnt von vorne. Warum beißt dieses doofe Ding dauernd in den Boden, wenn es ihm doch gar nicht schmeckt? Na egal, das blöde Spiel wird mir langsam langweilig und ich gehe auf Streife. Ich werde mal den dicken, lieben Minou von nebenan besuchen und schauen, was sonst noch so los ist in meinem Revier.

Als ich zurückkomme ist das Brumsdings mit dem großen Maul weg, aber mein Garten ist nur noch ein großes Loch! Nur noch der Busch und ein kleines Stück Kitzelgras ist noch da. Unter dem Busch liegt mein Meikel begraben! Wenigstens den hat das gefräßige Ding nicht aufgegessen!

Herrchen und der Nachbarzweibeiner sitzen wieder auf der Terrasse und saugen an ihren Bitterflaschen. Sie schauen begeistert auf das Loch und machen wieder diese Lachgeräusche. Herrchen erzählt, dass morgen die „Teichfolie" geliefert wird und dass es eine große Überraschung für Frauchen sein wird! Das glaube ich auch! Die zerreißt ihn in der Luft, wenn sie sieht, dass ihr schöner Garten nur noch ein Loch ist...!

Dann fährt ein großes Brumsdings vor und Herrchen lädt viele schwarze Ballen ab. Die breitet er bei dem Nachbarzweibeiner auf dem Kitzelgras aus und macht daraus eine große Platte. Ha, jetzt ist dem sein Garten auch nicht mehr schön. Das hat er nun davon, dass er geholfen hat meinen Garten kaputt zu machen!

Aber dann legen die beiden die Platte wieder zusammen und bringen sie in das Loch. Dort falten sie das Ding auseinander und dann schreien sich die beiden nur noch an. Sie zerren an dem schwarzen Ding herum und irgendwann ist das ganze Loch mit dem schwarzen Zeug ausgelegt. Da muss ich doch mal gucken. Ich gehe auf den Rand und rutsche sofort runter. Neee, Krallen raus und festhalten. Herrchen schreit ganz furchtbar „nein Hexe, Krallen rein, Du machst die Folie kaputt!". Hä? Ich halte mich doch nur fest! Was mache ich denn kaputt? Was ist denn Folie? Hätte der mein Kitzelgras nicht kaputt gemacht, müsste ich mich hier an dem blöden glatten Zeug nicht festhalten!

Jetzt kommt Herrchen mit dem Rollenkasten und dieses Mal ist es voll mit schönem weichen Sand. Wie in meinem Klöchen! Das ist aber lieb, der scheint doch ein schlechtes Gewissen zu haben, dass er meinen Garten kaputt gemacht hat. Auf den Rand von dem schwarzen Loch hat er viele Steine gelegt und den schönen Sand schüttet er jetzt auf das glatte schwarze Zeug, das er „Folie" nennt. Jetzt verstehe ich! Er bastelt mir ein wunderschönes neues Klo! Er ist ja doch lieb! Ich warte, bis einige von den Rollenkasten ihren Inhalt in das Loch gespuckt haben, dann krabbel ich rein und verrichte mein erstes Geschäft in dem neuen Klo!

Warum wird Herrchen denn jetzt so böse? Er schreit mich an, dass ich ein blödes Katzenvieh bin. OK, ich habe ihm die Überraschung verdorben. Dann verkrümle ich mich erst mal und warte, bis er fertig ist. Sicher will er das Loch erst mal voll machen, bevor ich es benutzen darf.

Ich leg mich dann mal ein wenig hin und schlafe, muss ja für heute Nacht fit sein, wenn ich mein Revier durchstreife.

Irgendwann werde ich wach, weil es draußen so komisch plätschert. Da muss ich doch mal schauen, was da los ist.

Oh nein! Da liegt eine lange Schlange in meinem neuen Klöchen und pinkelt da rein! Ganz viel! Da kann ich doch nicht mehr rein, das geht doch nicht. Und Herrchen sitzt wieder mit so einer Saugflasche auf meinem Stuhl und schaut auch noch zu. So schlimm kann das doch nicht gewesen sein, dass ich ihm seine Überraschung kaputt gemacht habe! Deshalb muss er mir doch mein schönes neues Klo nicht von der Schlange vollpinkeln lassen …

Aber jetzt höre ich ein vertrautes Geräusch vor dem Haus. Das ist doch das Brumsdings von Frauchen! Na, jetzt kann Herrchen was erleben. Garten kaputt, mein Klöchen zerstört, Loch voll Schlangenpipi! Die wird toben…

Da kommt sie auch schon auf die Terrasse. Ich laufe auf sie zu und erzähle ihr alles. Sie beugt sich zu mir und nimmt mich auf den Arm. Sie sagt gerade noch „na meine Hexe, was gibt es denn..." dann stockt sie, geht auf die Terrasse schaut auf das große, mittlerweile volle Loch und sinkt in meinen Stuhl. Ha, jetzt geht das Donnerwetter gleich los!

Aber sie ist weiter ganz still. Dann fängt sie an so komische glucksende Geräusche zu machen. Och nein, nicht weinen Frauchen! Ich springe auf ihren Schoss und will sie trösten, aber da merke ich, dass sie diese Freugeräusche macht und gar nicht mehr aufhören kann mit den lustigen Freugeräuschen. Herrchen freut sich mit und plappert ganz viel in der Zweibeinersprache. Der quatscht so schnell, da verstehe ich nicht viel.

Doch Frauchen scheint das Ding, das Herrchen jetzt dauernd „Teich" nennt, zu gefallen. Dann hält Herrchen ihr einen großen Zettel hin und erzählt etwas von „Brücke" und „Stege". Das scheint ihr auch zu gefallen. Fische kenne ich auch nicht...na, ich lass mich mal überraschen!

Wir sitzen an diesem schönen Abend noch lange draußen und ich freue mich, dass Frauchen wieder da ist. Die ganze Zeit liege ich auf ihrem Schoß und genieße die Streicheleinheiten. Dann gehen die beiden in unser Bett und ich inspiziere mein Revier.

Gut, dann haben wir jetzt einen „Teich", was auch immer daran schön sein soll...

Am nächsten Tag ist großer Aufruhr auf dem Brumsdingsweg vor unserem Haus. Da steht ein richtiges Brumsdings-Monster vor unserer Tür. Das Ding hat unten ganz viele Rollen, aber gerade fährt es an der Seite auch noch Stäbe aus, da stellt es sich drauf. Es hat eine lange Nase, die es jetzt noch länger macht. Daran hat es ein Seil und da hängt so eine Art Kralle dran. Da machen jetzt die beiden Herrchen dieses Monsters ein Seil fest und das legen sie um einen ganz großen Stein dran. Der muss mächtig schwer sein, er ist fast so groß wie Herrchen! Aber für dieses Monster ist das kein Problem. Es hebt den Stein an wie ich ein Flitzie und dann macht es seine Nase ganz lang.

Es hebt den Stein über den Deckel von unserem Haus auf die andere Seite. Ich flitze los, das muss ich mir anschauen, wie das Ding in den „Teich" plumpst!

Aber die Nase spuckt jetzt ein ganz langes Seil aus und daran kommt der Klotz an den Rand des Teiches. Die beiden Monsterherrchen dirigieren den Stein noch etwas, dann liegt er an der Seite von dem Teich.

Herrchen freut sich und erzählt Frauchen, das dieser „Findling" der Wasserfall wird. Was auch immer das wieder sein mag, Frauchen freut sich und so ist es in Ordnung für mich!

An den nächsten Tagen macht Herrchen viel Lärm um und an diesem „Findling". Er hat noch einige andere große Steine um das Ding herum angehäuft, aber keiner ist auch nur annähernd so groß wie das Klotz. Er hält einen riesengroßen Krachmacher an das Ding und macht damit Löcher da rein. Warum macht er ihn denn kaputt? Diese Zweibeiner, ich werde sie nie verstehen! Außer Frauchen, wir verstehen uns blind! Aber die männlichen Zweibeiner sind mir immer ein Rätsel!

Aber nach einigen Tagen kommt tatsächlich Wasser aus ganz verschiedenen Löchern des großen Steines herausgeflossen und plätschert munter vor sich hin. Das ist schön, da muss ich mal hin und siehe da, da kann ich lecker Wasser trinken. Gut gemacht, Herrchen!

Als nächstes werden ganz viele Holzplatten von einem großen Brumsdings gebracht. Herrchen macht wieder viel Lärm mit verschiedenen Kreischgeräten. Damit macht er aus den langen Platten kleinere Platten. Ich verziehe mich, das ist mir zu laut hier!

Aber er hat da wirklich was Schönes gebastelt! Die Terrasse ist jetzt mit den Holzplatten belegt, das ist schöner an den Füssen als die rauhen Platten vorher. Außerdem kann ich jetzt über den Teich gehen, ohne nass zu werden. Frauchen hat das „Brücke" genannt. Und da ist noch die kleine Platte, die von der Terrasse ein Stück über den Teich ragt. Das Ding heisst Steg und da liegt Frauchen gerne.

Jetzt hat Herrchen ganz viele Kitzelgräser und Blümis in den Teich eingepflanzt. Ob ich da drauf laufen kann?

Zu guter Letzt hat er gestern ganz viele lustige Tiere in den Teich gelassen. Die bewegen sich in dem blöden nassen Wasser, als würde es ihnen Spaß machen. Sie sind schön bunt und ich werde mal schauen, wie ich die bekommen kann. Schön, dass mir Herrchen so hübsche Spielzeuge mitgebracht hat.

Ich spüre, dass ich mit unserem neuen Garten-Teich noch viel erleben werde. Aber jetzt gehe ich erst mal auf Streife in meinem Revier.

Seit die lustigen Spielzeuge im „Teich" sind, überlege ich, wie ich am besten an die ran komme. Ich rase um den Teich, aber die Dinger sind verdammt schnell. Einer ist langsam und schwimmt so komisch mit dem Bauch nach oben. Den hab ich gleich, aber der schmeckt fies, den lasse ich liegen.

Unser Nachbarkater, der dicke Filou hat auch schon versucht, diese nassen Flitzetiere zu fangen. Hihi, er war zu weit vorne auf dem Steg, da hab ich doch gleich mal mit ihm geschmust! Platsch, war er drin im „Teich". Er ist aber gleich wieder rausgehüpft und hat gar nicht mehr so majestätisch ausgesehen. Ha, patschnass war er. Das Lachen ist mir allerdings bald vergangen, Frauchen hat ihn sehr bedauert und sich nur noch um ihn gekümmert. Ich war komplett abgemeldet, der Dicke durfte sogar auf ihren BAUCH!

Erst als ich ihr so ein kleines graues Flitzedings mitgebracht habe, hat sie sich wieder um mich gekümmert. Na ja, nicht direkt um mich, eher ums Flitzedings, ich hab's ja nicht totgemacht, sondern ich habe es Frauchen zum Spielen ins Wohnzimmer mitgebracht. Sie hat sich sehr gefreut und ist wie eine Wilde im Wohnzimmer rumgehüpft. Ich habe sie auch extra alleine mit Flitzedings spielen lassen und habe mich auf die schöne bequeme Couch gelegt und zugeschaut. Leicht ist mir das nicht gefallen, aber ich wollte kein Spielverderber sein.

Die Nacht bin ich wieder mein Revier abgegangen und da waren plötzlich merkwürdige Stimmen am Teich. „Quak" sagte eine Stimme. Auf der anderen Seite des Teiches antwortete ein „Quaaaaak". Aus der Mitte des Teiches kam ein „Quääääääks". Was ist denn das? Ich pirsche mich ran. So was hab ich ja noch nie gesehen! Hässlich, hässlich, hässlich! Runder Bauch, lange Füße und der Kopf! Immer bevor er diesen Ton sagt, wird der Kopf ganz dick. So'n Dings muss ich Frauchen bringen! Also auf den Bauch und gaaanz langsam ran. Und: Hüpf! Und Platsch! Das Ding ist weg und das Gras, auf dem es gesessen hat war gar kein Gras. Da war Teich drunter! Gut, dass Filou oder die anderen Nachbarkatzen das nicht gesehen haben, da hätte meine Respektstellung ganz schön gelitten. Aber egal, so ein fieses Dings wird doch mich nicht überlisten. Also auf die andere Seite, da sitzt noch so 'n Dingens auf einem Stein. Das ist sichere Beute! Anpirschen, Hüpf! Platsch! Dings ist weg, ich auf dem Stein, verdammt ist das glitschig. Ich versuche verzweifelt, auf dem Stein zu bleiben, aber ich rutsche und rudere, keine Chance, schon wieder im Teich! Neiiin! Ich klettere raus und da höre ich über mir Geräusche. Frauchen und Herrchen stehen am Fenster von ihrem „Schlafzimmer" (so nennen sie den Raum mit meinem Bett) und machen die Geräusche, die sie „Lachen" nennen. Das ist ja so demütigend! Ich bin beleidigt und ziehe ab. Am nächsten Morgen gehe ich nicht an meinen Futternapf, ich bleibe draußen! Pfft, die haben mich beleidigt! Ich will Frauchen was Schönes mitbringen und sie lacht mich aus! Aber nach einiger Zeit will ich Frauchen dann doch nicht mehr schmoren lassen und gehe hinein. Dann tu ich ihr eben den Gefallen und esse halt mal was. Na ja, Hunger hab ich ja auch ein wenig...

Die komischen grünen Schreihälse lass ich jetzt in Ruhe, soll sich Herrchen drum kümmern! Gestern Abend hat er zu Frauchen gesagt „ich schieß die Biester bald ab, jetzt sind es schon 22 Stück". Das Geplärre die ganze Nacht ist wirklich sensationell.

Komischerweise wird es in letzter Zeit von Tag zu Tag ruhiger. Aber auch die kleinen bunten Unterwasserflitzer werden immer weniger. Ständig schwimmt so 'n Dings mit dem Bauch nach oben und immer fehlt ein Stück an dem Ding. Herrchen hat gestern zu Frauchen gesagt, dass er eine „Schnappschildkröte" vermutet. Was ist denn das wieder?

Jetzt weiß ich es und das hat sehr wehgetan! Ich habe wieder die Quaker beobachtet und da kam plötzlich was Langes aus dem Wasser. Es hatte nur einen Hals, Augen und einen komischen Schnabel, wie ein Flugdings. Na, da pirsch ich mich doch mal ran. Ich bin ganz nah dran, aber das Ding scheint keine Angst vor mir zu haben. Es bewegt sich nicht mal. Ich will schnuppern und da beißt der Schnabel zu! Auuuuuuuuu!. Das Ding zieht an mir und ich hau ihm mit aller Kraft die Krallen in den Hals. In dem Moment kommt Herrchen mit einem langen dicken Stock und haut mit aller Kraft auf das Ding drauf. Nun lässt es endlich los und taucht in den Teich. Herrchen nimmt mich auf den Arm und Frauchen ist auch sofort da. Nun wird mir erst bewusst, dass ich fürchterlich geschrien habe. Peinlich!

Herrchen redet sofort mit dem Knochen und wir fahren in seinem Brumsdings los. In seiner Panik hat er wohl vergessen, mich in den Kasten zu sperren, so liege ich neben ihm auf der kleinen Couch in dem Brumsdings. Wir fahren zu dem Mann mit dem weißen Fell und der guckt sich mein Kinn an. Er beruhigt Herrchen, das es nicht so schlimm sei, er mir nur eine Spritze gegen die Schmerzen geben würde. „Spritze" kenn ich, das piekst! Will ich nicht! Also – Krallen raus und fürchterlich schreien! Wir kämpfen, aber der Weißbefellte kennt geheime Griffe, so verliere ich den Kampf. Aber dann werde ich etwas müde und es tut nicht mehr so weh. Danke Herrchen!

Herrchen legt sich nun auf die Lauer und will das Ding fangen. Es ist schwierig, aber nach einigen gemeinsamen Nächten ist es soweit: Das Ding, das „Schnappschildkröte" heisst, sitzt im Eimer und sieht wirklich ganz böse aus! Herrchen bringt das Teil zu Zweibeinern, die sich mit diesen Tieren auskennen und bei denen sie in Sicherheit sind."

Das war eine lange Geschichte und Hexe ist neben ihrem Opa-Kumpel eingeschlafen.

Ich wünsche euch nun auch eine gute Nacht hier aus dem Regenbogenland.

Euer Teddy

ERIKA

Hallo, hier ist euer Teddy. Wir haben ja schon viele verschiedene Tiere in unserer Gruppe, aber heute mussten wir ein Waisenkind abholen was wir noch niemals gesehen hatten.

Hexe, Grummel und ich waren auf unserer Wiese unterwegs, als ich den Regenbogen sah. Ich schaute Hexe fragend an und die nickte.

Wir wurden gerufen!

Grummel sah den Regenbogen nicht und er legte sich ins Gras um auf uns zu warten. Er ging keinen Schritt mehr ohne seine Hexe. Zu groß war seine Angst, sie wieder zu verlieren.

So gingen wir zur Brücke, um auf unseren Neuankömmling zu warten. Wir stellten uns an das Ende der Brücke und schon von Weitem sahen wir, was da auf uns zukam.

Es war riesig! Fast so groß wie Poco, aber irgendwie – runder. Und es hatte Stöcke auf dem Kopf. Und dieser Kopf war riesig! Und es hatte ein riesiges Maul! Oh je, was wurde uns denn da geschickt?

Aber als dieses merkwürdige Tier näher kam, sahen wir, dass es die schönsten und sanftesten Augen hatte, die wir jemals gesehen hatten. An den Augen hatte es ganz lange Wimpern. Und als es am Ende der Brücke ankam, schaute es uns mit diesen wunderschönen Augen an und sagte nur „nun bin ich also im schönen Regenbogenland, wie mein Herrchen mir versprochen hat."

Und dann legte es sich nieder und schlief ein, wie alle Neuankömmlinge.

Wir legten uns neben das Tier und machten uns auf eine lange Wartezeit gefasst. Die meisten Tiere, die hierher kamen, brauchten einige Zeit, um die bösen Erlebnisse auf der Erde wegzuschlafen. Die Tiere, denen es gut ergangen war und die gute Erinnerungen hatten, wurden schneller wieder wach.

Und unser Neuankömmling war sehr schnell wieder wach.

Es reckte sich und schaute uns mit seinen sanften Augen neugierig an. „Hallo ihr beiden, ich bin Erika. Wer seid ihr und was macht ihr hier? Mein Herrchen hat mir erzählt, dass ich hierherkommen würde und er irgendwann wieder bei mir und meinen Freunden sein würde. Wisst ihr, wo ich meine Freunde, die vor mir gegangen sind, finden kann?"

Wir sagten Erika unsere Namen und erklärten ihr, dass sie – bis ihr Herrchen kommen würde – in unserer Gruppe wohnen würde. Aber wenn schon Tiere von ihrem Herrchen hier waren, würden wir ihr gerne helfen, die zu finden. Aber dafür wäre es gut, wenn sie uns etwas über ihr Leben erzählen würde.

Sie schaute uns an und sagte „ich weiß nicht, ob ihr die ganze Geschichte hören wollt, es gibt da vieles, was gar nicht schön war. Aber ich erzähle es euch." Dabei lief ganz viele Wasser aus ihren schönen Augen.

Dann legte sie sich nieder und wir legten uns zu ihr. Und sie fing an zu erzählen:

„Ich kam in einer riesengroßen Höhle zur Welt. Mehrere Zweibeiner zogen mich an einem Strick aus meiner Mama heraus und ich fiel auf den harten Boden. Meine Mama stand zwischen zwei Gittern und konnte sich nicht einmal zu mir herumdrehen. Die Zweibeiner rubbelten mich mit etwas ab und hoben mich an die Nuckelies meiner Mama. Ich durfte kurz bei meiner Mama sein und einige Male an ihren Nuckelies trinken. Aber dann kamen die Zweibeiner zurück und sie zerrten mich von Mama weg. Ich hörte Mama verzweifelt rufen und rief zurück. Ich hatte so große Angst!

Die Zweibeiner stellten mich in einen kleinen Käfig. Neben mir standen in anderen Käfigen noch andere Artgenossen. Manche waren genauso klein wie ich, andere etwas größer.

Wir bekamen jeden Tag ein Ding an den Käfig gehängt. Die Zweibeiner nannten es „Eimer". An diesem Eimer war so etwas ähnliches wie das Nuckelie von Mama, da konnten wir dann trinken. Manchmal wurde ein Nachbartier aus seinem Käfig gezerrt und auf eine komische Platte mit runden Dingern unten dran getrieben. Oft wollten die da nicht drauf, dann wurden sie mit dicken Stöcken gehauen und sie brüllten vor Schmerzen. Immer dann hörten wir dann aus der großen Höhle die Mamas laut schreien. Bis die Kleinen dann weggerollt wurden. Dann wurde es gespenstisch ruhig.

So blieb ich einige Zeit in diesem einsamen Käfig und irgendwann kam ein Zweibeiner und zerrte mich an einem Strick aus dem Käfig. Jetzt würde ich bestimmt auch gehauen und müsste auf dieses Rolldings.

Aber er zog mich in die große Halle und sperrte mich in einen anderen Käfig. Hier war es noch viel enger als in dem Käfig draußen. Das war der letzte Tag für lange Zeit, dass ich das Tageslicht sehen konnte. Von da an bekam ich jeden Tag Futter und sonst stand ich nur in dem schmutzigen Käfig.

Irgendwann kam der Zweibeiner und er steckte mir etwas in mein Hinterteil. Einige Zeit später bemerkte ich, dass etwas mit mir geschah.

Ich wusste nicht, was mit mir los war, aber der Zweibeiner sagte zu dem anderen, dass ich endlich „trächtig" sei.

Nach einiger Zeit fühlte ich, dass da irgendetwas aus mir heraus kam. Mein erstes Baby! Ich hatte Schmerzen, aber dann ging alles ganz schnell. Mein Baby plumpste auf den schmutzigen Boden und ich versuchte, es sauber zu schlecken. Aber ich kam nicht an es heran. Zu eng war die Gitterbox.

Dann kam irgendwann der Zweibeiner und sagt nur „das Vieh ist verreckt, schmeiss es weg!" Ich konnte mich noch nicht einmal verabschieden und fing an laut zu rufen. Da nahm der Zweibeiner einen Stock und schlug mich sehr fest. Das tat so weh!

Aber den Zweibeiner kümmerten meine Schmerzen nicht. Er zog mich in eine andere Gitterbox, wo ganz viele Artgenossen nebeneinander standen. Es war unglaublich schmutzig und Tag und Nacht war es furchtbar hell.

Und jeden Tag mussten wir durch einen langen Gang und unsere Nuckelies wurden von komischen Dingern leer gesaugt. Danach wurden wir wieder in die Gitterboxen gestellt.

So ging das lange Zeit. Mir wurde etwas in das Hinterteil gesteckt, dann bekam ich ein Baby, das wurde mir weggenommen und dann wurden meine Nuckelies leergepumpt.

Und es war immer schmutzig und es war immer hell. Und die Zweibeiner waren nicht gut zu uns.

In bestimmten Abständen kamen große Brumsdingse. Dann wurden die Artgenossinnen, deren Nuckelies nicht mehr genug von dem was die Zweibeiner „Milch" nannten hatten, aus ihren Käfigen gezerrt und mit Schlägen auf das Brumsdings getrieben. Meine Freunde haben dann vor Angst geschrien. Doch je mehr sie genrüllt haben, desto mehr wurden sie geprügelt. Aus diesen Brumsdingse kamen die Schreie anderer Artgenossen, die da schon drin waren...

So verging die Zeit und ich hatte schon einige Babys zur Welt gebracht. Keines durfte ich behalten! Aber immer wieder musste ich die Prozedur ertragen, dass sie mir ein neues Baby einpflanzten.

Die Zweibeiner wurden immer schlimmer mit uns. Immer bekamen wir Prügel. Und es war unvorstellbar schmutzig. Das Essen, was wir bekam, war immer weniger und es schmeckte ganz schlimm. Oft bekamen wir Piekse. Und manchmal fiel eine Artgenossin einfach um, weil sie zu schwach war. Die wurde dann mit einem Strick aus der Gitterbox gezerrt. Und es war egal, ob sie noch lebte und vor Schmerzen schrie.

Ich bemerkte, dass ich immer schwächer wurde. Da kam einer der bösen Zweibeiner zu mir und sagte, dass ich die nächste sei.

Die nächste!

Am nächsten Tag kamen Zweibeiner in die Schmutzhöhle. Sie kamen zu uns und ihnen lief Wasser aus den Augen. Ich wartete schon, dass sie mir den Strick um die Beine schlangen, um mich aus meiner Box zu zerren.

Aber einer der Zweibeiner kam zu mir und strich über mein Gesicht. Das war ein komisches Gefühl, sicher würde er gleich seinen Stock rausholen und mich prügeln.

Doch er war ganz sanft zu mir und versprach mir, dass es mir gleich besser gehen würde. Zusammen mit meinen Artgenossen wurden wir aus den engen Boxen aus der Stinkehöhle geführt.

Zum ersten Mal, seit ich ein Baby war, sah ich die Sonne. Und roch die Luft und das Gras. Und hörte die Flattertiere.

Und ich sah zum allerletzten Mal die Zweibeiner, die uns lange Zeit gequält hatten. Sie wurden von anderen Zweibeinern in Brumsdingse mit lustigen Lichtern auf dem Kopf gesetzt und weggebracht.

Meine Artgenossen und ich wurden in saubere Boxen auf Rädern gebracht. Wir wurden nicht getrieben, langsam, Schritt für Schritt gingen wir in die neuen Boxen. Auf dem Boden war weiches Zeug, was richtig lecker roch. Und die Zweibeiner streichelten uns und irgendwann waren wir alle drin.

Und dann rumpelte es ziemlich, aber irgendwie hatte ich keine Angst!

Als das Rumpeldings stehenblieb und das Brett heruntergelassen wurde, sah ich eine unvorstellbare Weite. Und ich bekam Angst. Bislang kannte ich ja nur diese schlimm stinkende und vollkommen verdreckte Höhle.

Was ich nun sah, kann ich nicht beschreiben. Es war einfach nur groß! Und es roch so gut. Und es gab da eine Fläche, die war riesig. Und da waren unzählige Artgenossen.

Wo war ich?

Und dann wagte ich die ersten Schritte aus meinem gemütlichen Rollkasten. Und spürte das erste Mal in meinem Leben dieses Kitzelgras unter meinen Füßen. Da konnte ich mich nicht mehr beherrschen! Ich rannte los und hüpfte über diese wunderbare Kitzelgras. Ich rollte mich auf den Rücken und dann sprang ich wieder auf meine Füße und rannte einfach los. Dabei hüpfte ich vor Freude in die Luft.

Irgendwann blieb ich vollkommen außer Atem stehen und neben mir stand eine alte Artgenossin und sagte, dass ich nun keine Angst mehr haben muss. Und dass wir im „Gnadenhof Kuhparadies" seien. Unser Herrchen hatte es sich zur Lebensaufgabe gemacht, Kühe zu retten und ihnen einen schönen Lebensabend zu geben.

Am nächsten Tag kam das „Herrchen" - was auch immer das war – zu mir. Er nahm meinen Kopf in seine Arme. Dann presste er seine Schnauze auf meine Nase und machte ein Schmatzgeräusch. Er sagte dann, dass ich ab heute „Erika" sei, und mit diesem Namen würde ich zu seiner Familie gehören und es würde mir niemals mehr ein Leid geschehen.

Ich kuschelte mich an ihn und er kam ab dann jeden Tag zu mir und wir schmusten. Dann kamen immer mehr Zweibeiner, die auch mit mir kuscheln wollten. Und ich mochte das so gerne. Manche kuschelten sich neben mich und legten einfach ihren Kopf an meinen Körper und schliefen ein. Das war so schön. Und meine Artgenossen waren genauso glücklich wie ich.

Es war eine wunderschöne Zeit, aber irgendwann merkte ich, dass ich immer schwächer wurde. Viele Dinge fielen mir schwer und Herrchen machte sich Sorgen um mich.

Da kam der liebe Zweibeiner, der immer nach uns schaute und dafür sorgte, dass es uns gut ging.

Aber dieses Mal sagte er zu Herrchen, der neben uns stand, dass es mir gar nicht gut gehen würde und er damit rechnen müsste, dass ich nicht mehr lange auf der Weide stehen würde.

Am nächsten Tag kam Herrchen wieder zu mir und ich lag auf meiner Wiese. Ich spürte, dass ich gehen würde und da nahm Herrchen meinen Kopf in seine Arme und schmatzte auf meine Nase – er nannte das „Kuss".

Dann versprach er mir, dass wir uns wiedersehen würden und ich nun über die Regenbogenbrücke gehen würde. Aber ich müsste keine Angst haben, weil ich da meine Freunde wieder sehen würde."

Wir hatten ja schon oft gehört, wie schlimm die Zweibeiner mit ihren „Nutztieren" umgingen. Was für ein schlimmes Wort! „Nutztiere"! Es sind Lebewesen, die fühlen und ein Herz haben! Wie die Zweibeiner! Wie alle Tiere!

Wir nehmen Erika jetzt mir zu uns und werden dann ihre Freunde suchen.

Bis dahin – denkt einmal über die „Nutztiere" nach...

Euer Teddy

FREUNDE

Hallo ihr Lieben, hier ist wieder euer Teddy.

Hexe und ich hatten ja unserem Neuzugang Erika versprochen, ihre Freunde hier im Regenbogenland zu suchen.

Doch nachdem sie über die Brücke gekommen war, haben wir sie mit zu unserer Frauchen-Gruppe genommen und sie hat uns ganz viel erzählt.

Sie hatte bei ihrem Herrchen, der sie aus der stinkenden Höhle mit den bösen Zweibeinern gerettet hat, viele Freunde gefunden. Die hatten auch alle ganz furchtbare Erfahrungen mit den Zweibeinern gemacht. Viele von den weiblichen Artgenossen – die Zweibeiner nennen sie „Kühe" - hatten ähnliche Erfahrungen wie Erika gemacht. Auch ihnen wurden die Babys direkt nach der Geburt weggenommen und sie mussten immer in engen Boxen stehen und die Babynahrung wurde ihnen von Maschinen abgesaugt.

Aber es gab auch viele Tiere, die in Riesenbrumsdingsen zusammengepfercht wurden und tagelang durch die Gegend gerumpelt wurden. Es war furchtbar eng und es gab wenig oder nichts zu essen und zu trinken. Viele wurden krank oder rutschten auf dem glitschigen Boden, der mit dem Pipi und dem Kacka der Tiere bedeckt war, aus und fielen hin. Dann konnten sie nicht mehr aufstehen weil es keinen Platz gab und sie wurden von den Füssen ihrer Artgenossen verletzt oder gar getötet. Sie hatten furchtbare Angst und viele schrien in ihrer Not oder vor Schmerzen und Hunger oder Durst.

Wenn sie dann endlich stehen blieben wurde es ganz schlimm. Sie wurden mit großen Prügeln aus dem Brumsdings getrieben. Und dann ging es durch einen Kanal in eine Höhle in der es nur nach Einem roch: Nach Tod! Und dann erfasste Panik die Tiere und sie versuchten auszubrechen. Aber es gab kein Entrinnen. Ihre Peiniger prügelten sie und hängten sie an Ketten, an denen sie durch die Höhle geschleift wurden.

Der Tod war die Erlösung...

Das liebe Herrchen von Erika konnte einige der Tiere dieser „Viehtransporte" - so war das Zweibeinerwort für diese Qualen – retten. Aber leider nicht viele, weil die Tiere ja als Futter für die Zweibeiner dienen sollten und niemand erfahren durfte, wie schlimm diese Tiere auf den Transporten gehalten wurden. Die Hauptsache war, dass die Zweibeiner nicht viel von ihrem „Geld" für ihr Essen bezahlen mussten...

Aber sie erzählte auch, wie schön es bei ihrem Herrchen war. Sie durfte mit vielen ihrer Artgenossen auf einer riesigen Wiese leben und den ganzen Tag Gras knabbern und dazu gab es auch noch leckeres Extrafresschen von Herrchen. Und jeden Tag kam er mit einem großen Rumpelpumpel, an dem hinten ein dickes Ding hing, was Wasser spucken konnte. Und dann wurde der große Napf auf der Wiese immer mit frischem Wasser voll gemacht. Am Anfang hat ihr das frische Wasser gar nicht geschmeckt, weil sie nur die stinkende Brühe in der Höhle kannte. Aber ganz schnell merkte sie, dass dieses frische Wasser richtig lecker war.

Und Herrchen kam jeden Tag und kümmerte sich um jede von ihnen. Jeder hatte er einen Namen gegeben. Und er kannte jeden Namen. Mit jeder und jedem der Artgenossen schmuste er und alle liebten ihn, selbst die zwei großen Stiere ließen sich von ihm kraulen.

Da viele von ihnen schon alt waren, mussten oft Tiere dem Regenbogen folgen und über die Brücke gehen. Dann blieb das Herrchen bis zum

Schluss bei dem Tier und hielt ihm den Kopf und sprach mit ihm, so dass keins der Tiere Angst hatte, zu gehen. Die anderen hatten dann die Gelegenheit sich von dem sterbenden Tier zu verabschieden und ihm eine gute Reise zu wünschen.

Manchmal wurden Tiere sehr krank, konnten aber selbst nicht über die Brücke gehen. Dann kam das Herrchen mit einem anderen Zweibeiner. Herrchen nahm dann den Kopf des Tieres und erzählte ihm, dass ihm jetzt geholfen würde und der „Doktor" ihm helfen würde, über die Brücke zu gehen. Dann gab es einen Pieks und das Tier schlief friedlich ein.

Und diese Freunde, die vor ihr über die Brücke gegangen waren, wollte sie so gerne wiedersehen.

Also machten wir uns auf den Weg. Wir trafen viele, viele Gruppen doch keiner kannte die Freunde von Erika. Aber alle versprachen, sich umzusehen.

Einige der Tiere kannten wir von unserem Freundeslauf und lustigerweise kannten viele mich, den Teddy. Einige fragten mich, ob ich der „Erzähl-Teddy" sei und ob ich nicht ihren Frauchen und Herrchen sagen könnte, wie gut es ihnen hier auf der großen Wiese geht und dass sie sich freuen, wenn sie sich wiedersehen würden. Das versprach ich ihnen gerne.

So liefen wir weiter und weiter und oft durften wir uns auch auf den großen Rücken von Erika setzen und wurden dann von ihr getragen.

Wir hatten mittlerweile auch den Flattertieren Bescheid gesagt, dass wir die Freunde von Erika suchen und sie gebeten uns zu helfen. Wie schon bei dem Freundeslauf schwärmten sie aus und das war eine große Hilfe, weil unsere Blümiwiese ja unendlich groß isr.

Irgendwann spürten wir ein Donnern unter den Füßen und wussten, dass Poco mit seiner Herde in der Nähe sein musste. Und da sahen wir auch schon die Staubwolke auf uns zukommen.

Vornweg – wie immer – der stolze weisse Andalusier Paco, der Anführer der Gruppe. Er stoppte direkt vor uns und aus der Herde löste sich Poco und stellte sich neben ihn. Er senkte sein Haupt und Hexe und ich begrüßten ihn mit einem Nasenstupser.

Dann ergriff der stolze Paco das Wort und sagte, dass ein Flattertier ihm gesagt habe, dass wir die Freunde von einer Erika suchen würden. Erika trat vor und senkte den Kopf vor dem stolzen Pferd. Sie sagte „Ich bin Erika und ich suche hier im Regenbogenland meine Freunde, die vor mir über die Brücke gekommen sind. Kannst Du mir helfen?"

Paco schabte mit der Hufe über den Boden und erwiderte, dass er wusste, wo eine riesige Herde mit solchen Tieren wie Erika wohnte. Und dort konnte Poco uns hinführen. Vielleicht waren ja die Freunde von Erika dabei.

Erika machte vor Freude einen lustigen Luftsprung und warf dabei den stolzen Paco fast zu Boden. Aber der war nicht böse und wünschte uns nun viel Glück bei der weiteren Suche.

Unser lieber Poco blieb bei uns und so lief er voraus und zeigte uns den Weg.

Irgendwann sahen wir in der Ferne eine unglaubliche Menge dieser Tiere mit den Stöcken auf dem Kopf. Ganz unterschiedlich, aber doch ziemlich gleich. Manche hatten riesige Stöcke auf dem Kopf, manche gar keine. Schwarze, braune, gefleckte, weisse. Und alle standen friedlich beisammen und aßen Gras.

Je näher wir kamen umso aufgeregter wurde Erika. Sie erkannte ihre Artgenossen.

Als wir ganz nahe waren, kam ein riesiger Stier auf uns zu. Er war weiss, hatte einen großen Buckel und riesige Stöcke auf dem Kopf.

Er sagte „Hallo Erika, hallo Erzähl-Teddy und Hexe. Wir haben schon auf euch gewartet. Einige Flattertiere haben uns gesagt, dass ihr uns sucht. Und einige von uns haben ganz besonders auf euch gewartet.

Er trat zur Seite und da kamen etliche Artgenossinnen von Erika aus der Gruppe heraus auf uns zu. Es waren die Freunde, die vor Erika gehen mussten. Erika ging auf sie zu und aus ihren wunderschönen Augen lief Wasser. Sie wurde von den andern umringt und alle rieben sich aneinander und schleckten sich gegenseitig ab.

Dann schob sich der große weisse Stier noch einmal dazwischen und sagte, dass er noch eine Überraschung für Erika habe. Sie trat zu ihm und schaute ihn fragend an.

Er trag zur Seite und da kamen acht kleine Ausgaben von Erika hinter ihm hervor. Es waren ihre Kinder, die nicht bei ihr bleiben durften und von ihren Peinigern schon als Babys „geschlachtet" worden waren.

Erika stand nur da und das Wasser lief ihr aus den Augen. Die Kleinen schmiegten sich an sie und Erika wand sich an den Stier und sagte nur „Danke".

Wir hatten uns im Hintergrund gehalten. Erika hatte ihre Freunde gefunden. Wir hatten unsere Aufgabe erfüllt. So setzten wir uns auf den Rücken von Poco und wollten gerade gehen. Da kam Erika zu uns, die Kleinen direkt hinter ihr.

Sie sagte: „Ohne euch hätte ich meine Babys niemals wiedersehen. Bleibt bitte noch ein wenig, ich will euch meine Freunde vorstellen. Und viele von ihnen möchten dem „Erzähl-Teddy" von dem die Flatterer so viel berichtet haben, ihre Geschichte erzählen."

Und so blieben wir und lernten die Freunde von Erika kennen. Alle sahen unterschiedlich aus, aber eines hatten alle gemeinsam: Die wunderschönen, sanften Augen.

Viele Tiere haben mir ihre Geschichte erzählt und es waren zum Teil ganz grausame Schicksale. Und ich weiß nicht, ob ich die erzählen kann.

Wir sind dann zurück zu unserer Frauchen-Gruppe gegangen und mir gingen all diese Geschichten durch den Kopf.

Als wir zurück waren, legte ich mich unter meinen Lieblingsbaum. Hexe kam zu mir und kuschelte sich an mich. Das machte sie selten, aber sie spürte, dass es mir nicht gut ging.

So lagen wir eine ganze Zeit zusammen. Und ich weiß noch nicht, welche ich euch von den Geschichten erzähle.

Ich muss nachdenken!

Gute Nacht, euer Erzähl-Teddy

EL BLANCO

Hallo, hier ist euer Teddy.

Lange habe ich überlegt, ob ich euch diese Geschichte erzählen soll. Ich habe mich mit meinen Freunden beraten und alle haben gemeint, dass ich euch das erzählen soll.

Weil ihr anders seid! Weil ihr diese Geschichte verbreiten könnt...

Wir waren bei den Freunden von Erika und sie erzählten uns ihre Geschichten. Die meisten waren nicht schön und ähnelten der Geschichte von Erika.

Es gab aber auch schöne Geschichten von Kühen, die ein schönes Leben hatten.

Die ganze Zeit, während die Erika-Freunde erzählten lag einer an der Seite und schaute traurig vor sich hin.

Es war El Blanco, der Anführer der Gruppe

Ich ging zu ihm und fragte ihn, warum er so traurig sei. Es war doch schön, dass Erika ihre Freunde und Kinder gefunden hatte. Und ob er sich nicht mit uns freuen wolle. Und vielleicht wollte er uns ja auch seine Geschichte erzählen.

Er drehte ganz langsam seinen wunderschönen, riesengroßen Kopf zu mir herum und es liefen ihm dicke Tränen aus seinen wunderschönen

Augen. Dann sagte er, dass er das noch niemals erzählt hatte, weil das alles viel zu schlimm sei und er daran zerbrochen sei.

Ich lehnte mich an ihn und sagte, dass es hilft, wenn man seine schlimmen Erlebnisse, die man auf der Erde gemacht hat, erzählt. Auch ich und die anderen hatten böse Erfahrungen gemacht und uns allen hat es geholfen, darüber zu sprechen.

Da erhob sich der schneeweiße Riese langsam und ging mit mir zu der Herde. Dort ließ er sich nieder und alle schwiegen.

Er fing leise an zu erzählen:

„Ich bin El grande Blanco – der große Weisse! So haben mich die Zweibeiner genannt, weil ich der einzige weisse Stier auf der Weide war und auch der Größte.

Ich hatte eine glückliche Kindheit bei meiner Mama, die auch eine Riesin war. Wir waren immer gemeinsam auf der großen Weide und hatten nichts weiter zu tun, als zu grasen und uns auszuruhen. So wuchs ich zu einem schönen und stattlichen Jungstier heran.

Eines Tages kam ein kleines Zweibeinermännchen auf unsere Weide und betrachtete mich. Meine Mama wurde sofort ganz böse und versuchte das Männchen anzugreifen. Aber die anderen Zweibeiner hielten sie zurück, obwohl sie kaum zu bändigen war.

Aber ich war arglos und wunderte mich über das Verhalten meiner Mama. Schließlich war das Zweibeinermännchen doch sehr lieb zu mir. Er ging um mich herum und tätschelte mich. Aber dann trat er hinter mich und nahm mein wunderschönes Gebamsel zwischen meinen Hinterbeinen in seine Hände. Das war so groß, dass er es nicht mit seinen beiden Händen fassen konnte. Und dann sagte er: „Diese testiculos werden mir sehr munden…" Ich verstand das nicht und es war mir auch egal. Und dann sagte er zu den anderen, dass sie mich vorbereiten sollten und dass ich der Star werden würde. Und deshalb besonderer Behandlung bedürfe. Dann ging er.

Und meine Mama wurde auch wieder freigelassen und kam ganz aufgeregt zu mir. Sie sagte, dass ich mich vor diesem Zweibeiner in acht nehme müsse. Immer wenn er da gewesen ist, wurden danach die Jungstiere von ihrem Mamas weggenommen und wurden niemals mehr gesehen. Von ihr wurden auch schon einige Söhne weggenommen. Aber für keinen ihrer Söhne hatte er sich bisher so interessiert wie für mich!

Ich hatte den Besuch schon fast vergessen und stand an einem Morgen auf meiner Weide in der Sonne. Mama war etwas entfernt. Aber plötzlich hörte ich sie brüllen. Drei Zweibeiner verhinderten, dass sie zu mir kommen konnte. Sie wehrte sich verzweifelt, aber sie wurde mit dicken Stricken und großen Knüppeln daran gehindert.

Ich wollte zu ihr, aber da waren auch schon Zweibeiner bei mir und hängten eine schwere Kette an den Ring in meiner Nase. Daran zerrten sie mich von meiner Mama weg.

Fortan lebte ich alleine auf einer Wiese. Meine Mama fehlte mir zwar, aber eigentlich war es hier ja auch ganz schön. Aber jeden Tag kamen Zweibeiner und führten mich auf einen komischen runden Platz. Da war kein leckeres Gras, alles war staubig und außen herum waren hohe Wände. Da kam ich nicht heraus.

Anfangs kamen etliche Zweibeiner und jagten mich immer im Kreis herum. Das war ein lustiges Spiel, weil sie mich nie erwischten. Und nach dem Spiel bekam ich immer sehr leckeres Futter. So wuchs ich immer weiter zu einem prachtvollen Stier heran.

Und irgendwann wurde aus dem Spiel etwas, was nicht mehr schön war. Die Zweibeiner, mit denen ich die ganze Zweit spielte, hatten plötzlich dicke Knüppel in der Hand, mit denen sie auf mich einschlugen. Immer wieder. Und das tat mir weh. Und es machte mich wütend! Und die Zweibeiner lachten über mich. Und sie waren feige! Immer, wenn sie mich mit ihren Knüppeln geschlagen hatten, hüpften sie hinter diese

Wand. Ich rannte dann mit meinen Hörnern dagegen, aber ich hatte keine Chance sie zu erwischen.

Mittlerweile mussten sie mich zu dritt an Ketten auf die Weide führen. Und wenn sie mich abholten, stellten sie einen Gang aus Gittern auf, durch den sie mich auf diesen staubigen Platz trieben. Und dafür benutzten sie lange Stäbe, die furchtbar zischten und mich zusammenzucken ließen. Und mir wehtaten.

Und auf dem staubigen Platz wurde es immer schlimmer. Sie hatten nun nicht nur diese Plrügel, sondern auch spitze Stangen, mit denen sie mir in den Rücken und in die Seite stachen. Und manchmal sperrten sie mich ganz eng in diesen Gang, so dass ich mich nicht mehr vor oder zurückbewegen konnte. Dann banden sie einen Strick um mein Gebamsel zwischen den Hinterbeinen und das tat so höllisch weh, dass ich vor Schmerzen halb wahnsinnig wurde.

Irgendwann hatte ich nur noch einen Gedanken: Ich wollte diese bösen Kreaturen töten!

Und dann sah ich ihn: Das Zweibeinermännchen! Es stand am Rand hinter der hohen Wand und sagte zu meinem Peiniger: „Er ist soweit! Bring ihn und die anderen drei in die Arena. Er wird der Letzte, der Star des Abend sein!"

Die Worte meiner Mama fielen mir ein...nun war also ich dran!

So kamen sie und wollten mich von meiner Weide holen. Aber ich wehrte mich mit all meiner Kraft, und ich hatte sehr viel Kraft! Doch plötzlich bekam ich einen Pieks in mein Hinterteil und ich wurde müde. Ich ließ mich an der Kette in einen merkwürdigen Stall auf Rädern führen, in dem schon andere Kumpels standen. Wir alle waren sehr müde und konnten uns kaum bewegen.

So rumpelten wir lange durch die Gegend und irgendwann hörte das Rumpeln auf.

Ich wurde an meinem Ring durch lange Gänge gezerrt und in eine stockdunkle Höhle gebracht. Ich konnte nichts sehen, aber ich konnte die anderen hören, die vor Angst brüllten. Aber irgendwann wurden auch sie still.

Einmal täglich ging die Tür auf und etwas Licht kam herein, dann bekam ich essen und trinken und dann wurde es wieder stockdunkel und totenstill.

So stand ich in meinem dunklen Gefängnis und wusste nicht, was hier los ist. Aber ich merkte, dass da dieses Gefühl wieder in mir hoch kam. Wut! Ich trat gegen die Tür und gegen die Wände. Ich brüllte vor Wut.

Aber nichts geschah!

Doch irgendwann ging die Tür auf und ich wurde an der Kette durch einen dunklen Gang gezogen. Jetzt ging es sicher wieder nach Hause!

Doch dann ging eine Wand nach oben und es wurde furchtbar hell. Ich sah nichts mehr und konnte mich nicht mehr orientieren. Im selben Moment spürte ich einen furchtbaren Schmerz in meinem Rücken und konnte meinen Kopf nicht mehr heben. Etwas hatte sich in meinen Hals gebohrt. Dann noch ein Schmerz. Ein zweiter Stich in meinen Rücken. Und ich stürmte nur noch vorwärts.

Ich sah nicht, wo ich hinrannte, ich hatte furchtbare Schmerzen und wusste nicht, warum ich meinen Kopf nicht mehr heben konnte. Und neben mir rannten zwei Vierbeiner mit Zweibeinern oben drauf. Und die Zweibeiner hatten Spieße mit bunten Lappen daran in der Hand. Und die stachen sie in mich hinein. Jeder Stich verursachte mir noch größere Schmerzen. Und noch viel größere Wut! Ich blieb stehen und rammte meine Hufe in den Boden. Dann drehte ich mich und griff meine Peiniger an.

Erst dann bemerkte ich, dass rund um den großen staubigen Platz unendlich viele Zweibeiner an steilen Wänden standen und schrien. Bei jedem Spieß, den meine Peiniger in mich hineinstachen, brüllten sie und riefen so etwas wie „Ole"!

Gefiel denen, wie ich gequält wurde? Wie ich Schmerzen hatte? Wie ich um mein Leben kämpfte?

Mein schönes weisses Fell war mittlerweile rot von dem Saft, der aus mir herauslief. Und ich spürte, wie ich langsam schwächer wurde.

Und dann war er plötzlich da: Das Zweibeinermännchen! In bunte Felle gewickelt mit einem komischen Deckel auf dem Kopr, den er in die Richtung dieser schreienden Menge wedelte. In der anderen Hand hatte er eine Lappen, der schlaff zu Boden hing.

Ich sah ihn und ich dachte wieder an die Worte meiner Mama. Und ich wollte nur noch eines: Ihn töten"

Da stellte er sich vor mich und fing an, mit dem Lappen zu wedeln. Ich scharrte mit den Hufen und rannte los! Ich würde ihn kriegen!

Aber ich rannte unter dem Lappen durch und spürte im selben Moment einen neuen Stiche in meinen Rücken. Und der war sehr tief. Und dann startete ich noch einen Angriff und wieder rannte ich unter dem Lappen durch und bekam noch so einen furchtbaren Stich. Und so ging es noch einige Male.

Ich war vor Schmerzen halb wahnsinnig und vor meinen Augen sah ich nur noch rot. Und ich wollte meinen Peiniger töten!

So standen wir voreinander. Das kleine Zweibeinermännchen und ich, der große weiße Stier, aus dem der Lebenssaft herausströmte.

Es war totenstill und das Männchen und ich schauten uns in die Augen. Und ich wusste: Ich würde sterben. Aber ich würde ihn mitnehmen.

Ich senkte meine Hörner zu Boden und scharrte mit den Hufen und dann stürmte ich los zu meinen letzten Angriff.

Und ich spürte einen furchtbaren Schmerz in meinem Rücken. Doch mit meiner letzten Kraft rammte ich mein langes Horn in diesen Körper meines Peiniger und spießte ihn auf. Und dann warf ich mit allen Schmerzen meinen Kopf nach oben und schleuderte den Zweibeiner in die schreiende Menge.

Der würde niemals mehr Artgenossen zu Tode quälen.

Ich wurde von dem Platz gezerrt und ich spürte, wie das Leben aus mir entwich. Mein weisses Fell war rot von meinem Lebenssaft und das Atmen fiel mir schwer. Gleich würde es vorbei sein.

Doch dann bemerkte ich, wie es nass auf meine Nase tropfte. Mit meiner letzten Kraft öffnete ich meine Augen und sah ein kleines Mädchen in einem bunten Kleid. Sie hatte eine Hand auf meinen Kopf gelegt und in der anderen Hand hielt sie ein kleines Blümchen, das sie mir zwischen die Augen legte. Dabei weinte sie bitterlich. Und sie sagte nur „ich bin Hope und ich hab Dich lieb..."

Dann schloß ich meine Augen für immer und sah den Regenbogen.

Und dieses kleine Mädchen ist der Grund, warum ich hier bin. Ich hatte auf der Erde niemals ein Herrchen oder ein Frauchen. Aber ich warte hier auf meine Hope und mit ihr werde ich irgendwann auf die ewige Wiese gehen."

Wir waren alle sehr still. Wie kann es sein, dass ein argloses Tier einfach zum Vergnügen der Zweibeiner gequält und getötet wird? Wie kann es sein, dass Zweibeiner dafür Geld bezahlen?

Und sich daran erfreuen, wie ein Tier Schmerzen empfindet?

Es tut mir leid, aber diese Geschichte musste ich euch leider erzählen. Erzählt sie bitte weiter!

Euer Teddy

DIE FRAGE

Hallo, hier ist euer Teddy.

Es ist schön, dass so viele von euch meine Geschichten lesen. Und viele machen sich Gedanken, was mit ihren Fellnasen und mit ihnen – ihren Zweibeinern – geschieht, wenn sie über die Brücke gehen.

Heute habe ich einen Brief bekommen, über den ich lange nachgedacht habe. Und auf den ich keine richtige Antwort habe.

Hier ist er:

„Lieber Teddy, Hexes Buch habe ich gerade durch und jetzt lese ich deines. Eure Geschichten zu lesen ist so rührend und ich muss so an meine vergangenen Katzen denken. Nicki war meine "Hexe", und nun ist Loki mein "Teddy". Loki hat aber noch Zeit bis zum Regenbogen. Beides werden meine Seelentiere sein, die "meine" Gruppe anführen werden. Nicki und Smoke warten schon.

Nun habe ich eine Frage, lieber Teddy. Wie ist das mit den Tieren, die mehrere Frauchen hatten, von denen sie geliebt wurden. Loki haben wir von seiner verstorbenen Vorbesitzerin übernommen. Loki, der damals noch Felix hieß, hat sie zu Hause in den Tod begleitet, einen Tag vor Silvester. Dann hat es draußen geknallt und gerumst, dann wurde er von uns gekidnappt, und mit dem Brumsdings verschleppt. Der Arme war völlig durch den Wind, verfilzt, übergewichtig und nach Rauch stinkend sind wir mit offenem Fenster über die Autobahn geschrachelt. Er brauchte lange zum Ankommen. Inzwischen hat er 3 kg abgenommen, einen neuen Kumpel zum Spielen (unser schwarzes Pempelchen), patroulliert über den Dächern und fordert mich abends pünktlich auf ins Bett zu kommen. Dann liegt er ganz nah bei mir und ich glaube, er ist sehr glücklich bei mir/uns. Ich bin es auf jeden Fall mit ihm. Wenn Loki mal über den Regenbogen ziehen muss, teilt er sich dann in den Frauchen-Gruppen auf? Oder muss er sich für eine entscheiden? Das möchte ich ihm nicht zumuten, entscheiden zu müssen..."

Ich habe darauf nicht wirklich eine Antwort. Deshalb habe ich meine Hexe gefragt. Sie legte den Kopf schief und überlegte.

Dann sagte sie: „Bei mir ist das keine Frage, ich war mein langes Leben von Anfang an bis zu meinem irdischen Ende bei Frauchen. Und ich habe immer nur sie geliebt. Deshalb gab es für mich niemals eine andere Entscheidung als auf unser Frauchen zu warten."

Ich überlegte kurz und dann antwortete ich, dass ich zwar früher schon ein Herrchen und ein Frauchen hatte, die aber sehr böse zu mir waren. Dann war ich ja lange in diesem „Tierheim" aus dem mich Frauchen dann zu sich geholt hat. Im Tierheim war auch eine liebe Zweibeinerin, Frau Siggi, die mittlerweile auch auf der ewigen Wiese ist. Doch mein Frauchen ist die, mit der ich zusammen über die geheime Brücke gehen werde. Ihr galt mein letzter Gedanke und mein letzter Blick und ihre Tränen spüre ich bis heute auf meinem Fell.

Aber was war mit den Tieren, die mehrere Frauchen oder Herrchen gehabt haben und von allen geliebt worden sind.

Darauf hatten wir keine Antwort und wir beschlossen, Oma-Frauchen auf der ewigen Wiese zu besuchen.

Also gingen wir los und kamen bald an die geheime Holzbrücke.

Wir gingen hinüber und schon von Weitem sahen wir Oma-Frauchen auf Ihrer Bank sitzen, wie immer ihre geliebte Minka auf dem Schoß und Madeleine mit Joie neben sich.

Sie begrüßten uns wie immer herzlich und dann stellte ich meine Frage.

Oma Frauchen lehnte sich zurück und überlegte. Da sahen wir aus der Ferne eine große Menge Katzentiere und in ihrer Mitte den Katzenmann. Den konnten wir auch fragen! Der hatte in seinem irdischen Leben so viele Fellnasen aufgenommen, der wusste bestimmt eine Antwort!

Er hörte uns aufmerksam zu und überlegte kurz. Dann sagte er, dass die meisten seiner Tiere wild geboren waren oder von bösen Zweibeinern einfach ausgesetzt und sich selbst überlassen worden waren. Es gab aber auch einige, deren Frauchen oder Herrchen gestorben waren und die zu Lebzeiten von ihnen sehr geliebt worden waren. Die entweder weggelaufen waren oder von den Nachkommen nicht mehr gewollt waren. Sie waren dann irgendwann zu ihm gekommen.

Diese Tiere trauerten sehr lang um die verstorbenen Frauchen oder Herrchen, trotzdem liebten sie den Katzenmann, der sie aufgenommen hatte.

So war es sicher auch bei Felix, der jetzt Loki hieß und sein neues Frauchen sehr lieb hatte.

Wenn er irgendwann den Regenbogen sehen würde, dann würde sicher sein jetziges Frauchen bis zu seinem letzten Atemzug bei ihm sein und ihn zur Brücke begleiten. Und auf sie würde er auf unserer Wiese warten. Und er würde von Nicki und Smoke, die ja schon hier waren, abgeholt werden.

Und wenn sie dann irgendwann mit ihrem Frauchen über die geheime Brücke gehen, wird er auch sein altes Frauchen wiederfinden. Und er muss sich nicht entscheiden.

Es gibt hier keinen „Besitz". Schon gar nicht an einem Tier! Auf der Wiese hinter dem Regenbogen haben wir unsere tierischen Freunde. Und wenn ihr dann irgendwann mit eurem Frauchen oder Herrchen über die geheime Brücke geht, sind alle zusammen das, was ihr Zweibeiner „Familie" nennt. Aber nicht die Familie, die sich immer streitet - wie oft auf der Erde - sondern eine Familie, die zusammengehört.

Oma-Frauchen beugte sich zu uns und sagte nur „das hätte ich nicht besser erklären können!"

Und dabei lachte sie ihr ansteckendes Lachen und wir alle lachten mit ihr. Wir lagen noch eine Weile zusammen und viel später gingen wir wieder über die geheime Brücke auf unsere Wiese und der Katzenmann scharte seine vielen Fellnasen um sich und sie gingen ihres Weges.

Oma-Frauchen winkte uns nach und streichelte ihre Minka. Madeleine kuschelte sich an sie und Joie spielte im Gras.

Gute Nacht.

Euer Teddy

HEXE ON TOUR

Hallo, hier ist euer Teddy.

Nachdem der Katzenmann unsere Fragen beantwortet hatte, saßen wir noch um Oma-Frauchens Bank herum und erzählten uns Geschichten.

Und wie immer hatte unser Oma-Frauchen eine neue Geschichte für uns.

Sie schaute Hexe an und sagte „weißt Du noch meine kleine Hexe, als Du mir einen Riesenschrecken eingejagt hast?"

Hexe tat ihr den Gefallen und sagte, dass sie nicht wusste was Oma-Frauchen meinte.

Darauf hatte Oma-Frauchen gewartet und fing an zu erzählen:

„Immer, wenn euer Frauchen Doris in Urlaub gefahren ist, bin ich in ihre Wohnung eingezogen, damit Du nicht alleine sein musstest. Doris behauptete nach dem Urlaub immer, dass sie Dich nun auf Diät setzen müsste. Aber dafür sind Omas ja schließlich da! Und da ich keine Menschenenkel hatte, warst Du mein Enkelchen und wurdest entsprechend verwöhnt!

Wie immer habe ich morgens nach dem Frühstück die Tür geöffnet und Du bist fröhlich hinausgehopst. Ich habe mich dann etwas nützlich gemacht und mich dann in die Sonne gesetzt. Du bist immer mal wieder vorbeigekommen und hast Dir ein Leckerlie abgeholt.

Aber dann warst Du für längere Zeit nicht mehr gekommen. Da habe ich mir noch keine Gedanken gemacht, sicher würdest Du nach einem Geschenk für mich suchen und mir eine kleine Maus mit nach Hause bringen.

Aber dann wurde es langsam dunkel und ich fing an, mir Gedanken zu machen. Keine Hexe weit und breit. Ich rief und rief. Raschelte mit der Leckerlie-Dose. Sonst eine sichere Maßnahme um Dich nach Hause zu rufen.

Aber nichts! Keine Hexe weit und breit.

Es war mittlerweile schon stockdunkel und so bewaffnete ich mich mit Taschenlampe und Leckerliedose und lief los. Überall habe ich Dich gesucht. In jede Ecke mit meiner Taschenlampe hineingeleuchtet. Laut gerufen.

Keine Hexe!

Ich lief durch das große Feld und sah überall glühende Augen. Füchse! Ich bekam Panik! Schnell zurück zu den Häusern und in alle Gärten hineingeleuchtet. Nichts.

Dann traf mich plötzlich der Strahl einer Taschenlampe ins Gesicht und machte mich blind. Gleichzeitig der Ruf: „Stehen bleiben, Polizei! Hände nach oben und keine Bewegung!"

Ich sah die beiden Beamten und fing sofort an zu weinen. Die beiden sahen sich verständnslos an und kamen zu mir. Sie fragten mich, was ich hier machen würde und dass sie von besorgten Anwohnern benachrichtigt worden waren, die Einbrecher vermuteten.

Unter Tränen berichtete ich ihnen, was ich hier machte und all meine Angst um Dich brach aus mir heraus. Die beiden waren sehr verständnisvoll und suchten eine Weile mit mir.

Aber es war keine Hexe zu finden. Und ich war mittlerweile auch sehr erschöpft.

So brachten die beiden mich nach Hause. Mir war gar nicht bewußt, welche Strecke ich schon auf meiner Suche gelaufen war.

In der Wohnung fiel ich in einen unruhigen Schlaf und bei jedem Geräusch schreckte ich hoch.

Früh am Morgen lief ich noch einmal die Wege ab, von denen ich wusste, dass unsere Hexe dort gerne unterwegs war. Nichts!

Dann rief ich die Tierheime und alle Tierärzte an. Du warst ja gechippt und so konntest Du identifiziert werden, falls Dir etwas zugestoßen warst.

Ich setzte mich verzweifelt und erschöpft hin und überlegte, was ich noch tun könnte und wo ich noch suchen sollte.

Da klingelte das Telefon! Es war Doris aus dem Urlaub. Zuerst wollte ich nicht abnehmen. Aber dann würde sie sich Sorgen machen. Und sie würde es sowieso immer wieder versuchen. Aber ich wollte ihr nicht erzählen, dass Du nicht nach Hause gekommen warst. Denn sie würde sofort ihren Urlaub abbrechen.

So tat ich, als wäre alles in Ordnung . Aber Doris merkte an meiner Stimme, dass etwas nicht ok war. Ich erklärte ihr, dass ich mich erkältet hätte und meine Nase deshalb zu sei. Aber so richtig zufrieden war sie nicht und sagte, dass sie sich abends noch einmal melden würde.

Ich betete, dass Du bis dahin wieder da sein würdest. Es durfte Dir nichts passiert sein!

Am späten Nachmittag klingelte das Telefon. Die Nummer kannte ich nicht. Ich ging ran und eine freundliche weibliche Stimme fragte mich, ob ich eine Katze namens „Hexe" besitze. Mir wurde schlagartig schlecht. Sie war wahrscheinlich tot gefunden und über den Chip identifiziert worden!Ich stand kurz vor einer Ohnmacht und merkte, wie mir der kalte Schweiß ausbrach und mein Hirn ganz leer wurde.

Die Frau am anderen Ende erzählte mir, dass sie heute morgen zur Arbeit fahren wollte und als sie in ihr Auto eingestiegen sei, wäre eine kleine schwarze Katze unter dem Sitz verschwunden. Sie wollte sie rauslocken, aber die Kleine sei sehr scheu.

Sie war am vergangenen Tag in meiner Straße zu Besuch bei Bekannten und musste eine kleine Kommode einladen. Da hatte sie einige Zeit die Heckklappe ihres Autos offen und da musste die Kleine wohl reingehoppst sein. Bei dem Modell des Autos handelte es sich um ein ähnliches wie das von Doris, auf alle Fälle auch schwarz. Und da fuhr Hexe oft mit. Die Frau hatte dann ihre Bekannte angerufen und die erinnerte sich an meine Hexe und wusste, wo sie wohnte. Über die Vermieterin von Doris hatte sie dann die Telefonnummer erfahren.

Die ganze Nacht hast Du unter dem Autositz gesessen und Dich nicht heraus getraut! Ich habe der Frau gesagt, dass sie auf alle Fälle die Autotür zulassen soll und dass ich sofort losfahre. Der Ort, wo die Leute wohnten, war Gottlob nur ca. 30 km entfernt.

Sofort bin ich in mein Auto gesprungen und los gefahren. Noch nie war mir eine Autofahrt so lange vorgekommen"

Es handelte sich um einen kleinen Ort und so fand ich die Adresse recht schnell. Und da standen auch schon einige Leute um das Auto herum und quatschten und redeten und lockten. Meine arme Hexe! Die musste ja tausend Tode sterben!

Ich ging zu den Leuten und bedankte mich ganz herzlich. Dann bat ich alle, sich zu entfernen und machte langsam die Autotür auf und lockte mit leiser Stimme meine Hexe.

Und da war sie! Das kleine schwarze Schnäuzchen kam zaghaft unter dem Sitz hervor. Ganz kläglich kam ein „miöööööl". Ich hielt ihr meine Hand hin und sie schnupperte. Dann krabbelte sie heraus und ich konnte sie auf meinen Arm nehmen. Sie kuschelte sich ganz eng an mich und ich setzte sie in den Transportkorb. Dort rollte sie sich zusammen und schlief ein

Ich war so froh und bedankte mich überschwänglich bei den „Findern“. Aber die waren froh, dass die Sache so ein glückliches Ende gefunden hatte und so fuhr ich nach Hause.

Ich hatte kaum den Schlüssel umgedreht, da klingelte das Telefon. Doris! Ich setzte den Korb ab und Hexelein rannte sofort zu ihrem Fressnapf. Und ich nahm das Telefon ab und erzählte meiner Tochter die ganze Geschichte. Und gemeinsam weinten wir vor Erleichterung!“

Hexe war auf Oma-Frauchens Schoß gehopst und gab ihr einen Nasenstupser. Sie erinnerte sich an das Abenteuer und auch daran, wieviel Angst sie hatte. Aber das würde sie niemals zugeben...

Schlaft schön.

Euer Teddy

LUCE UND SOLE

Hallo liebe Freundinnen und Freunde, hier ist euer Teddy.

Heute war ich mit meinem kleinen Mäuschen unterwegs. Sie war ja viel zu früh zu uns gekommen, weil ihr kleines Herzchen nicht mehr schlagen wollte. Seitdem ich über die Brücke gekommen bin passe ich auf sie auf, wie ich es schon gemacht habe als sie noch bei ihrer Mama, ihren Geschwistern und bei Frauchen war.

Mäuschen war immer etwas Besonderes. Sie war viel kleiner als die beiden anderen Winzlinge. Und wenn sie spielte, war sie immer sehr schnell müde. Auch essen konnte sie nicht so viel wie die anderen und oft musste sie husten. Von Frauchen bekam sie immer so winzige Kügelchen ins Mäulchen gesteckt. Das passte ihr zwar nicht, aber da war Frauchen vollkommen gnadenlos.

Ich passte immer auf mein kleines Mäuschen auf. Wenn die beiden anderen kleinen Rabauken zu wild mit meinem kleinen Schützling „spielten", ging ich dazwischen und holte meine Kleine heraus. Dann kuschelte sie sich an mich. Das mochte sie ganz besonders, sich zusammengerollt an meinen Bauch zu kuscheln.

Doch eines Tages war sie plötzlich nicht mehr da. Sie war einfach weg, ohne sich zu verabschieden. Die Tage, bevor sie verschwand, hat sie fast nur noch geschlafen und ganz viel gehustet. Frauchen hat ganz oft mit dem schwarzen Kästchen gesprochen und es war auch ein paar mal die liebe Zweibeinerin mit dem weissen Fell bei uns. Die meinte irgendwann, dass Frauchen mit Mäuschen in eine „Klinik" fahren sollte. Und dass man da vielleicht noch helfen könne.

So packte Frauchen die Kleine in das Kästchen und kam irgendwann mit dem leeren Kästchen wieder heim. Und es lief ihr Wasser in Strömen aus den Augen. Sie ließ sich gar nicht beruhigen. Auch Sternchen war nicht zu beruhigen. Sie sprach normalerweise gar nicht. Aber an diesem Tag lief sie ruhelos und laut nach ihrem Töchterchen rufend durch die Höhle. Und Schnäuzchen lief schreiend hinter ihrer Mama her.

Auch ich lief durch die Höhle und rief nach meinem Mäuschen. Überall war ihr Geruch, aber sie war nicht da.

Als ich dann viel später über die Brücke gehen musste, habe ich mein kleines Mäuschen wieder gefunden und sie hat mir erzählt, was damals passiert war.

Ab diesem Moment war sie immer bei mir. Manchmal spielte sie mit den anderen, aber ich wusste immer, wo sie war.

So waren wir auch heute unterwegs, Mäuschen liebte es, an Blümis zu riechen und sie machte dann immer so lustige „Hatziii"- Geräusche. Ich legte mich ins Gras und ruhte mich aus. Immer wieder hörte ich „Hatziiii" und lächelte vor mich hin.

Doch dann hörte ich eine ganze Weile nichts mehr und machte mir Sorgen. So stand ich auf und machte mich auf die Suche. Da kam sie mir auch schon entgegen. Ganz abgehetzt und außer Atem. Ich bekam etwas Angst, aber hier ist ihr Herzchen doch wieder ganz gesund. Also was war mit ihr los?

Sie konnte mir vor Aufregung zuerst gar nicht erzählen, was mit ihr los war. Sie sagte dauernd nur „Mama ist da! Mama ist da!"

Ich verstand gar nicht, was sie von mir wollte.

Ihre Mama war noch bei Frauchen. Frauchen war noch auf der Erde.

Wenn eine von beiden über die Brücke gekommen wäre, hätten Hexe und ich sie dort abgeholt. Aber wen sonst könnte sie meinen?

Da lief sie auch schon wieder davon und notgedrungen lief ich ihr hinterher. Wir waren noch nicht weit gekommen, da sahen wir eine kleine Gruppe von Katzen. Und dann sah ich sie auch: Sternchen!

Aber wie konnte das sein? Wieso war sie hier? Wir gingen näher heran und je näher wir kamen umso sicherer war ich mir – es war Sternchen! Die Fellzeichnung, die blauen Augen, der angedeutete Kragen und vor allem der Schweif der unglaublich lang und auf unverkennbare Weise gebogen war.

Es war Sternchen, die Mama von Mäuschen!

Inzwischen hatte die kleine Gruppe bemerkt, dass wir sie beobachteten und Sternchen kam zu uns. Sie baute sich vor uns auf und der gebogene-Schweif wurde ganz dick. Unverkennbar unser stolzes und furchtloses Sternchen!!!

„Was wollt ihr von uns? Ihr beobachtet uns und seid uns gefolgt. Wir gehen hier nur etwas spazieren und wollen euch nicht belästigen."

Ich trat zu ihr und sagte „Hallo Sternchen, erkennst Du uns nicht? Erkennst Du nicht Dein Töchterchen Mäuschen und mich, Deinen Freund Teddy? Was ist passiert? Warum bist Du nicht bei uns in der Frauchen-Gruppe? Warum haben Hexe und ich Dich nicht an der Brücke abgeholt?"

Sternchen schaute uns vollkommen fassungslos an. Sie schien überhaupt nicht zu verstehen, was wir von ihr wollten. Mäuschen trat einen Schritt auf sie zu und stoppte dann abrupt. Sie drehte sich zu mir um und sagte „Das ist nicht Mama! Sie sieht genauso aus wie Mama und sie riecht auch so. Aber sie hatte noch niemals volle Nuckelies!"

Das vermeintliche Sternchen betrachtete Mäuschen und sagte „Ich sehen Dich heute das erste Mal, aber ich habe das Gefühl, Dich schon immer zu kennen. Ich schaue in Deine Augen und sehe – meine Schwester! Meine Schwester Luce. Mein Name ist Sole. Wir waren Zwillingsschwestern in einem Land, in dem es immer warm war.

Als ganz kleine Babys wurden wir von unserer Mama weggenommen und zu Zweibeinern gebracht. Die hatten ein kleines Zweibeinermädchen, für die waren wir als Spielzeug gedacht. Wir wurden in komische Felle gewickelt, in denen wir uns nicht mehr bewegen konnten. Dann wurden uns die Beine an den Körper gebunden, damit wir uns nicht mehr bewegen konnten. Und wir wurden in komische Kisten gelegt und durch die Gegend gerollt. Auf dem Kopf hatten wir merkwürdige Deckel. Aber wir bekamen auch Fresschen und wenn das Zweibeinermädchen endlich schlief hatten wir eine kleine Höhle und leckeres Fresschen für uns.

Doch irgendwann wurden wir dem Zweibeinermädchen zu groß und wir machten nicht mehr alles mit und begannen, uns zu wehren. Da holten sich die großen Zweibeiner zwei neue Katzenbabys und warfen uns aus der Höhle hinaus.

Da waren wir nun auf uns alleine gestellt. Unserer Mama waren wir viel zu früh abgenommen worden, sie konnte uns nichts beibringen. Und bei den Zweibeinern hatten wir auch nichts gelernt.

Wir waren eigentlich auch noch Babys, aber wir waren alt genug, dass sich die großen Katers für uns interessierten. Und sie jagten uns! Und sie machten schlimme Dinge mit uns!

Und wir hatten Hunger! Wir hatten ja nie gelernt, uns etwas zu essen zu besorgen. Aber es gab viele Zweibeiner, die in fremden Sprachen redeten, die gaben uns ab und zu etwas zu essen.

Aber oft hatten wir trotzdem Hunger!

An einem Tag sahen wir auf der anderen Seite eines dieser glatten Wege auf denen diese lauten Rolldingse vorbei brummten, Zweibeiner, die andere Artgenossen fütterten. Da mussten wir hin, wir hatten so großen Hunger!

Also rannte ich voran und spürte einen schlimmen Schlag in meinem Rücken. Und dann lag ich da und konnte mich nicht mehr bewegen. Meine Schwester Luce saß neben mir versuchte, mich zum Aufstehen zu bewegen. Aber es ging nicht. Mit dem roten Saft floss mein Leben aus mir heraus. Luce stupste mich an und schleckte mich ab. Aber ich war schon unterwegs. Über mir entfaltete sich der Regenbogen und wies mir den Weg.

Mein Schwesterchen Luce würde mir sicher bald nachfolgen, diesem schlimmen Rolldingsweg waren schon viele von uns zum Opfer gefallen.

Doch dann hielt eines dieser Rolldingse an und ich sah noch, wie sie Luce von meinem Körper wegnahmen und sie in ihr Rolldings einluden.

Dann sah ich die Brücke und überquerte sie. Auf der anderen Seite empfingen mich meine Freunde, die auch ohne Herrchen und Frauchen in diesem schönen Land Italien gelebt hatten. Und dort bin ich seitdem glücklich. Aber oft habe ich mich gefragt, was aus meinem Schwesterchen geworden ist."

Ich ging zu ihr und legte meine Pranke auf ihren Rücken. „Luce heißt jetzt Sternchen. Vom Licht zu Sternchen. Sternchen wurde von Zweibeinern neben Dir – Du warst da schon aus Deinem Körper auf dem Weg zur Brücke - gefunden und haben Luce einfach eingeladen und mitgenommen. Zuhause haben sie dann bemerkt, dass eine Katze nicht in ihr Leben passt und wollten sie in diesem fremden Land aussetzen.

Aber Frauchen hat davon erfahren und Luce zu sich geholt. Sie hat sie sofort zur Weißkittelzweibeinerin gebracht und die hat festgestellt, dass Luce Babys bekommt. Sie hat geschätzt, dass sie ca 8 Monate alt war, also eigentlich auch noch ein Katzenkind..

Da Frauchen ja nicht wusste, wie der Name von Luce war, hat sie die kleine werdende Mama Sternchen wegen ihrer wunderschönen blauen Augen genannt.

Sternchen wurde nun immer runder und Frauchen baute überall komische Sachen auf. In der Nassmachhöhle stand plötzlich eine kleine weiche Höhle mit lauter mini Spielsachen und mini Näpfchen. Und einem Mini.Klöchen. Das habe ich einmal ausprobiert und Frauchen hat fürchterlich geschimpft, weil ich mit meinem dicken Poppes alles voll gemacht hätte! Das bestreite ich bis heute ganz energisch!

Als dann irgendwann diese winzigen Würmelies auf der Welt waren, habe ich überlegt, ob ich sie aufessen soll. Aber der Blick von Sternchen hat mich dann doch davon abgehalten.

Da habe ich mich entschlossen, fortan auf die Winzlinge aufzupassen. Und das habe ich getan.

Sternchen ist immer noch gemeinsam mit der erstgeborenen Tochter Schnäuzchen bei ihrer Mama. Sie wohnen bei Frauchen und sie werden geliebt. Der zweitgeborenen Sohn Naldo lebt seit vielen Jahren ein sehr glückliches Katerleben bei Frauchens „Cousine". Mäuschen, die dritte Tochter von Sternchen steht hier neben mir."

Sole kam näher und rieb ganz sanft ihren Kopf an Mäuschens Kopf. „Ich bin jetzt für Dich da. Wenn Teddy es erlaubt und ich in eure Gruppe kommen darf. Dort möchte ich dann gerne auf mein Schwesterchen, das jetzt Sternchen heißt, warten."

Sie drehte sich zu der anderen Gruppe, die gewartet hatte, um und winkte zum Abschied.

So ging Sole mit uns und die andere Gruppe ging ihrer Wege.

Auf dem Weg zur Frauchen-Gruppe war Sole sehr still. Ich fragte, was sie beschäftigte.

Sole zögerte, aber dann fragte sie „Kann ich mein Schwesterchen einmal sehen, bevor sie über die Brücke gehen muss? Das kann noch so lange dauern und ich habe so große Sehnsucht nach ihr."

Wir gingen gerade an dem riesigen Baum in der Mitte der Wiese vorbei. Dieser Baum ist der allwissende und er fing in diesem Moment an zu rauschen. Und es kamen zwei Sterne aus dem Baum und setzten sich auf Soles und meinen Kopf.

Und dann konnten wir sie sehen. Sternchen, ihre Tochter Schnäuzchen und unser Frauchen. Sie lagen gemeinsam auf Frauchens Sitzkasten und schauten in den Flimmerkasten. Sternchen und Schnäuzchen lagen gemeinsam auf Frauchens Hinterbeinen und schliefen. Und sie sahen glücklich aus!

Sole und ich würden uns nun gemeinsam um unser Mäuschen kümmern bis ihre Mama irgendwann über die Brücke kommen würden.

Gute Nacht, euer Teddy

Oma-Frauchen

Musci

Flummi

Flatterer

Luce

Poco

Arko

BRUTUS

Hallo, hier ist euer Teddy. Heute war ich gerade unterwegs um mit Kumpel Kalli einen schönen Ausflug zu unserer Freundin Erika und dem großen weißen Bullen El Blanco zu machen.

Wir waren noch nicht weit gekommen, da sah ich den Regenbogen. Er rief mich zur Brücke. Da Kalli keinen Ruf erhielt, legte er sich ins Gras und sagte, dass er auf mich warten würde

So ging ich zur Brücke und da erwartete mich ein Haufen lustiger Tiere, die einen fürchterlichen Lärm machten. Die Tiere waren alle richtig kuschelig rund hatten ein schönes weiches lockiges Fell. Und alle schrien durcheinander. Diese Sprache hatte ich noch nie gehört: Sie riefen „määäh, mööööh, mämämämäää, bööööööh" und das alle gemeinsam und durcheinander.

Ich ging zu dem vermeintlichen Anführer und fragte, auf wen sie warteten. Der schaute mich nur ziemlich fragend an und schrie weiter: „Määäääääääääh, Määäääääääääh".

Irgendwie konnte ich mit dieser Situation überhaupt nichts anfangen. Also wühlte ich mich durch die Menge und versuchte die Brücke zu erreichen, ohne von den Hufen getreten zu werden.

Als ich endlich unfallfrei angekommen war, kam mir auch schon der größten Hund, den ich jemals gesehen hatte, über die Brücke entgegen.

Ich setzte mich auf die letzte Stufe, denn er würde ja – wie alle Neuankömmlinge – zuerst einmal tief schlafen und dann hier endgültig ankommen.

Aber was war das? Der Hunderiese stieg die Treppe herunter ohne mich zu beachten. Er streckte sich und ging dann auf die schreiende Meute zu.

Er sagte ein leises „Wuff" und schon war die Meute still. Alle legten sich ins Gras und der riesige Hund ging zu ihnen. Hoffentlich wusste er, dass er hier oben keine anderen Tiere essen durfte!

Aber er bewegte sich ganz behutsam durch die Menge und schnupperte an jedem Tier. Und jedes von ihnen senkte den Kopf wenn sich die riesige Schnauze näherte.

Wer war das? Und was war er?

Seelenruhig ging er von Tier zu Tier und kam dann gemächlich auf mich zu. Sicher würde er jetzt seinen Schlaf halten.

Oder mich essen!

Aber weit gefehlt. Der Riese schaute sich um und setzte sich dann neben mich.

„Du bist also der Erzähl-Teddy! Es freut mich, dass ich Dich kennenlernen darf und ich würde mich freuen, wenn ich Dir meine Geschichte erzählen dürfte bevor ich mit meiner Herde zu unserer Weide weiterziehe."

Ich fragte ihn, woher er mich denn kennen würde. Hier oben kennen mich ja schon viele, aber dort unten kennt mich doch keiner.

Da lachte der Riese und sagte, dass das Zweibeinerfrauchen ein „Buch" von mir hätte und ihm in den letzten Minuten seiner Zeit auf der Erde seinen Kopf gehalten hat und ihm einen schönen Übergang in das Regenbogenland schenkte. Und sie sagte mit den letzten Worten, dass es schön wäre, wenn der Erzähl-Teddy seine Geschichte in seinem neuen „Buch" erzählen würde. Dann küsste sie ihn und er sah den Regenbogen.

Und diese letzte Bitte wurde wohl von irgendjemand gehört und so durfte er hier mit mir zusammentreffen.

Die Herde lag mittlerweile friedlich vor sich hin kauend auf der Wiese und so bat ich den Riesen, mir seine Geschichte zu erzählen.

Er legte sich gemütlich neben mich und legte seinen riesengroßen Kopf auf seine Pranken. Dann fing er an zu reden:

„Ich heiße Brutus und bin ein Kangal. Wir sind dazu geboren zu bewachen und zu beschützen! Unsere Rasse gibt es schon sehr lange und wir waren immer dazu da, die Herden der Menschen vor wilden Tieren zu beschützen. Wir lebten seit jeher im Freien bei unserer Herde und wir hatten vor nichts Angst. Wir schützten unsere Herden vor Wölfen und Bären, aber auch vor bösen Menschen.

Aber in der neuen Zeit wurden viele von uns an Leute herausgegeben, die weder einen großen Hof, noch Wiesen und schon gar keine Herden hatten! Die wohnten in winzigen Höhlen und es galt als „Schick" einen großen Hund wie uns zu besitzen.

So ging es auch mir! Ich wohnte mit meinen kleinen Geschwistern und meiner Mama in einem kleinen Haus mit einem winzigen Stück Gras. Aber das war uns egal, wir hatten Mama mit ihrer Milchbar. Das reichte uns. Und zum Spielen genügte uns Winzlingen das Stückchen Gras.

Die Zweibeiner waren sehr lieb mit uns und unserer Mama. Die war schon etwas älter und ziemlich gemütlich. Irgendwann erschienen andere Zweibeiner und hoben mich hoch. Dabei quietscht die Zweibeinerfrau. „Mein Bärchen, mein Knuddelchen. Guck doch mal die großen Pfoten, wie süüüüüß" Und dabei haute sie mir dauernd mit ihrer Pfoten und den langen Krallen auf den Kopf.

Gut dass die bald wieder verschwunden waren, so konnte ich mich wieder der Milchbar meiner Mama widmen. Aber irgendwie wurden meine Geschwister immer weniger!

Und dann kamen auch die beiden Zweibeiner wieder und die Zweibeinerin mit der schrillen Stimme und den langen Krallen nahm mich hoch und schleppte mich in ein komisches Ding, was wackelte und brummte.

Es wurde mir ganz furchtbar schlecht und so spuckte ich ihr mein gesamtes Frühstück auf die Beine. Sie quiekte ganz schlimm und das Wackelding, was sie „Auto" nannten, hielt an und ich durfte kurz hinaus. Ich hing an einer kurzen Schnur, was ich nicht kannte. So zerrte und zog ich und wollte mich herauswinden.

Aber da nahm mich die Zweibeinerin wieder hoch und das Rumpeln ging weiter. Aber irgendwann fuhren wir in eine kleine Hütte und die Zweibeinerin trug mich heraus. Dabei piekte sie mir mit ihren Krallen in den Bauch. Und ich musste mal! Groß und klein! Aber sie ließ mich nicht runter. Wir gingen in eine andere große Hütte und endlich ließ sie mich auf den Boden. Und da war ein schöner weicher Untergrund. Es war kein Gras aber es roch gut und es war kuschelig. So machte ich direkt mein kleines und großes Geschäft.

Und wieder quiekte sie los und der Zweibeiner nahm ich hoch und rannte mit mir aus der Hütte hinaus auf ein kleines Stück Gras. Das schnupperte ich ausgiebig ab. Und der Zweibeiner sagte dauernd sowas wie „Machkacka" und drückte mir dabei meinen Poppes nach unten. Was wollte der denn von mir?

Dann ging es wieder hinein und es roch ganz schlimm und scharf. Dann schleppten sie mich in ein hübsches weiches Ding und sagten „das ist Dein Hundebettchen, liebes Bärlie". Keine Ahnung. Ich legte mich mal rein und das schien ihnen zu gefallen. Die Krallenzweibeinerin quiekte schon wieder, allerdings in einer anderen Tonlage.

Ich blieb einfach liegen, ich war jetzt müde. Meine Mama würde ich dann später suchen!

Aber irgendwann wurde ich grob aus dem Schlaf gerissen: „Bärlielein, Essenszeit!" Hä? Ich war müde und hatte gar keinen Hunger! Aber sie zerrten mich zu einem Napf. Da lag Futter drin. Ganz wenig und geschmeckt hat es auch nicht! Es schmeckte nach – Gras!

Das Zweibeinermännchen fragte, ob es nicht vielleicht doch besser wäre, mir wenigstens etwas Fleisch zu geben. Aber das wollte die Krallenfrau nicht.

Am nächsten Morgen sagte ich den beiden, dass ich raus muss, aber die verstanden gar nichts. So machte ich mein Geschäft wieder auf den weichen Boden, was wieder ein fürchterliches Gequieke zur Folge hatte. Und danach gingen sie mit mir raus. Aha! Erst drinnen Pipi und Kacka machen, dann raus gehen! Verstanden!

Dann bekam ich eine Schnur an den Hals gebunden und wir gingen vor die Tür. Und dann ging ich mit den beiden Spazieren. Sie folgten mir brav dahin, wohin ich ging. Ich hielt auch ganz brav mein Pipi und Kacka ein und machte es drinnen auf den weichen Boden.

Ich hatte mittlerweile auch entdeckt, dass man dieses weiche „Hundebett" ganz leicht zerlegen konnte. Auch das Spielzeug, was in Massen herumlag, war schnell kaputtzukriegen.

Aber immer kam etwas neues nach. Ich ging auch einmal am Tag mit den beiden spazieren. Das brauchten die wohl. Aber sonst war mir ziemlich langweilig. Und die beiden waren wohl auch ziemlich hilflos!

Und je älter ich wurde, umso mehr war mir klar, dass ich den beiden helfen und auf sie aufpassen musste.

Pipi und Kacka machte ich inzwischen meistens auf unseren Spziergängen. Da folgten sie mir immer noch brav, wohin ich wollte.

Und wenn sie einmal motzten, bellte oder knurrte ich sie an. Dann folgten sie brav.

Mittlerweile war ich viel stärker als die beiden und sie gehorchten mir aufs Wort. Wenn sie einmal nicht gehorchten, benutzte ich auch einmal meine Zähne. Zwar nicht fest, aber ich kniff ein wenig. Oder ich warf sie einfach um, denn wenn ich mich stellte, war ich größer als die beiden.

Am Anfang, als ich bei denen war, kamen manchmal fremde Zweibeiner. Aber das mochte ich gar nicht! Schon wenn dieses schreiende Ding an der Tür brüllte, drehte ich durch. Den Zweibeinern, die hereinkamen, zeigte ich direkt, wer der Herr im Hause war.

Und irgendwann kamen keine Fremden mehr. Gut so!

Dann kam der Tag, als ich mit der Krallenzweibeinerin die sich selbst „Frauchen" nannte unterwegs war. Ich zeigte ihr wie immer, wo ich lang wollte. Sie konnte sich ja eh nicht wehren, weil ich viel stärker war. So zog ich sie in Richtung Wiese. Es war meine bevorzugte Kackawiese.

Da kam ein Zweibeiner entgegen, der schon von Weitem schrie, dass sie das Hundeviech – damit meinte er mich! - festhalten sollte. Dabei schwenkte er einen Stock über dem Kopf. Und als wir näher kamen richtete er den Stock gegen mich. Und schlug zu. Und ich wehrte mich und biss in den Stock!

Es war ein Riesengeschrei und nach kurzer Zeit kam ein Auto mit Lichtern auf dem Kopf und die Zweibeiner versuchten mich zu bändigen. Aber der böse Zweibeiner hatte noch mehrmals mit seinem Stock auf mich geschlagen und mein „Frauchen" hatte mittlerweile den Strick an meinem Hals um einen Baum gebunden.

Da tobte ich wie verrückt. Ich wollte nur loskommen und weg! Dann kam ein Zweibeiner mit einem langen Stock mit einem Seil am Ende. Das schlang er um meinen Hals und mit dem langen Stock führte er mich in so ein Kastenauto. Da wurde ich in einen kleinen Käfig gesperrt und es rumpelte mit mir davon.

Und dann wurde ich in einen winzigen Käfig gesperrt. Und es standen Zweibeiner draußen. Es fielen Worte wie „gefährlich", „Maulkorb" und „Einschläfern". Und ich wusste nicht, was los war. Der hatte mich doch geschlagen...

So verging die Zeit und ich wohnte mittlerweile in einem etwas größeren Käfig. Jeden Tag kamen liebe Zweibeiner und gingen mit mir Gassi. Aber vorher bekam ich einen kleinen Käfig um meine Schnauze. Das war aber nicht so schlimm. Denn die Zweibeiner gingen lange mit mir Gassi und sie zeigten mir, wohin ich gehen sollte. Und ich hatte nicht mehr diese blöde Schlinge um den Hals, sondern es waren weiche Bänder um meinen Bauch und meinen Rücken, an dem mir der Weg gezeigt wurde.

Und die spielten mit mir. Bis ich müde war.

Und irgendwann kam er: Mein Herrchen! Er stand vor meinem Käfig und schaute mich an. Er sagt nur, „na Du Prachtkerl". Und alleine die Stimme sagte mir, dass wir zusammengehörten!

Das Frauchen, dass mit mir Gassi ging und mich fütterte, kam und wollte mir den Schnauzenkäfig aufsetzen. Herrchen sagte „den brauchen wir nicht, oder Brutus?" Brutus? War das mein Name? Das gefiel mir!

Ich bekam mein „Geschirr" an und wurde ohne den Schnauzenkäfig hinausgeführt. Herrchen stand da und als ich brummte und meine Zähne fletschte, sagte der nur „damit fangen wir erst gar nicht an!" Er nahm meinen Strick und führte mich wie selbstverständlich zu seinem „Auto". Dann ging er vor mir in die Knie und knuddelte meinen Kopf. Das tat so gut und das hatte sich vor ihn noch niemand getraut, weil ich dann sofort gebissen habe.

Dann öffnete er die Klappe hinten am Auto und da war kein Käfig Ich durfte da einfach so reinhoppsen und mich hinlegen.

Und so schlief ich ein. Irgendwann wachte ich auf, weil wir stehen geblieben waren. Ich hörte eine „Frauchen"-Stimme. Oh nein! Aber irgendwie hörte die sich anders an. Irgendwie – weicher! Aber ich knurrte schon mal vorsichtshalber.

Das Herrchen macht die Klappe auf und holte mich heraus und da stand ein Frauchen. Aber die sah ganz anders aus als die Krallenfrau. Und sie sagte nur „willkommen Brutus" und hielt mir ein Leckerlie entgegen. Doch ich war noch etwas skeptisch. Herrchen stellte sich neben sie und rief mich zu sich.

Dann kamen zwei Artgenossen. Die sahen genauso aus wie ich! Es waren zwei Mädels. Und sie kamen mit wedelndem Schweif auf mich zu. Und Herrchen lies mich los!

Die beiden beschnüffelten mich und ich beschnüffelte sie. Und dann jagten wir los. Wir hatten hier so viel Platz! Es war riesig! Und mit den beiden verstand ich mich auf Anhieb. Und dann rannten die beiden zu dem Frauchen und legten sich an ihre Beine.

Ob ich das auch mal probieren sollte? Ganz langsam ging ich zu ihnen und dann kam die Hand von dem Frauchen mit dem Leckerlie. Und ich nahm es ganz vorsichtig. Die schien lieb zu sein!

Die beiden neuen Freundinnen rannten dann davon und ich ging mit in die Höhle der Zweibeiner und dort bekam ich Fresschen und konnte schlafen.

Am nächsten Tag holte mich mein neues Herrchen und sagte, dass er mir nun meine neue Familie vorstellen würde und dass ich von nun an für sie verantwortlich wäre!

Es war ein großer Hof, und als erstes begegneten uns zwei Artgenossen von Dir. Mir sträubte sich sofort das Fell, aber Herrchen sagte nur, dass die beiden Katzen zur Familie gehörten. Und dass sie auch beschützt werden müssten!

Und dann kamen wir zu der großen Weide. Da waren ganz viele merkwürdige Tiere, die ich nicht kannte, drauf. Und die beiden Mädels. Die lagen gemütlich im Gras. Aber sie waren aufmerksam!

Mein neues Herrchen sagte „Das ist Dein neues Arbeitsgebiet mein großer Brutus! Pass gut auf die Herde auf. Du bist hier jetzt der Chef! Und jetzt stelle ich Dir Deine Herde vor"

Und dann ging er mit mir zu jedem „Schaf" und wir machten uns miteinander vertraut. Am Anfang waren sie noch etwas aufgeregt, aber sie wurden immer ruhiger.

Und dann gesellte ich mich zu meinen beiden neuen Gefährtinnen und wir liefen an dem Zaun entlang.

Oft hörten wir von Weitem Geheule und dann waren wir besonders wachsam. Aber wir drei waren ein besonderer Schutz. Lange passierte nichts. Manchmal sahen wir einen „Wolf" vor dem Zaun, doch wenn wir zu dritt auftauchten, war der Angriff schnell vorbei.

Doch irgendwann hörten wir aus verschiedenen Richtungen das Wolfsgeheul. Wir verteilten uns und an einer Stelle kam ein Wolf durch den Zaun. Meine eine Gefährtin war sehr erfahren und konnte den Wolf vertreiben.

Doch dann hörte ich ein verzweifeltes Blöken von einem Mutterschaf. Ich rannte sofort dahin und sah, wie ein Wolf sich in dem Lamm verbiss. Die Mama versuchte ihr Kind zu verteidigen, aber da hing schon der zweite Wolf an ihr.

Ich stürzte mich auf den Wolf an dem Lamm und meine Gefährtin verbiss sich in dem anderen Wolf. Beide Wölfe ließen ihre Beute los und kämpften verbissen gegen uns. Aber wir konnten sie in die Flucht schlagen.

Da kamen auch schon unsere Herrchen und Frauchen angerannte und hatten lange Stangen in der Hand aus denen Feuer herauskam.

Ich schaute nach meiner Gefährtin und sie hatte einige Bisswunden, aber es schien ihr ganz gut zu gehen.

Ich fühlte mich sehr schwach. Der Wolf hatte mich am Hals erwischt und der rote Lebenssaft lief in Strömen aus mir hinaus.

Da spürte ich, wie mein Herrchen bei mir war. Und wie er mich an sich drückte. Mein Fell wurde ganz nass. Ich spürte seine Liebe.

Und dann war das Frauchen bei mir. Und sie schickte mich zu Dir

Dann machte ich mich auf den Weg..."

Ich versprach ihm, dass ich seine Geschichte erzählen würde. Und da stand er auf und die Herde erhob sich wie auf Kommando. Gemeinsam zogen sie davon.

Gute Nacht, euer Teddy

ROLLI-BLITZ

Hallo ihr lieben Freundinnen und Freunde, hier ist euer Teddy.

Heute wurde ich wieder alleine zum Regenbogen gerufen. Hexe wird schon langsam eifersüchtig, weil sie nicht mitkommen darf. Aber so ist nun einmal die Regel: Nur derjenige, dem sich der Regenbogen zeigt, darf zur Brücke kommen.

So ging ich los und als ich zur Brücke kam, strahlte der Regenbogen besonders hell und an der Brücke standen bereits ganz viele Schnüffelnasen. Ich habe gelernt, dass sie Hunde heissen und eigentlich sehr nett sind.

Einer trat hervor und stellte sich vor mich. Er sagte „Hallo Erzähl-Teddy, es ist schön, dass unserem Wunsch entsprochen wurde und Du hier bist. Wir sind die Rolli-Bande und warten hier auf einen neuen Kumpel, der unser Frauchen und Herrchen verlassen musste und nun mit uns gemeinsam auf sie warten wird. Aber vorher soll er Dir noch seine Geschichte erzählen."

Dann trat er zurück in die Gruppe und alle legten sich hin. Auch ich legte mich hin und dachte nach. „Rolli-Bande" - was für ein lustiger Name! Was wohl dahinter steckte...

Aber ich hatte nicht lange Zeit zum Nachdenken, von weitem sah ich einen kleinen Hund über die Brücke kommen. Aber als er näher kam, sah ich, dass er nur auf seinen Vorderpfötchen lief. Seine Hinterpfötchen zog er hinter sich her. Das hatte ich noch niemals gesehen. Warum lief denn der kleine Kerl nicht richtig auf seinen vier Pfoten?

Als er zur Treppe kam, stand der Anführer der Gruppe auf und stützte mit seinem Kopf die Hinterbeine des Neuankömmlings damit er nicht die Treppe hinunterfiel.

Auf der Wiese angekommen, legte sich der hübsche kleine Kerl ins Gras und schlief den Schlaf der Neuankömmlinge.

Auch wir legten uns ins weiche Gras und warteten, dass der Kleine wieder aufwachte und das Wunder des Regenbogenlandes erfahren durfte.

Wir waren noch am Dösen, als plötzlich ein kleiner grau-weisser Blitz an uns vorbeischoss. Wir schauten dem kleinen Blitz hinterher und der hüpfte uns sprang und rannte dann wieder an uns vorbei in die andere Richtung.

Irgendwann blieb er hechelnd vor uns stehen und fiel einfach um. Und dann wälzte er sich im Gras und schien unglaublich glücklich zu sein.

Der Anführer der „Rolli-Bande" der sich als Rex vorgestellt hatte, schaute in mein vollkommen fassungsloses Gesicht und sagte zu mir, dass dieses Verhalten jedes Mitglied seiner Gruppe nach dem Aufwachen auf der Wiese gezeigt hatte.

Ich fragte ihn, warum der Kleine so durch die Gegend gehüpft sei und Rex antwortete: „Weil er vier Beine hat..."

Das verstand ich überhaupt nicht, wir alle hatten doch vier Beine und hüpften nicht wie verrückt durch die Gegend.

Ich schaute den kleinen Kerl fragend an und Rex sagte, dass er jetzt seine Geschichte erzählen würde.

Und der kleine Kerl setzte sich stolz ganz aufrecht auf seine Hinterbeine und fing an zu erzählen:

„Ich heisse Rolli-Blitz. Den Namen habe ich von meinen lieben Frauchen und Herrchen bekommen, die mir mein erstes und letztes richtiges Zuhause gegeben haben.

Ich kam mit vier gesunden Beinen auf die Welt in einem Land, wo es ganz viele von uns gab und Mama uns oft nichts zu essen geben konnte. Am Anfang hatte ich einige Geschwisterchen, aber es wurden immer weniger und schließlich war auch Mama nicht mehr da. Sie lag irgendwann neben mir und bewegte sich nicht mehr. Einige Zeit blieb ich bei ihr liegen, aber ich hatte große Hunger und so ging ich fort und suchte etwas zu essen.

Ich lernte, dass dort, wo viele Zweibeiner waren, die fremde Laute von sich gaben, ich etwas zu essen bekam. Die fanden mich so niedlich und warfen mir Leckerlies zu. Aber das fanden die anderen Artgenossen, die auch Hunger hatten überhaupt nicht gut und sie verjagten mich immer. Ich konnte mich nicht wehren, ich war ja noch so klein.

Also lief ich immer weiter und suchte nach Essen.

Eines Tages stand ich an dem breiten Band, was die Zweibeiner „Strasse" nannten und hatte großen Hunger. Auf der anderen Seite dieser Strasse standen junge Zweibeiner und riefen mich. Sie hielten mir leckere Sachen entgegen, die so verlockend rochen. Eigentlich hatte ich Angst vor dieser Strasse und den großen Brummern, die darauf herumrollten, aber ich hatte so schlimmen Hunger, so dass ich alle Vorsicht vergaß und los rannte.

Dann spürte ich nur noch einen schlimmen Schlag in meinem Rücken und hörte die jungen Zweibeiner lachen. Dann wurde es schwarz.

Irgendwann wachte ich auf und es war sehr hell um mich herum. Es standen zwei Menschen neben mir und mein Körper war hinten vollkommen eingewickelt. Und da spürte ich nichts mehr. Ich wollte aufstehen, aber es ging nicht. Meine Hinterbeine waren nicht mehr da!

Aber ich bekam Fresschen! Die eine Zweibeinerin in dem weissen Fell sagte, dass es wahrscheinlich meine „Henkersmahlzeit" sein werde. Ich würde wohl nicht überleben, weil meine Verletzungen zu schwer seien. Und selbst wenn ich überleben würde, würde ich mit dieser Querschnittslähmung kein lebenswertes Leben mehr haben.

Ich verstand gar nichts! Außer, dass meine Hinterbeine weg waren und ich zum ersten Mal seit Langem wieder satt war! Und das war ein gutes Gefühl. Und das mit den Hinterbeinen würde sich auch noch regeln!

So blieb ich einige Zeit bei den Zweibeinern mit dem weissen Fell und wohnte in einem feinen, warmen Kasten mit Stäbchen davor. Und ich bekam immer leckeres Fresschen. Die einen Zweibeinerin kam immer und rubbelte sanft auf meinem Bauchi herum und dann merkte ich, dass es nass wurde und ich fühlte mich besser. Mein Stinker kam ganz von alleine aus mir heraus.

Und dann durfte ich aus dem warmen Stäbchenkasten heraus. Aber es war schon komisch so ohne Hinterbeine. Aber ganz schnell hatte ich herausgefunden, dass ich mich auch nur mit meinen Vorderbeinen fortbewegen konnte. Aber die Zweibeiner waren wohl nicht zufrieden, sie sprachen von „wundscheuern" und „Überbelastung".

Irgendwann musste ich aus meinem warmen Stäbchenkasten hinaus und wurde in einen großen Käfig mit anderen Artgenossen gebracht. Und dort war es nicht schön! Die anderen hatten alle vier Beine und waren immer schneller am Fresschen. Und sie waren nicht lieb zu mir. Sie bissen nach mir und irgendwann legte ich mich einfach in eine Ecke und traute mich nicht mehr hinaus.

Ich spürte, wie ich immer schwächer wurde und mir wurde alles egal. Einer der Zweibeiner kam zu mir und sagte"er hat sich aufgegeben. Morgen wird er erlöst!"

Und so schlief ich ein. Am nächsten Tag kamen Zweibeiner, wickelten mich in einen weichen Lappen und trugen mich davon. Das war also das „erlösen"! Und ich war froh, dass es endlich vorbei war!

Aber ich wurde auf den Arm genommen und bekam etwas in den Mund geschoben. Essen! Ganz für mich alleine! Also war „Erlösen" etwas sehr Schönes!

Als ich satt war, rubbelte die Zweibeinerin mein Bauchi und dann fühlte ich mich richtig gut. Sie legte mich in einen kleinen Gitterkasten und um mich herum waren noch weitere Fellnasen. Und dann fing unsere Höhle an zu brummen und zu wackeln und dann schlief ich ein.

Ich wachte wieder auf und befand ich mich auf den Armen der Zweibeinerin, die mich gefüttert hatte. Wir waren auf einem großen Platz mit Höhlen rundherum. Und auf dem Platz flitzten viele Artgenossen mit komischen Gestellen umher. Sie hatten vorne ihre Beine und hinten lustige Dinger mit Rollen wie sie die Brumsdingse hatten.

Die liebe Zweibeinerin legte mich dem großen Zweibeiner in die Arme. Ich bekam etwas Angst, der war schon sehr groß! Er setzte mich auf den Boden und schaute mir zu, wie ich mich auf meinen beiden Vorderpfoten vorwärts bewegte.

Er sagte „Er ist ein Kämpfer! Bis hierher hat er es geschafft! Und ab heute wird er wieder herumflitzen können!"

So nahm er mich hoch und in seinen Armen fühlte ich mich sicher. Er brachte mich in einen Raum und dann legte er ganz viele Stöckchen an mich und kratzte mit einem Stöckchen Zeichen auf ein weisses Stück auf einem großen Brett. Dann brachte er mich wieder hinaus und ich durfte in einer warmen Gitterhöhle schlafen.

Es dauerte eine Zeit,aber ich bekam leckeres Fresschen und auch das fremde Frauchen gab mir leckeres Fresschen und ich durfte in der Zweibeinerhöhle herumhoppeln. Da waren auch noch ganz viele

Artgenossen, die auch nur auf den Vorderbeinen herumhopsten. Aber die bekamen nach dem Schlafen immer lustige Gestelle an den Bauch gebunden und durften dann aus der Zweibeinerhöhle hinaus.

Und dann kam der Tag, an dem ich auch so ein Gestell an den Bauch gebunden bekam. Es war ein komisches Gefühl. Ich bekam es über den Kopf gezogen und mein Körper wurde hinten in irgendetwas festgeschnallt. Was es war, konnte ich nicht spüren. Es fühlte sich nur hinten jetzt irgendwie – leicht an!

Der Zweibeiner setzte mich mit meinem neuen Gestell auf den Boden und ich tapst mit meinen Vorderbeinen vorsichtig vorwärts. Aber was war das? Ich hatte plötzlich wieder Hinterbeine! Aber die liefen nicht – die rollten! Noch einen Schritt, dann noch einen und dann noch einen...und dann flitzte ich los!

Endlich! Endlich wieder flitzen! Endlich wieder mit meinen Artgenossen spielen! Endlich wieder frei sein!

Wir waren eine große Gruppe von „Rollies" - so nannten uns unsere Frauchen und Herrchen. Und wir hatten ein wunderbares Leben.

Manchmal wurde einer von uns von einer Zweibeinerin oder einem Zweibeiner abgeholt, die bekamen dann ein neues Zuhause bei diesen Menschen.

Aber das waren leider sehr wenige, weil die Menschen wohl lieber „ganze" Tiere haben wollen. Wir brauchen ein wenig mehr Zuwendung und wir machen auch mehr „Arbeit". Wir können meist nicht eigenständig Pipi und Kacka machen und brauche dabei Hilfe. Wir brauchen Windeln. Aber wir brauchen vor allem eines: Eure Liebe!

Ich habe noch einige Jahre auf dem Hof mit meinen Kumpels leben dürfen. Aber irgendwann merkte ich, dass mein Leben zu Ende ging. Ich schlief ganz viel und eines Tages wollte ich auch meinen Rolli nicht mehr haben.

Und dann sah ich den Regenbogen. Mein Frauchen und mein Herrchen waren bei mir und hielten mich in ihren Armen. Und ich durfte sanft einschlafen. Bei ihnen hatte ich ein wunderschönes Leben als Rolli-Blitz."

Rex trat vor und schmiegte seinen großen Kopf an den kleinen Kerl. Der ging in seine neue Gruppe, zu seiner neuen Familie.

Zu mir sagte Rex, dass es ihnen wichtig sei, dass die Menschen erfahren, dass gelähmte Tiere trotz der Einschränkung ein schönes Leben führen können. Und dass es meine Mission sei, dies zu verbreiten.

Und dann zogen sie davon. In ihrer Mitte sah ich den kleinen Rolli-Blitz immer wieder mit seinen neu gewonnenen Hinterbeinen in die Luft springen.

Gute Nacht, euer Teddy

STREIT!

Hallo, hier ist euer Teddy. Ich kann euch maunzen, hier ist was los!

Ich hatte meinen Freunden erzählt, dass Frauchen einen „Kalender" für unsere Freundinnen und Freunde bastelt und dass von uns allen da Bilder reinkommen.

Das Mumelchen saß wie immer bei ihrer Jeannie und schaute ziemlich ratlos. „Was ist ein „Kalender"?" fragte sie und schaute in die Runde. Ich erklärte ihr, dass die Zweibeiner auf der Erde immer solche „Kalender" an den Wänden ihrer Höhlen haben. Da schauen sie dann immer drauf um zu wissen, welcher Tag ist. Wir brauchen so etwas nicht, auf der Erde haben wir einfach im jetzt gelebt und hier in unserem Regenbogenland gibt es eh keine Zeit.

Aber dort unten ist die Zeit etwas sehr Wichtiges und so hängen die Menschen immer nach dem Tag mit dem großen Gerummse bunte Bildchen an die Wand. Es sind immer 12 Bildchen und unter den Bildchen stehen immer die selben Zahlen. Zumindest meistens. Und wenn die Zahlen vorbei sind, drehen sie das Bildchen um und es kommt ein neues Bildchen. Und das geht so lange, bis wieder dieser Tag mit dem Gerummse kommt. Dann werden die alten Bildchen abgehängt und neue aufgehängt. Und so machen die Zweibeiner es immerfort. Sie sind halt etwas seltsam, unsere Frauchen und Herrchen!

Und jetzt macht Frauchen so einen Kalender und unsere Bildchen werden an ganz vielen Höhlenwänden hängen. Da freuten sich alle und sie quatschten vor Freude alle durcheinander. Nur eine war ganz still:

Unsere weise alte Hexe. Sie hatte den Kopf auf ihre Pfoten gelegt und man sah ihr an, dass sie nachdachte.

Irgendwann stand sie auf und reckte sich. Dann sagte sie: „Das geht doch gar nicht!" Ich trat zu ihr und fragte sie, warum das nicht geht. Sie schaute mich an und sagte zu mir, dass ich mich einmal umschauen sollte und ihr dann sagen sollte, ob mir etwas auffällt. Ich schaute mich um und sah fast alle unserer Freunde. Bis auf Poco und seine Freunde und Erika und ihre Herde. Aber alle anderen waren da. Und mir fiel nichts ungewöhnliches auf. Das sagte ich ihr und sie lächelte mich nachsichtig an.

„Wir sind mehr als 12! Und wenn jeder von uns ein Blatt bekommen soll, müssen die Zweibeiner das was sie „Jahr" nennen umbauen. Oder aber es kommen nur 12 von uns in diesen Kalender. Und die anderen? Und wer bestimmt, welches Bild von wem von uns da hineinkommt? Das wird nicht so einfach...!"

Ich versprach, noch an dem selben Abend zu Frauchen zu gehen um herauszufinden, was sie vorhatte.

Als ich zu Frauchen kam, saß sie an ihrem Tippselkasten und hatte ganz viele Bilders von uns allen vor sich. Und neben jedem Bild hatte sie eine Zahl geschrieben. Sie war gerade dabei mit dem schwarzen flachen Kästchen zu sprechen und erzählte ihm, dass es eine Abstimmung gegeben hätte und die Reihenfolge der Bilder nun feststand. Und das einige vorgeschlagen hätten, eine „Collage" zu machen. Sie erzählte dem Kästchen, dass sie den Vorschlag ganz gut fand und nun schauen müsste, wie sie den Kalender aufteilte. Dann legte sie das Kästchen zur Seite und wie so oft, wenn ich sie besuchte, schaute sie in meine Richtung und sagte leise „Teddy?" Dabei lief ein Tropfen aus ihrem Auge. Die beiden Kleinen lagen auf ihren Beinen und Schnäuzchen schaute zu mir und schnurrte. Sie konnte mich sehen. Frauchen konnte mich nur fühlen...

Ich war nun etwas schlauer und schaute Frauchen noch etwas zu, wie sie auf ihrem Tippselkasten herum drückte. Dann musste ich zurück zu den anderen.

Die warteten schon ganz gespannt und ich berichtete ihnen, was ich erfahren hatte. Da fingen wieder alle an, durcheinander zu reden. Aber diese Mal nicht, weil sie sich freuten, sondern weil sie wissen wollten, wer am meisten gemocht wurde. Das erste Mal, seit ich hier war, gab es einen richtigen Streit. Jeder wollte der oder die Schönste sein und ein Bild in dem Kalender haben. Und einige wie Wutti und Wutz waren sehr traurig, weil sie dachten, dass sie sowieso keine Chance hatten. Es war das pure Chaos. Noch niemals hatte es hier Mißgunst oder Neid gegeben und ich bereute, dass ich von dem Kalender erzählt hatte.

Doch dann trat unsere Hexe hervor und es war schlagartig Ruhe. Sie sagte, dass wir Oma-Frauchen besuchen sollten. Die wusste bestimmt eine Lösung. Und sie konnte uns bestimmt auch sagen, was es mit dieser „Collage" auf sich hatte.

So machten wir uns auf den Weg zu der geheimen Brücke und sahen schon von Weitem unser Oma-Frauchen mit ihrer Minka auf der Bank sitzen. Neben ihr saß wie immer die kleine Madeleine mit Joie, der kleinen dreifarbigen Katze.

Sie winkten uns zu und wir setzten uns im Kreis um die Bank. Ich erzählte von dem Kalender und von dem, was ich bei Frauchen gehört hatte. Und von dem Streit, der entbrannt war.

Oma-Frauchen hörte aufmerksam zu und dann fing sie an zu lachen. Sie sagte: „Ich dachte immer, dass Tiere viel vernünftiger sind als wir Menschen. Und hier oben sowieso. Hier sollte es keinen Neid und keine Mißgunst geben. Und schon gar nicht wegen solcher Eitelkeiten. Ihr seid alle wunderschön und ihr seid alle wichtig und ihr seid vor allem eines: Liebenswert! Sonst wäre keiner von euch hier. Was Du gehört hast lieber Teddy, das Wort „Collage", bedeutet, dass mehrere Bilder auf einer Seite zusammengefasst werden. Und das finde ich eine wunderbare Idee! So können auf einer Seite verschiedene Tiere gezeigt werden. So wie zum Beispiel Hanibal mit seiner Familie Schildie und seiner Tochter Mausi. Euer Frauchen wird da schon die richtige Auswahl finden. Ich bin nur gespannt, ob auch ein Bild von mir im Kalender ist." Und dabei schüttelte sie sich vor Lachen.

So saßen wir noch etwas bei Oma-Frauchen und überlegten, wer mit wem auf die Seiten des Kalenders kommen könnten. Aber das würde ja unser Frauchen entscheiden, und sie würde es richtig machen!

Leider haben wir hier ja keine Wände, wo wir unseren „Kalender" aufhängen können. Aber wir wünschen uns, das wir an ganz vielen Wänden in euren Höhlen hängen dürfen und Frauchen ganz viel von dem „Geld" zu den Tieren im Tierheim bringen kann.

Ganz liebe Grüße von eurem Teddy, der das Titelbild vom Kalender ist!

ROCKY

Hallo, hier ist euer Teddy.

Wir saßen wieder wie so oft beisammen und erinnerten uns an unsere Zeit mit Frauchen. Gerade war Hexe dabei, eine der lustigen Geschichten zu erzählen, als der Regenbogen uns rief.

Seit langem wurden wieder einmal Hexe und ich zusammen gerufen. Das bedeutete, dass entweder ein Tier von Frauchen kam, oder dass ein Waisenkind, das noch keine Gruppe hier oben hatte, ankam. Das würde dann bei uns bleiben, bis sein Frauchen oder Herrchen über die Brücke kam und mit ihm oder ihr zusammen über die geheime Brücke auf die ewige Wiese ging.

Gespannt gingen wir zur Brücke. Bei Frauchen wohnten nur noch die beiden Mädels Schnäuzchen und Sternchen und ich hoffte, dass es keine von beiden war. Das würde unser Frauchen sonst sehr traurig machen...

Wir kamen bei der alten Brücke an und warteten. Der Regenbogen strahlte über der Brücke und wurde immer heller. Das war das Zeichen, dass der Neuankömmling die Brücke betreten hatte.

Gespannt schauten wir auf die Brücke und dann sahen wir einen sehr alten schwarzen Hund über die Brücke kommen. Er hatte eine wunderschöne graue Schnute und er setzte vorsichtig eine Pfote vor die andere. Am Ende der Brücke stieg er langsam die kleinen Stufen herunter und schaute uns an.

„Ich bin so müde" sagte er nur und legte sich ins Gras. Er schlief sofort ein. Wir legten uns zu ihm und warteten. Diesen Schlaf brauchten fast alle Neuankömmlinge um sich zu regenerieren. Bis auf einen: Unseren Kangal Brutus, aber den kennt ihr ja schon!

Irgendwann – ihr wisst ja, es gibt keine Zeit bei uns – wachte die Grauschnute auf und streckte sich. Zuerst ganz vorsichtig. Aber dann schaute er uns ungläubig an und streckte sich mehr und mehr. Und dann fing er an, sich hinter dem Ohr zu kratzen und das schien ihm viel Freude zu bereiten. Und nach jeder Bewegung schaute er uns verblüfft an.

Und dann sauste er plötzlich los. Hin und her und her und hin. Er kugelte sich im Gras und wollte gar nicht mehr aufhören.

Aber irgendwann blieb er mit heraushängender Zunge vor uns stehen und grinste uns an. „Ich habe keine Ahnung wo ich bin und wer ihr seid, aber es ist mir egal. Nix knackt! Nix klemmt! Und jetzt verratet mir, wie ich zu meinem Frauchen komme. Der kleine Racker ist noch nicht fertig ausgebildet!"

Wir erklärten ihm, wo er sei und dass er nicht mehr zu seinem Frauchen zurück könne. Zumindest nicht körperlich. Er wurde zu uns geschickt, weil sein Frauchen noch nicht so weit war, zu uns auf die ewige Wiese zu kommen und dass er hier bei uns auf sie warten würde.

Und nun baten wir ihn, uns seine Geschichte zu erzählen.

Wir legten uns gemeinsam ins weiche Gras und er fing an zu erzählen:

„Ich bin Rocky und ich bin das, was die Zweibeiner einen Begleithund nennen. Ich war dazu bestimmt, meinem Frauchen zu helfen. Bei ganz vielen Sachen, die normalerweise für die Menschen ganz normal sind.

Doch mein Frauchen war anders. Sie stand nicht auf ihren zwei Beinen, sondern sie saß in einem Gestell, das auf Rollen fuhr. Und sie konnte sehr viele Sachen nicht alleine machen. Und dafür war ich da.

Aber ich erzähle euch die Geschichte gerne von Anfang an:

Mama hat mich als eines von sechs Geschwisterchen geboren. Alle anderen waren braun, nur ich war schwarz. Es war eine wunderbare Zeit. Unsere Mama hat sich so toll um uns gekümmert und auf uns aufgepasst. Und immer hatten wir genug zu essen. Und die Zweibeiner, bei denen wir lebten, waren so lieb und sie machten ganz viele Sachen mit uns.

Wir fuhren in den Dingern, die sie „Auto" nannten. Sie machten komische Geräusche, vor denen wir Anfangs Angst hatten, wir aber schnell merkten, dass wir davor keine Angst haben mussten. So wie diesen komischen „Staubsauger". Und viele andere Dinger. Es war eine schöne Zeit voller Abenteuer!

Irgendwann kam eine Zweibeinerin und unser Frauchen zeigte uns nacheinander dieser Frau. Sie schien etwas ganz Besonderes zu suchen. Meine Geschwisterchen wurden begutachtet und ganz zum Schluß kam ich an die Reihe.

Die Zweibeinerin setzte sich vor mich und – machte nix! Aber das konnte ich auch! Also setzte ich mich vor sie, legte den Kopf schief und machte – nix! Das wurde mir irgendwann langweilig. Also legte ich meinen Kopf auf die Vorderbeine. Da wackelte die Zweibeinerin plötzlich mit ihrem Stuhl und ich sprang auf und bellte. Dabei schleckte ich über ihre Hand. Das schien ihr zu gefallen! Sie lobte mich und ich bekam ein Leckerlie. Und mein Frauchen schaute mich ganz stolz an und streichelte mich. Irgend etwas hatte ich richtig gemacht!

Das Spiel gefiel mir gut und ich liebte Leckerlies! Also hoppste ich los und holte meine Lieblingskuscheldecke und legte sie der fremden Zweibeinerin auf die Füße. Die gab ganz dolle Freugeräusche von sich und sagte: „Das isser!"

Und dann gingen sie weg und unser schönes Leben mit unserer Mama ging weiter. Aber ich bekam immer ein wenig andere Aufgaben. Wenn meine Geschwisterchen herumtollten, durfte ich Sachen, die von den Zweibeinern versteckt wurden, suchen und zurückbringen. Und das hat so viel Spaß gemacht.

Irgendwann kam die Zweibeinerin und dann wurde ich in einen großen Käfig gesteckt und mit einem von diesen Autos weggebracht. Aber das machte mir keine Angst, dass hatten wir ja auch schon mit unseren Frauchen und Herrchen geübt. Also legte ich mich hin und schlief.

Als das Auto hielt, wachte ich auf und viele neue Gerüche stiegen in meine Nase. Es roch nach Artgenossen, aber nicht nach Mama und nach meinen Geschwistern! Also beschloss ich, ein wenig zu weinen!

Doch da wurde der Käfig aufgemacht und ich konnte auf eine riesige Wiese hopsen. Und dann kamen auch noch zwei andere Artgenossen auf mich zu. Sie beschnupperten mich und ich durfte sie beschnuppern. Und dann rasten wir über die Wiese.

Meine Familie fehlte mir, aber ganz schnell fühlte ich mich mit meinen neuen Freunden wohl.

Aber es war ganz anders, als früher. Hier waren auch alle sehr lieb zu mir, aber ich musste von Anfang an sehr viel lernen. Komische Sachen. Ich sollte meinem neuen Frauchen die Säckchen, die sie an den Füssen trug, abzerren. Und zur Belohnung bekam ich ein Leckerlie. Oder ich musste mit der Nase an ein kleines Kästchen stuppsen und dann wurde es hell in der Höhle.

Und immer fuhr das neue Frauchen mit ihrem Rollgestell neben mir her. Am Anfang hatte ich Angst vor dem Ding, aber es gab ja die alte Hündin, die immer dabei war und mir alles zeigte. Und mir sagte, dass ich keine Angst haben müsse,

Und wenn ich etwas nicht kapierte, half sie mir.

Unser Frauchen nannte es „Training" und am Ende diese „Trainings" durfte ich immer toben und Frauchen stand aus dem Gestell mit Rollen auf und spielt mit uns.

So ging das lange Zeit und ich lernte immer mehr. Und Frauchen war sehr zufrieden mit mir.

Dann kam der Tag, als ein großes Auto vorfuhr und hinten die Türen aufgingen und ein Rollgestell mir einem kleinen Zweibeinermädchen herausrollte. Frauchen holte mich und ich setzte mich vor das Rollgestell. Das kleine Mädchen schaute zu den beiden großen Zweibeinern, die auch aus dem Auto gestiegen waren. Dann streckte sie vorsichtig ihre kleine Hand zu mir aus. Und ich schleckte sie ganz vorsichtig ab.

Und ich spürte, dass dieses Mädchen etwas ganz Besonderes für mich sein würde...

Nun kam das Mädchen sehr oft zu mir und gemeinsam lernten wir, wie ich ihr helfen konnte. Sie musste – anders als mein Frauchen – immer in diesem „Rollstuhl" sitzen. Aber ich konnte ihr bei ganz vielen Dingen helfen.

So verging die Zeit und aus dem kleinen Mädchen war eine junge Frau geworden. Und aus dem jungen Rocky war ein alter und etwas müder Rocky geworden.

Ganz oft lagen mein Frauchen und ich abends gemeinsam auf der Couch und schmusten. Und irgendwann sagte mein Frauchen zu mir: „Sei mir bitte nicht böse, aber wir müssen einen Nachfolger für Dich ausbilden. Und dabei musst Du mir helfen! Ich merke, dass es Dir immer schwerer fällt und so möchte ich Dich in Rente schicken. Aber Du bleibst bei mir bis Du gehen möchtest!"

Einige Zeit später kamen meine ehemaligen Herrchen und brachten einen ungestümen kleinen Rüden. Der raste sofort los und walzte alles nieder. Inklusive meinem Frauchen in ihrem Rollstuhl. Okay, mein

Freund. Anstand bringe ich Dir zuerst bei! So stellte ich mich ihm in den Weg und bremste den Jungspund. Und legte meinen Fang über seine Minischnauze. Und sofort wusste der Bengel, was Sache war.

Und so begann seine Ausbildung. Er war schlau und begriff sehr schnell. Immer mehr Aufgaben konnte ich an ihn abgeben. Und irgendwann konnten wir das „Trainingsgeschirr" gegen das „Arbeitsgeschirr" tauschen.

Und das bedeutete, dass „Rums" - so war sein Name - nun meine Aufgaben übernahm. Rums war nun ein vollwertiger Begleithund und ich konnte die Verantwortung abgeben.

Ich war müde!

Gerne lag ich bei Frauchen auf dem Bett neben ihrem Kopf. Rums hatte seinen Platz an ihren Füssen.

Doch es kam der Tag, an dem Rums nach oben krabbelte. Ich lag in Frauchens Armen und wir alle wussten, das es der Moment des Abschieds sein würde.

Frauchen vergrub ihren Kopf in meinem Nacken und alles wurde nass. „Rums" schleckte meine Pfoten.

Und dann sah ich den Regenbogen.

Es war ein wunderschönes Leben. Danke! Bis bald..."

Gute Nacht, euer Teddy

MERLIN

Hallo ihr Lieben, hier ist wieder euer Teddy.

Unser Rocky hat sich prima bei uns eingelebt und er fühlt sich sehr wohl in unserer Gruppe. Ab und zu besucht er sein Frauchen und schaut, ob „Rums" alles richtig macht.

Er kann sich nur nicht daran gewöhnen, dass er hier nicht jedem bei irgendetwas helfen kann. Manchmal muss man ihm erklären, dass er hier nicht mehr arbeiten muss. Und manchmal verstecken wir uns auch einfach...

Heute waren wir - Hanibal, Kalli und ich - auf dem Weg um unseren Kangal-König Brutus zu besuchen, als der Regenbogen mich rief.

So lies ich die anderen weiterziehen und kehrte um. Kurz darauf stieß Hexe zu mir. Also bedeutete es, daß wie ein neues Mitglied in unserer Gruppe begrüßen würden.

An der Brücke angekommen strahlte der Regenbogen schon in seiner ganzen Pracht. Das hieß, dass unser Neuankömmling schon die Brücke betreten hatte.

So stiegen wir die Stufen zu der uralten Holzbrücke hinauf und hielten Ausschau. Und wir sahen – nichts! So angestrengt wir auch schauten, es war kein Tier und auch kein Zweibeiner zu sehen.

Sollte sich der Regenbogen getäuscht haben? Aber das konnte nicht sein, der Regenbogen war unfehlbar! Oder waren wir zu spät und unser neuer Freund irrte hier irgendwo umher? Oder war er schon eingeschlafen und wir waren im hohen Gras an ihm oder ihr vorbeigelaufen?

So stiegen wir die Treppe hinunter und suchten. Aber was oder wen suchten wir eigentlich? Der Regenbogen strahlte immer noch in seinen schönsten Farben. Also stiegen wir wieder auf die Brücke und hielten weiter Ausschau. Aber da war nichts!

Plötzlich schubste Hexe mich und deutete auf den Boden der Brücke. Zuerst sah ich nichts, doch dann bewegte sich etwas und dann sah ich es: Ein Flitzie! Ein kleines Flitzie mit einer merkwürdigen Delle in der Mitte seines Körpers.

Es stand vor uns und schien vor Angst zu zittern. Hexe sagte „Hallo Flitzie, was machst Du denn hier?"

Da fing das kleine Flitzie bitterlich an zu weinen. Es sagte: „Also wollt ihr mich hier auch nicht. Nirgendwo will man mich haben. Nirgendwo werde ich gemocht. Immer werde ich weggejagt und oft wird mir wehgetan. Als man mir am meisten wehgetan hatte, hat mich irgendwer oder irgendetwas hierher geschickt und mir versprochen, dass ich keine Schmerzen mehr haben würde und man mich hier mögen würde. Aber das ist wohl auch nicht so. Also muss ich weiterziehen. Wohin weiss ich nicht..."

So drehte sich das Flitzie um und wollte schluchzend weggehen.

Hexe sprang auf die Brücke – obwohl wir die eigentlich nicht betreten durften – und stellte sich dem Flitzie in den Weg. Das fiel vor Schreck und Angst einfach um.

Ganz vorsichtig nahm Hexe das kleine Tierchen zwischen die Zähne und trug es auf die Wiese. Dort legte sie es in das weiche Gras und das Flitzie kam wieder zu sich. Hexe sagte zu ihm, dass es keine Angst haben müsse und dass es hier willkommen ist.

Mit einem leisen Seufzer schlief die kleine Maus ein.

Irgendwann wachte das Flitzie wieder auf und die Delle in seiner Körpermitte war verschwunden. Es reckte sich und sagte nur „die Schmerzen sind weg, aber die Erinnerung ist noch da. Und die schmerzt viel mehr..."

Wir setzten uns neben die kleine Maus und Hexe sagte zu ihr: „Erzähle uns Deine Geschichte. Die körperlichen Schmerzen hast Du auf der Erde gelassen. Deine seelischen Schmerzen wollen wir Dir nehmen. Aber das können wir nur, wenn wir wissen, was Dir angetan wurde."

Die kleine Maus setzte sich und eine kleine Träne kullerte aus ihrem Knopfauge. Dann begann sie zu erzählen:

„Ich bin Maus. Einen Namen habe ich nicht, weil die allermeisten Zweibeiner mich hassen oder Angst vor mir haben. Wie kann man Angst vor so etwas Winzigem wie mir haben? Aber wo ich auftauche schreien vor allem die Weibchen von den Zweibeinern und springen auf irgendwelche Möbel. Und die Männchen wollen den Weibchen dann imponieren und jagen mich und wollen mich töten...

Aber ich erzähle einfach mal von Anfang an.

Geboren wurde ich in einem kuscheligen Nest mit ganz vielen Geschwisterchen. Am Anfang waren wir alle nackt, aber unsere Mama hatte das Nest warm ausgepolstert und kümmerte sich um uns. Einige Zeit waren wir bei ihr, doch dann mussten wir das Nest verlassen und uns selbst darum kümmern, nicht zu verhungern. Aber wir lebten in einer recht großen Familie und lernten von den anderen schnell wie man an Fresschen kam.

Manchmal wurde einer von uns von euren Artgenossen geschnappt, aber wenn wir aufpassten, konnten wir euch meistens entgehen.

Anders war es mit den Zweibeinern.

Die Zweibeiner ließen überall ihren Müll und auch ihr Fresschen herumliegen und da fanden wir immer etwas zu essen. Aber wenn die

Zweibeiner uns an ihrem Müll sahen, jagten sie uns weg. Eines Tages lagen bei den Abfällen, von denen wir uns ernährten leckere Dinge herum. Meine Mama, einige Geschwister und viele andere Verwandte aßen davon und wenig später lagen sie alle regungslos am Boden. Aber vorher hatten sie fürchterliche Schmerzen. Ich stupste meine Geschwister und meine Mama an, aber die reagierten nicht mehr.

So ging ich fort. Aber wo ich auch hinkam, immer wurde ich vertrieben. Oder man schlug mich mit irgendwelchen Dingen. Aber immer wurde ich gehasst!

Auf meiner Wanderschaft kam ich an eine Zweibeinerbehausung, die ganz viel Futter für die Flattertiere ausgestreut hatten. So viel, dass die Flatterer, die von den Zweibeinern Vögel genannt werden, es gar nicht alles aufessen konnten. So lag dieses leckere Futter auf dem Boden und ich aß davon. Diese Zweibeiner mochten ja offensichtlich Tiere, da hatten die bestimmt nichts dagegen, wenn ich auch etwas aß.

Aber als die Zweibeinerin sah, dass ich von dem leckeren Futter aß, schrie sie „eine Mäuseplage, wir haben eine Mäusplage!" Da kam ihr Männchen und schlug mit einem langen Stiel an dessen Ende lange Borsten waren, nach mir. Ich rannte weg und sah, dass dieses Zweibeinermännchen das leckere Fresschen mit dem Borstenstiel auf eine Platte schob und in einen Kasten mit einem Deckel schmiss. Warum? Warum durften die Flatterer das Fresschen haben und ich wurde verhauen? Wo war der Unterschied zwischen uns? Ich tat doch niemandem etwas zu Leide? Oder war ich so hässlich?

Ich verstand es nicht!

So versteckte ich mich und beschloss am nächsten Tag weiterzuwandern. Vielleicht würde ja doch irgendwo ein Platz sein, an dem ich gemocht würde.

Am nächsten Tag, als ich weiter wandern wollte, war wieder das leckere Fresschen für die Flatterer ausgestreut. Und davor war eine kleine Platte mit etwas was unglaublich lecker roch. Ich ging langsam zu dem

Brettchen. Da lag ein Bröckchen Futter. Und ich hatte so großen Hunger. Als betrat ich das Brettchen und als ich fast an dem leckeren Fresschen war, spürte ich einen fürchterlichen Schlag in meinen Rücken. Und spürte unsagbare Schmerzen. Es war, als würde ich innerlich zerreissen. Und ich konnte nicht weglaufen. Etwas hielt mich fest und je mehr ich versuchte, freizukommen, umso schlimmer wurden die Schmerzen.

Es dauerte ewig und meine Schmerzen wurden immer schlimmer. Irgendwann hörte ich die Stimme von dem Zweibeinermännchen. Der würde mich sicher befreien!

Aber der nahm das Brettchen mit mir hoch und schaute mir ins Gesicht. „Mistviech" sagte er nur und warf mich in den Kasten, in den er an vorherigen Tag das Futter geschmissen hatte. Dann machte er den Deckel zu und es wurde stockdunkel.

Eine ganze Weile lag ich in dem Kasten mit dem Gesicht nach unten, das Brettchen über mir. Fürchterliche Schmerzen! Aber irgendwann sah ich den Regenbogen und etwas sagte mir, dass ich hinter der Brücke Frieden und Freunde finden würde."

Und das versprachen wir ihm

Und er bekam einen Namen. Fortan würde er „Merlin" - unsere Zaubermaus - heissen.

Ihr Menschen, warum müsst ihr diesen winzigen Tieren solche Schmerzen zufügen? Wenn ihr sie nicht bei euch haben wollt, verstreut nicht überall euren Müll und eure Essensreste! Und wenn ihr keine Mäuse bei euch haben möchtet, fangt sie ein und setzt sie irgendwo aus, wo sie in Frieden leben können!

Gute Nacht, euer nachdenklicher und trauriger Teddy.

CLAIRE

Hallo, hier ist euer Teddy.

Unser kleiner Merlin fühlt sich hier Mausewohl! Er genießt es, dass er nicht mehr verfolgt wird und dass er keine Angst mehr haben muss. Am meisten mag er es, auf uns Katzen zu reiten, ohne dass die Gefahr für ihn besteht, gefressen zu werden.

Aber wir machen uns schon einen Spaß daraus ihn ein wenig zu jagen und er spielt dann mit uns verstecken. Sein Lieblingsspiel! Das hat er auch heute gemacht und wir hatten ihn schon fast gefunden, als Hexe zu mir kam und mich zu sich winkte.

Ich ahnte schon, was nun kam und ging zu Hexe. Aber die ging nicht in die Richtung der alten Brücke. Ich fragte sie, wo wir hingingen und sie antwortete: „Wir gehen zur geheimen Brücke und holen dort Madeleine und Joie ab und bringen sie zum Regenbogen."

Das machte mich etwas ratlos, denn keiner konnte zurück über die Brücke und Madeleine hatte auf der Erde keine Tiere, die sie abholen konnte. Auf meinen fragenden Blick sagte Hexe nur: „Wart´s ab mein Großer!"

Als wir an der geheimen Brücke ankamen stand auf der anderen Seite schon die kleine Madeleine in einem hübschen Sommerkleidchen. Ihre honigblonden Haare hatte Oma-Frauchen mit schönen Schleifen zu langen Zöpfen zusammengeflochten. Sie hatte die kleine Joie auf dem Arm und Oma-Frauchen saß mit Minka auf der Bank und winkte.

Wir winkten ihnen zu und Madeleine kam mit Joie zu uns herüber. Und dann sahen wir ihn: Den Regenbogen!

Gemeinsam gingen wir in die Richtung wo der Regenbogen endete und die alte Brücke stand. Madeleine hatte die kleine Joie ins Gras gesetzt und die hüpfte fröhlich um uns herum. Madeleine war sehr still und lief zwischen Hexe und mir ohne ein Wort zu sagen.

Als wir an der Brücke ankamen, strahlte der Regenbogen in seinen schönsten Farben und wir wussten, dass jemand die Brücke betreten hatte.

Madeleine schaute uns an und sagte: „Oma Frauchen hat mir gesagt, dass ich heute eine ganz große Überraschung bekomme. Was ist es denn?" Hexe antwortete ihr, dass sie nur noch einen kleinen Moment Geduld haben müsse, dann sei die Überraschung da.

Sie setzte sich ins Gras und band aus den Blümchen einen schönen Kranz, dabei sang sie mit ihrer hellen Stimme ein Lied in einer fremden Sprache.

Wir gingen zu der kleinen Treppe am Ende der Brücke. Da sahen wir eine Zweibeinerin über die alte Brücke kommen. Sie war noch ziemlich jung, aber sie ging doch leicht gebeugt. Ihre Haare waren lang und stumpf und von grauen Fäden durchzogen. In Ihrem Gesicht konnte man viel Kummer und Leid lesen. Sie schien schon lange nicht mehr gelacht zu haben. Langsam kam sie auf uns zu. Sie schien keine Kraft mehr zu haben, konnte kaum ihre Füße heben.

Dann blieb sie plötzlich stehen. Sie hob den Kopf und schien zu lauschen. Es war nichts zu hören außer dem Gesang von Madeleine.

Und dann rannte sie los. Sie rannte an uns vorbei, die Treppe hinunter und dann blieb sie wieder abrupt stehen. Sie sank direkt vor Madeleine ins Gras. Madeleine schaute sie an und sagte nur: „Maman – Mama" Die Frau fing an zu schluchzen und nahm die Kleine in ihre Arme und rief immer nur „ma petit – meine Kleine". So lagen sich die beiden in den Armen und wollten sich nicht mehr loslassen. Die Zweibeinerin lachte und weinte und Madeleine kuschelte sich an sie und die beiden schienen ineinander zu verschmelzen.

Irgendwann stand die Zweibeinerin auf und schaute uns an. Und es war eine wundersame Verwandlung mit ihr geschehen. Ihr Gesicht und ihre Augen strahlten, die grauen Strähnen in ihren Haaren waren verschwunden, ihr Haar glänzte nun in diesem schönen Honigblond wie das von Madeleine. Auch die gebeugte Haltung war verschwunden, sie war groß gewachsen und sah aus wie die erwachsene Ausgabe von Madeleine.

Sie sagte: „Entschuldigt bitte, dass ich euch noch nicht begrüßt habe, aber ich habe nicht gedacht, dass ich mein Kind wiedersehen dürfte. Immer hatte ich gehofft, dass es dieses wundersame Land hinter dem Regenbogen geben würde. Doch irgendwie habe ich es als schönes Märchen abgetan.

Und nun bin ich hier. Mein Kind ist bei mir und ich unterhalte mich mit zwei Katzen auf einer wunderschönen Blumenwiese unter dem schönsten Regenbogen, den ich jemals gesehen habe. Es ist wie ein Märchen.

Aber ich bin unhöflich zu euch. Ich habe mich noch nicht einmal vorgestellt. Ich bin Claire, die Mama von Madeleine."

Die ganze Zeit schmiegte sich die kleine Madeleine an ihre Mama und die streichelte und herzte das kleine Mädchen.

Wir sagten ihr wer wir sind und fragten Claire, warum sie schon hier sei. Schließlich war sie noch so jung und eigentlich noch nicht bereit für den Gang über die Brücke.

Sie setzte sich ins Gras und Madeleine krabbelte auf ihren Schoß und schmiegte sich an ihre Mama.

Und Claire fing an zu erzählen:

„Unsere kleine Madeleine war das absolute Wunschkind von meinem Mann – Madeleines Papa – und mir. Als sie zur Welt kam, war unsere schöne Welt komplett. Wir hatten ein wunderschönes Leben. Madeleine war das hübscheste Mädchen der Welt und immer fröhlich und zu jedem freundlich. Niemals war sie böse oder trotzig. Jeder liebte unseren kleinen Sonnenschein!

Doch irgendwann fiel uns auf, dass sie sehr schnell müde war. Wenn sie mit anderen Kindern spielte. musste sie oft Pausen machen und sie schlief einfach ein. Sie war immer recht blaß und die Lippen färbten sich oft bläulich.

Wir machten uns große Sorgen und gingen mit unserem Sonnenschein zum Arzt in der Hoffnung, dass sich Madeleine nur eine Erkältung eingefangen hatte. Der Arzt untersuchte Madeleine sehr gründlich und sein Gesicht wurde immer sorgenvoller.

Er riet uns, mit Madeleine sofort in eine Klinik, die er uns empfahl, zu fahren um weitere, gründliche Untersuchungen durchzuführen. Wir machten uns nun große Sorgen und fragten ihn, was Madelene fehlte. Er wand sich und sagte uns, dass er keine vorschnelle Diagnose stellen möchte und wir bitte sofort mit Madeleine in die Klinik fahren sollten. Er würde uns dort ankündigen.

Das hörte sich für mich alles furchtbar an und ich machte mir große Sorgen. Aber um Madeleine nicht zu beunruhigen, machten wir Scherze und die Kleine schlief in meinem Arm ein.

Wir fuhren sofort in die Klinik und uns wurde auch direkt ein Zimmer zugewiesen. Ich konnte bei Madeleine bleiben und mein Mann fuhr nach Hause und für unsere Tochter und mich ein paar Sachen zu holen.

Am nächsten Morgen fing ein Untersuchungsmarathon an. Aber Madeleine klagte nicht einmal. Sie ließ alles geduldig über sich ergehen. Es waren keine angenehmen Untersuchungen, aber niemals beschwerte sich unser tapferes Mädchen.

Dann konnte sie endlich in ihr Bettchen und der Professor bat uns zu sich. Und dann kam das böse Wort:

Leukämie!

Es traf uns wie eine Keule. Warum?

Warum unser Sonnenschein?

Aber man konnte doch bestimmt etwas tun? Das Kind war doch noch so jung! Es hatte doch noch sein ganzes Leben vor sich! Es musste etwas geben!

Der Professor machte uns wenig Hoffnung. Unser Kind hatte eine sehr aggressive Form dieser Krankheit und sie wollten als Erstes versuchen, die Krankheit mit einer Chemotherapie zu bekämpfen.

Chemotherapie! Diese Tortur für unser Kind. Schon für Erwachsene kaum zu ertragen! Wie würde es für unser Kind werden? Könnte ich ihr nur irgendwie ihre Schmerzen und diese Qualen, die ihr bevorstanden, abnehmen.

Ich blieb bei ihr in der Klinik und mein Mann besuchte uns jeden Tag. Dann kam die erste Chemo und Madeleine ging es furchtbar schlecht. Aber sie klagte nicht. Doch dann war ich zu einer Besprechung beim Professor und als ich zurückkam saß mein geliebtes Kind in ihrem Bett und hielt lange Strähnen ihrer Haare in der Hand. Sie weinte bitterlich und mein Herz brach ein weiteres Mal.

Doch auch da blieb sie tapfer. Sie verlangte von mir, dass ich ihre langen Haare abrasierte. Sie meinte, dass ihre Freundin, die sie hier in der Klinik gefunden hatte, auch keine Haare hatte und immer lustige Mützen auf dem Kopf hatte. Das wollte sie jetzt auch. Also rasierte ich ihren Kopf und bin dabei wieder ein kleines Stück gestorben.

Am nächsten Tag brachte ich ihr eine große Tasche mit Mützen und Kappen ins Krankenhaus und Madeleine suchte sich einige davon aus. Der Rest sollte an die Kinder verteilt werden, die sich nicht so schöne Mützen leisten konnten. Selbst als es ihr so schlecht ging, dachte sie immer an die anderen!

Nach einer Weile äußert sie den Wunsch, dass ihre Freundin, die auch an Leukämie litt, mit ihr in einem Zimmer wohnen dürfte. Die ganze Zeit war ich bei ihr im Zimmer. Doch nun wollte sie lieber mit ihrer Freundin zusammensein. Ich war zuerst traurig, aber dann erklärte mir eine der Schwestern, dass die beiden zusammen ihre Krankheit manchmal vergessen konnten. Und einfach - trotz der Schmerzen – Kind sein konnten.

Und so war es. Ich hatte mein Quartier in einem Hotel in der Nähe bezogen und ging jeden Tag zu ihr. An einem Tag hörte ich schon auf dem Gang vor dem Zimmer Gekichere von den beiden. Ich öffnete die Tür und die Beiden saßen auf Madeleines Bett und hatten Klopapierrollen auf dem Bett liegen. Daraus hatten sie sich Blumen für ihre Strickmützen gebastelt. Und sie lachten Tränen.

Und ich verstand!

Es stand das Weihnachtsfest bevor. Ich fragte meine Kleine, was sie sich wünschte. Und hätte mir in diesem Moment die Zunge abbeissen können! Was wohl? Gesundheit! Und das konnte ich ihr nicht erfüllen!

Doch sie sagte nur: „Ein kleines Kätzchen!"

Das würde ich ihr so gerne erfüllen, doch hier im Krankenhaus durften keine Tiere sein. Aber sie durfte wohl über Weihnachten nach Hause und so fragte ich den Professor, ob wir ihr den Wunsch erfüllen dürften. Doch der riet davon ab, weil ein Haustier das sowieso schon schwache Immunsystem noch mehr schwächen könnte.

Nicht einmal diesen kleinen Wunsch durfte ich ihr erfüllen! So kaufte ich ihr ein kleines Stofftier. Es war eine kleine dreifarbige Katze. Eine Glückskatze!

Am Heiligen Abend durfte Madeleine zu Hause sein. Wir hatten einen wunderschönen Weihnachtsbaum an ihrem Krankenbett geschmückt und sie saß mit strahlenden Augen da und sie freute sich sehr über ihre kleine Plüschkatze. Sie sagte: „Irgendwann bekomme ich auch noch eine lebendige kleine Katze!"

Nach Weihnachten musste sie zurück ins Krankenhaus. Wir brachten sie in ihr Zimmer. Sie freute sich schon auf ihre Freundin und wollte ihr gleich alles erzählen. Doch das zweite Bett in ihrem Zimmer war leer.

Ihre Freundin war gestorben.

Madeleine legte sich in ihr Bett und nahm ihre Plüschkatze in den Arm. Und sagte nichts. Die nächsten Tage sprach sie nicht mehr.

An Neujahr saß ich an ihrem Bett und plötzlich drehte sie sich zu mir, nahm meine Hand und sagte „Es ist Zeit."

Dann schloss sie die Augen und ging einfach.

Ich konnte es nicht begreifen! Ich schrie mir die Seele aus dem Leib. Weigerte mich, mein Kind loszulassen. Mein Mann kam und wollte mich von meinem Kind losreissen. Ich schrie ihn an, ich schlug nach ihm, ich warf die Vase mit den Blumen nach ihm. Nein, ich wollte mein Kind nicht gehen lassen.

Irgendwann spürte ich einen kleinen Stich und schlief ein.

Die Tage danach erlebte ich wie durch Nebel.

Bei der Beerdigung meines Kindes stand ich am Grab. Man hatte mir vorher Tabletten gegeben. Trotzdem versuchte ich, in das Grab meines Kindes zu springen. Gewaltsam führte man mich weg.

Ich war dann einige Zeit in stationärer Behandlung. Als ich nach Hause durfte, fand ich ein leeres Haus vor. Meinem Mann war das alles zu viel geworden. Er hatte sich eine andere Partnerin gesucht...

So war ich nun in diesem großen Haus alleine. Mein Herz war gebrochen. Und ich wollte auch nicht mehr leben.

Und irgendwann gab mein gebrochenes Herz nach und ich sah den Regenbogen...!"

Wir hatten ihrer Geschichte sehr berührt gelauscht und waren nun sehr still. Doch dann setzte die kleine Madeleine sich auf und rief leise „Joie". Und da kam die kleine dreifarbige Glückskatze aus dem Gras gehoppelt und sprang direkt auf Madeleines Schoß. Claire schaute sprachlos auf die kleine Katze und sagte: „Noch ein Wunder! Die Kleine sieht ja genau so aus wie die kleine Plüschkatze – Joie, Freude!"

Nun wurde es Zeit aufzubrechen. Wir erklärten Claire, dass sie nun gemeinsam mit Madeleine zur ewigen Wiese gehen würde, wo sie für alle Zeit zusammen sein würden. Und dass sie dort noch von jemanden erwartet werden würden.

So gingen wir los und Claire bestaunte unterwegs die wunderschöne Wiese und die vielen Tiere, die friedlich miteinander lebten.

Dann kamen wir an der geheimen Brücke an und auf der anderen Seite wartete schon Oma-Frauchen.

Claire und Madeleine mit Joie gingen über die Brücke und Oma-Frauchen umarmte die drei. Gemeinsam gingen sie zu ihrer Bank.

Wir drehten uns um und gingen zurück um weiter mit unserem Merlin Verstecken zu spielen.

Gute Nacht, euer Teddy

GUDRUN

Hallo ihr Lieben, hier ist euer Teddy. Claire hat sich mittlerweile daran gewöhnt, dass sie sich hier mit den Tieren unterhalten kann. Sie ist mit Madeleine bei Oma-Frauchen geblieben und Oma-Frauchen sagt, dass sie jetzt nicht nur eine Enkelin, sondern auch noch eine zweite Tochter bekommen hat. Aber ihre Tochter Doris ist natürlich durch nichts und niemanden zu ersetzen!

Heute war ein richtig fauler Tag. Selbst die Blümchen auf der Wiese schienen zu schlafen. Nur unser immer munterer Merlin wollte mit jedem spielen.

Doch dann kam plötzlich der Ruf des Regenbogens und Hexe und ich standen gleichzeitig auf. Aha, also kam jemand für unsere Gruppe.

Wir gingen zur Brücke und dort zeigte uns der Regenbogen, dass bereits ein Neuankömmling auf der Brücke unterwegs zu uns war.

Neugierig schaute ich nach vorne und da sah ich das lustigste Tier was ich jemals gesehen hatte. Es sah eigentlich aus wie ein Flatterer, aber es war viel größer. Es hatte riesengroße Füße und wackelte beim Laufen vor und zurück. Aber das Lustigste waren die komischen Lappen, die es auf dem Kopf hatte und die hin und herwatschelten. Und bei jedem Schritt sagte es „bork, bork, bork..."

Ich drehte mich zu Hexe um und fragte sie, ob sie dieses Tier kennen würde. Und natürlich kannte sie das Tier – manchmal nervte mich das schon, dass sie immer alles wußte! - und sagte „das ist ein Huhn, mein großes Dummerle!" Auf der Erde hätte ich ihr jetzt deutlich gezeigt, was das „große Dummerle" mit kleinen Klugscheißerlein machte, aber hier durfte ich das nicht, auch wenn es ab und zu schwer fiel...

Also ignorierte ich einfach das „große Dummerle" und schaute dem „Huhn" entgegen. Es war eigentlich ein ganz Hübsches, wenn man von den Lappen auf dem Kopf absah. Es war weiss und hatte ein schönes Flattererfell.

Es hüpfte die Treppe herunter und schaute uns neugierig an. „Hallo, ich bin Gudrun, wer seid ihr und wo bin ich hier?!

Wir stellten uns vor und erklärten, wo sie hier war.

„Aha, das ist also das Regenbogenland. Davon hat mir vorhin mein Frauchen erzählt und sie hat mir auch gesagt, dass wir uns hier wiedersehen würden. Also – wo ist Frauchen? Und wo sind meine Freundinnen und wo ist Oskar, unser Gockel?" Und das gackerte sie so schnell, dass wir genau aufpassen mussten, um alles zu verstehen.

Hexe erklärte ihr, dass ihr Frauchen und ihre Freundinnen auch irgendwann hier sein würden, aber wann, konnte ihr niemand sagen. Doch es wäre auch egal, weil es hier im Regenbogenland keine Zeit gibt. Es gibt immer nur das Jetzt. Dann fragte Hexe, ob Gudrun denn nicht müde sei, weil eigentlich alle Tiere, die hier ankamen, zuerst einmal schliefen und dann hier richtig ankamen.

Aber Gudrun schaute sie vollkommen verständnislos an und erklärte, dass sie eigentlich nie richtig müde sei und wir ihr jetzt ihr neues Zuhause zeigen sollten. Und schon marschierte sie los und fing wieder an dieses „bork, bork, bork" zu sagen. Und das bei jedem Schritt...

Wir rannten ihr hinterher und riefen ihr zu, dass wir in die andere Richtung mussten. Sie drehte sich zu uns um, machte kehrt und „bork, bork, bork" marschierte sie in die andere Richtung.

Und sie kam tatsächlich vor uns bei der Gruppe an und sorgte für einige Verwirrung, die wir aber gleich auflösen konnten und den anderen

Gudrun vorstellten. Neugierig scharte sich die Gruppe um unseren Neuankömmling und wollten ihre Geschichte hören

Sie wurde ganz aufgeregt und plötzlich kullerte etwas aus ihrem Hinterteil heraus. Sie hatte vor Aufregung ein Ei gelegt! Sie rollte es zu sich, setzte sich darauf und fing an zu erzählen:

„Ich habe als kleines Küken mit einer Unmenge anderer Küken in einem Raum gelebt. Wir waren alle Hühner, die kleinen Hähne waren schon als wir ganz klein waren von uns getrennt worden. Einige Zeit lebten wir sehr eng beisammen und viele von uns lagen immer wieder am Boden und bewegten sich nicht mehr. Dann kamen Zweibeiner, holten sie und warfen sie in ein Ding was sie Eimer nannten. Wir hatten sonst keinen Kontakt zu den Zweibeinern. Das Futter und das Wasser kam aus so einem komischen Ding was irgendwo von oben kam. So lebten wir tagein und tagaus.

Als ich größer wurde kamen die Zweibeiner und holten mich und viele andere Hühner und brachten sie in eine große Halle mit unheimlich vielen Artgenossen. Es war nicht richtig hell und nicht richtig dunkel. Und es war unglaublich laut. Ich wurde auf eine Platte gesetzt wo ganz viele andere Artgenossinnen saßen. Die Platte war ganz komisch und meine Füße taten mir sehr weh, weil der Boden in meine Füße schnitt. Außerdem waren viele der Artgenossinnen böse und ich lernte sehr schnell, dass hier nur die stärkste Henne überleben kann. Es war viel zu wenig Platz da und so wurde ständig gekämpft. Es wurden die Federn ausgerissen und in das Fleisch gehackt. Durch die schlimme Enge konnte sich unser Gefieder nicht richtig ausbilden und die Haut war schutzlos den Schnäbeln der Nachbarinnen ausgeliefert.

Wir bekamen ständig Futter und wir legten ständig Eier. Die bekamen wir niemals zu Gesicht, sie rollten in eine Rinne hinter uns und dann waren sie weg.

Ganz oft wurden die Schwächeren von den Stärkeren totgepickt. Auch ich habe Artgenossinnen totgepickt um ein wenig mehr Platz zu haben.

Jeden Tag wurden die Verlierer von den Wärtern in einen Eimer geschmissen und weggetragen. Aber es kamen immer wieder neue Hühner nach. Und irgendwann war es auch egal, hier kämpfte jede um ihr eigenes Leben und irgendwann würde ein Zweibeiner kommen und auch mich in so einem „Eimer" abtransportieren...

Es verging die Zeit und ich spürte, das ich schwächer wurde. Auch das Eierlegen fiel mir immer schwerer. Es wurden von Tag zu Tag weniger.

Und dann kam der Tag, als viele Zweibeiner in die Halle kamen und mich und ganz viele andere von uns in große Kästen packten. Da waren vorne große Löcher drin. Und dann trugen sie uns aus unserer großen Halle hinaus.

Dann wurde es plötzlich furchtbar hell. So hell, dass es wehtat. Und es roch ganz furchtbar fremd. Es roch nicht mehr nach Tausenden von Artgenossinnen.

Und es waren Zweibeinerinnen da, die unsere Kisten in noch größere Kisten einluden und dann die Klappen an diesen Kisten schlossen. Endlich war es wieder dunkel! Und dann fing es an zu brummen und zu wackeln.

Nach einiger Zeit hörte es auf zu rütteln und die Klappe der goßen Kiste wurde wieder geöffnet. Und wieder wurde es so schlimm hell.

Vor dem großen Rüttelkasten standen ganz viele Zweibeiner und alle hatten kleine und größere Kästchen in der Hand.

Dann kam eine der Zweibeinerinnen und holte uns heraus.Sie nahm jede von uns in die Hand und tastete sie ab. Dabei lief ihr ganz viel Wasser aus den Augen.

Und dann wurden wir auf die vielen Zweibeiner und Zweibeinerinnen mit ihren kleinen Kästchen verteilt.

Und dann war ich dran! Die eine Wasser-Zweibeinerin tastete mich ab und gab mich an eine andere Wasser-Zweibeinerin, die mich in einen

Kasten mit Lochklappe steckte. Nach kurzer Zeit wurde noch ein anderer Kasten mit zwei Artgenossinnen in das Rütteldings gestellt und dann rüttelte es los.

Das Rütteln war irgendwie beruhigend und auch an das Licht hatte ich mich gewöhnt, so schlief ich ein. Und irgendwann öffnete sich die Klappe.

Unsere Kisten wurden auf den Boden gestellt. Es roch hier auch ganz anders als in unserer Halle. Aber es roch irgendwie gut. Und dann schaute plötzlich eine Artgenossin von außen in unsere Kiste. Es war bestimmt eine Artgenossin, aber sie sah ganz anders aus als wir.

Sie hatte ein wunderschönes Federkleid. Nicht so zerrupft wie unseres. Und sie schien irgendwie so zufrieden zu sein.

Und dann öffnete sich die Kiste. Ganz langsam tasteten wir uns heraus. Aber was war das für ein merkwürdiger Boden? Er war irgendwie – weich. Und es gab so ein Zeug, was aus dem Boden herauswuchs und an den Füßen kitzelte. Und gar nicht wehtat! Dann waren da noch so riesengroße Büsche, in denen man sich verstecken konnte. Und ganz viele neue Freundinnen. Und dann gab es noch einen großen Hahn. So einen kannten wir bis jetzt noch gar nicht. Aber er beachtete uns auch nicht. Wir waren ihm bestimmt zu häßlich!

Langsam erkundeten wir unser neues Zuhause und hofften, dass wir nie mehr zurückmüssten!

Als es dunkel wurde, hörten wir die Zweibeinerin rufen und alle von den flauschigen Hühnern setzten sich in Bewegung. Also liefen wir einfach hinterher. Da stand eine Hütte und wir befürchteten, dass wir nun wieder in unser Gefängnis mussten. Wir gingen den anderen hinterher und drinnen war so viel Platz für alle. Wir hatten schöne saubere Stangen und kleine Nester. Und wir hatten alle einen eigenen Schlafplatz.

Am nächsten Tag kam die Zweibeinerin und freute sich, dass ich ein Ei gelegt hatte. Das war mir noch nie passiert. Sie streichelte mich und lobte mich. Und dann nahm sie mich auf ihre Arme. Das kannte ich überhaupt nicht und ich erstarrte. Aber sie krabbelte ganz zart meine Haut und setzte mich dann auf den Boden. Auf diesen schönen weichen Boden.

Draussen sah ich eine Artgenossin, wie sie auf dem Boden kratzte und das schien ihr Spaß zu machen. Also versuchte ich das auch und fing an, auf diesem schönen weichen Boden herumzukratzen. Und das machte mir Freude! Plötzlich bewegte sich etwas! Ich kratzte weiter und es kringelte sich etwas. Ich zog mit dem Schnabel daran und – es schmeckte lecker! Kratzen ist toll!

Und so lernte ich jeden Tag meinen neue Heimat ein wenig mehr kennen und die Vergangenheit verblasste immer mehr. Mein Federkleid erholte sich und mit der Zeit bekam ich ein wunderschönes neues weisses Federkleid.

Am allermeisten liebte ich es, wenn Frauchen mich auf den Arm nahm, mich kraulte und durch die Gegend trug.

Immer wenn ich ein Ei gelegt hatte, streichelte sie mich und sagte „danke Gudrun!" Aber ich musste keine Eier legen. Ich durfte den ganzen Tag mit meinen neuen und alten Freundinnen herumscharren und das Leben genießen. Oscar flanierte zwischen uns herum und zeigte aller Welt, wer der Chef war. Aber sonst war er lieb!

Irgendwann merkte ich, dass ich immer schwächer wurde. Das Scharren fiel mir schwer und am liebsten lag ich auf dem Arm von Frauchen. Sonst versteckte ich mich oft unter den Büschen.

Frauchen nahm mich auf den Arm und steckte mich in ihre Rüttelkiste. Dann kam die Zweibeinerin, die mich vor langer Zeit abgetastet hatte und drückte auf mir herum. Dann legte sie ein kaltens Ding an meinen Bauch und redete mit meinem Frauchen. Der lief dann schon wieder Wasser aus den Augen.

Wir fuhren mit dem Rüttelding zurück zu meinen Freundinnen. Und Frauchen sagte zu mir, dass ich mich „verabschieden" solle. Das verstand ich nicht und ich legte mich unter meinen Lieblingsbusch. Da kam meine Lieblingsfreundin und legte sich zu mir.

Am nächsten Tag holte mich mein Frauchen und kuschelte sehr lange mit mir. Dabei lief ihr ganz viel Wasser aus den Augen und machte mein schönes Federkleid ganz nass. Sie erzählte mir, dass ich gleich über die Regenbogenbrücke gehen würde und dass es da ganz schön sein würde. Und das wir uns da wiedersehen würden. Und dass ich da auch meine Freundinnen wiedersehen würde.

Und dann spürte ich einen kleinen Pieks und wurde ganz müde. Dann kam noch ein kleiner Pieks, den ich aber gar nicht mehr richtig spürte, und dann sah ich den Regenbogen..."

Dann schüttelte sie ihr Gefieder und sagte: „Was machen wir jetzt?" Merlin sprang auf und rief „verstecken!"

Und beide rasten los!

Mit den beiden würden wir noch viel Spaß haben!

Gute Nacht, euer Teddy

HÜHNERHIMMEL

Hallo ihr Lieben, hier ist euer Teddy, der so langsam ein klein Wenig genervt ist!

Versteht mich nicht falsch, ich mag alle unsere Freunde in der Gruppe, aber Gudrun und Merlin können doch ganz schön anstrengend sein.

Sie sind so voller Energie. Sie hüpfen dauernd um uns herum und Merlin will ständig Verstecken spielen. Und dabei gewinnt er immer, weil er nun einmal eine winzige Maus ist. Und auch Gudrun läuft Hexe und mir ständig hinterher und möchte beschäftigt werden. Und dabei sagt sie bei jedem Schritt dieses „Pork, Pork, Pork". Wenn sie ganz aufgeregt ist wird auch schon einmal ein „Pöööörk, Pöööörk, Pöööörk" daraus.

Und heute war sie ganz aufgeregt, wir machten einen Ausflug zu Erika und ihren Freundinnen und dem Stier El blanco. Sie rannte vor und zurück und zwischen dem „Pöööörk, Pöööörk, Pöööörk" gackerte sie ständig und wollte alles über Erika und die anderen wissen.

Ich bewunderte die Geduld meiner Freundin Hexe. Sie erklärte Gudrun alles mit einer stoischen Ruhe. Und die hüpfte und flatterte um uns herum und hielt keinen Moment ihren Schnabel.

Ich überlegte, ob ich nicht gegen die Grundsätze unseres Regenbogenlandes verstoße und Gudrun einfach die Kehle durchbeisse. Langsam näherte ich mich Gudrun von hinten und war gerade im Begriff zu springen. Da drehte sie sich um und schaute mich mit ihren lieben Knopfaugen an. Sie hielt den Kopf schief und ihr Kopflappen rutschte über ihr Auge. Das sah so komisch aus, dass ich ihr einfach nicht mehr böse sein konnte.

So gingen wir weiter und irgendwann kamen wir an die große Wiese wo El Blanco mit Erika und der ganzen Herde friedlich weideten.

Wir sagten Gudrun, dass wir nun angekommen waren und kaum hatten wir den Satz vollendet raste dieses verrückte Federvieh mit flatternden Flügeln und unter durchdringendem „Pööööööörk, Pööööööörk, Pööööööörk" mitten in die Herde hinein.

El Blanco, der halb schlafend auf der Wiese gelegen hatte, sprang mit allen vier Hufen gleichzeitig auf und stieß ein lautes Brüllen aus. Aber unsere Gudrun störte das überhaupt nicht! Sie raste weiter gackernd über die Wiese. Nun waren auch alle Kühe und Kälber in schierem Aufruhr und rannten durcheinander.

Der mächtige weisse Stier hatte sich nun daran gemacht unsere Gudrun zu verfolgen. Wenn der wütend war, waren ihm auch die Regeln des Regenbogenlandes egal. Er wollte einfach das verrückte Federvieh zertrampeln.

Aber Gudrun hatte keine Angst vor ihm. Vielmehr interessierten sie die schönen großen Kuhfladen die überall herumlagen. Besonders die leicht angetrockenden hatten es ihr angetan. Sie hüpfte von Fladen zu Fladen und pickte hier und scharrte dort. Und immer hinter ihr dieser riesengroße Stier.

Es sah aus wie ein groteskes Ballett. Irgendwann blieb El Blanco vollkommen außer Atem stehen und sah uns verständnislos an.

Hexe und ich kugelten uns vor Lachen und sagten ihm, dass er diesen Kampf nicht gewinnen konnte.

Erika, ihre Kinder und Freundinnen schauten sich das Theater von Weitem an und grasten dann in aller Ruhe weiter. Sie hatten beschlossen, das Problem ihrem Anführer zu überlassen.

Der stand vor uns und schaute sich um. Aber er sah keine Gudrun mehr. „Wo ist das verrückte Federvieh?" fragte er uns.

Hexe deutete nur auf seinen Kopf und dann sah ich, dass Gudrun mitten auf diesem Riesenschädel saß und genüsslich Fliegen und anderes Ungeziefer aus seinem Fell pickte.

Und da bemerkte es dieser gutmütige Riese auch, dass da etwas auf seinem Kopf war, was ihn von Plagegeistern erlöste und ihm das sehr gut tat.

So legte er sich vorsichtig auf die Wiese und brummte genüßlich.

Und Gudrun pickte und pickte. So kamen die anderen langsam heran um zu sehen, warum ihr Anführer so wohlig brummte.

Und sie wollten das auch gerne haben!

Aber Gudrun hatte irgendwann keine Lust mehr und hüpfte von dem großen Stier hinunter. Und sie legte sich tatsächlich ins Gras und schlief!

Unsere Gudrun schlief! Sie gackerte nicht und sie rannte nicht. Sie schlief einfach!

Wir entfernten uns ganz leise und setzten uns in einiger Entfernung ins Gras. Wir überlegten, ob wir es verantworten konnten, Gudrun einfach hier zu lassen. Aber das ging nicht so einfach, sie war in unsere Obhut übergeben worden und so mussten wir uns auch um sie kümmern.

El Blanco kam zu uns und legte sich nieder. „Das war schon ziemlich schön, was euer verrücktes Tier bei mir gemacht hat. Und es wäre schön, wenn meine Freundinnen das auch erleben dürften. So schön es hier bei uns ist, die Fliegen und Plagegeister machen uns das Dasein hier schon manchmal schwer."

Aber jetzt genossen wir die Ruhe und dösten vor uns hin. Doch irgendwann war die Ruhe vorbei. Der Boden fing an zu vibrieren und wirwussten, dass Poco mit seinen Freunden unterwegs war. Immer näher kam eine Staubwolke und das Donnern der Hufe wurde immer lauter.

Und schon war auch Gudrun wieder wach.

Mit lautem „Pöööörk, Pöööörk, Pöööörk" rannte sie der Staubwolke entgegen und verschwand darin. OK. Das war es dann! Und wir konnten nichts dafür! Sie war ja einfach losgerannt!

Aber schade war es schon, sie war ja schon ein liebes Tier gewesen. Wir würden sie schon vermissen...

Und da kam die Staubwolke vor uns zum Stehen und es löste sich Poco aus der Herde. Und auf seinem Rücken saß – Gudrun!

Wie hatte sie das nun wieder geschafft?

Aber egal. Es war ihr nichts geschehen und wir freuten uns irgendwie sie zu sehen.

Poco erzählte uns, dass er mit seiner Herde auf dem Weg zu einer neuen Weide war und er uns auf dem Weg dorthin besuchen wollte. Und dann fragte er, mit was für einem wahnsinnigen Tier wir da unterwegs seien. Sie war direkt zwischen die donnernden Hufe gerannt und er konnte sie gerade noch mit seinen Zähnen erwischen und auf seinen Rücken werfen. Dabei hatte sie wohl einige Federn eingebüßt...

Wir erzählten Poco die Geschichte von Gudrun und währenddessen war sie wieder auf El Blanco gehüpft und führte die Fellpflege fort. Der Riese lag da und hatte die Augen geschlossen. Und er grunzte!

Ich sagte zu Poco, dass es toll wäre, wenn es noch viele von Gudruns Art gäbe und die dann mit der Herde von El Blanco und Erika zusammenleben könnte. Die Hühner liebten Kuhfladen und die Plagegeister im Fell und die Kühe würen sich noch wohler fühlen.

Poco senkte sein Haupt und ging zu dem Anführer El Paco, dem weissen Andalusierhengst. Sie standen eine Weile zusammen und schienen etwas zu beraten.

Dann kam Poco zurück und sagte:"Wir sind auf unserer Wanderung von der alten zur neuen Weide einer ganz großen Gruppe von solchen Gackertieren begegnet. Wenn ihr wollt, können wir euch zu denen bringen."

Das war eine tolle Idee und so hüpften wir auf Poco´s Rücken und dann ging der wilde Galopp los. Wir mussten uns ziemlich in der Mähne von unserem großen Freund festhalten, damit wir nicht runterfielen.

Und irgendwann sahen wir eine unglaubliche Menge von Tieren, die wie Gudrun aussahen. Kleiner, größer. Braun, schwarz, weiss und bunt. Und alle gackerten durcheinander. Und unsere Gudrun hielt es nicht mehr auf Poco.

Sie sprang mir flatternden Federn mitten in diesen gackernden Tumult hinein. Und dann sahen wir sie nicht mehr! Sie war weg!

Wir wollten schon umkehren, da kam plötzlich Gudrun mit einem riesengroßen Federvieh aus der gackernden Menge heraus.

Der Große hatte auch so einen Lappen auf dem Kopf, aber der stand steil nach oben und unter dem Schnabel hatte er auch solche Lappen hängen. Aber am beeindruckendsten war der Federschweif. Der war riesig und gebogen und schillerte in allen Farben. Es war ein wunderschönes Tier und schien der Anführer von dem Gackervolk zu sein.

Wir erzählten ihm von der Herde von El Blanco und Erika und dass ein Zusammenleben zwischen Gackerern und Rindern für alle nur Vorteile haben würde. Die Wiese war unendlich groß und würde für alle genug Platz bieten.

Der Großgackerer überlegte und dann sagte er, dass der Vorschlag akzeptabel sei. Und dass er in Erwägung ziehen könne, dem zu folgen. Aber der Weg dorthin müsse in die Überlegungen mit einbezogen werden.

Ich musste schon lachen, weil der so geschwollen daher schwafelte, aber Hexe sah mich nur ermahnend an. So hielt ich mein Schnäuzchen.

Da kam Poco, der das Gespräch mit angehört hatte und schlug vor, dass seine Herde die Flatterer zu ihrer neuen Weide bringen könne. Wenn die komischen Vögel schon nicht selbst fliegen konnten...

Als der Großgackerer in seine Gruppe zurückgegangen war, entstand eine Riesengackerei und nach einer Weile kam Gudrun und fragte nur: „Wann kann es losgehen?"

Und dann kamen sie, die Flatterer und erstaunlich diszipliniert hopsten sie auf die Pferde und dann ging es los zu Erika und ihren Feunden.

Als wir ankamen, hüpften unzählige Flatterer auf die Wiese und verteilten sich im Nu überall hin. Einige blieben im Gras, viele hüpften auf die Kühe und befreiten sie von Plagegeistern.

Alle waren zufrieden.

Alle?

Unsere Gudrun saß ganz still im Gras uns schien traurig zu sein. Wir gingen zu ihr und fragten, warum sie so still sei.

Sie sagte: „ Jetzt sind alle glücklich, die Kühe, meine Artgenossinnen und Freunde. Sie werden jetzt zusammenleben und viel Spaß miteinander haben." Sie seufzte tief und sagte dann todtraurig „Dann können wir ja jetzt wieder zurück gehen." Und sie stand auf und ging los. Ohne ihr „Pork, Pork, Pork", mit hängendem Kopf und auch ihr Federkleid schien plötzlich irgendwie stumpf auszusehen.

Wir überholten sie und Hexe sagte zu ihr: „Möchtest Du nicht bei Deinen Freunden bleiben? Du hast sie ja schließlich zusammengebracht!"

Gudrun riss ihre Knopfaugen auf und schaute uns ungläubig an. „Darf ich denn wirklich hier bleiben?" Hexe und ich nickten und dann rannte Gudrun mit lautem „Pöööööööörk, Pöööööööööörk, Pöööööööööörk" los und wir sahen sie nicht mehr.

Wir sprangen auf Poco, der uns nach Hause bringen würde. Doch da hopste plötzlich Gudrun auf den Rücken von Poco und sagte „Ich bin euch dankbar, was ihr alle für uns getan habt. Ich werde nun hier auf mein Frauchen warten, aber wir werden uns sicher wiedersehen.!"

Ganz sicher liebe Gudrun!

Gute Nacht, euer Teddy

BESTIEN

Hallo, hier ist euer todtrauriger und vollkommen entsetzter Teddy.

Ich habe lange mit mir gerungen, ob ich euch diese furchtbare Geschichte erzählen soll. Aber ich denke, dass gerade ihr, meine Freundinnen und Freunde ein Recht darauf habt, zu erfahren, was auf eurer Welt vorgeht und welche Bestien es unter euch Zweibeinern gibt.

Ich habe mir hier schon viele Geschichten angehört von Tieren, die furchtbares von Menschen erfahren mussten. Und das niemals verziehen werden darf.

Aber was ich heute sehen, hören und erfahren musste ist mit Worten eigentlich nicht zu beschreiben. Aber ich werde es versuchen...

Es war wie immer hier ein wunderschöner Tag und ich döste mit meinen Freunden auf der schönen Blumenwiese. Plötzlich stand ein großer weisser Hund vor mir und sah mich schweigend an. Er war schon alt und sein Gesicht zeigte die Spuren eines harten Lebens.

„Bist Du der Erzähl-Teddy von dem hier alle sprechen und dessen Geschichten von den Zweibeinern gelesen werden?" fragte er mit einer leisen Stimme.

Ich bejahte es und er fuhr fort „Ich bin Köpek. Das ist eigentlich kein Name, sondern es heißt einfach Hund in dem Land aus dem ich komme. Viele von uns haben keine Namen, wir wohnen auf der Strasse und leben von dem, was für uns übrigbleibt. Aber davon später. Ich möchte

Dich bitten, mich zur Brücke zu begleiten und mit mir meine Freunde in Empfang zu nehmen."

Ich fragte ihn, was mich denn erwarten würde und wo denn die Herrchen und Frauchen seiner Freunde seien. Doch er antwortete mir nicht mehr und ging in die Richtung wo die Brücke war. Und da sah ich den Regenbogen.also wurde ich gerufen und ich folgte ihm.

Aber der Regenbogen war heute merkwürdig blass. Keine leuchtenden Farben, kein Strahlen. Er sah irgendwie – traurig aus!

Wir kamen näher und normalerweise würde der Regenbogen nun immer heller werden und uns das Kommen neuer Bewohner unserer schönen Wiese ankündigen.

Doch der Regenbogen blieb blass und plötzlich fing es an zu blitzen und zu donnern. Und der Regenbogen verschwand. Es wurde finster und der Himmel bestand nur noch aus Blitzen und direkt darauf folgendem Donner. Ich hatte Angst und wollte weglaufen, doch Köpek stand regungslos neben mir und schaute in die Richtung der Brücke.

Und dann sah ich sie. Unzählige Hunde und Katzen kamen über die Brücke. Und sie sahen furchtbar aus. Vielen fehlten Beine, viele hatten kein Fell mehr. Sie hatten unfassbare Wunden an ihren Körpern. Aber das Schlimmste war der Blick. Voller Angst, voller Panik, voller Schmerzen!

Fassungslos schaute ich zu, wie diese geschundenen Tiere es gerade noch auf die Wiese schafften. Die Blümchen hatten ihre Köpfe geschlossen und die Tiere sanken auf das Gras und fielen sofort in einen tiefen Schlaf. Die Blitze und der Donner wollte kein Ende nehmen. Es klang, als würde etwas oder jemand eine unglaubliche Wut entladen.

Mittlerweile waren alle Tiere in ihren Schlaf versunken und das Blitzen und Donnern hörte auf.

Ich fragte Köpek, was das zu bedeuten habe. Er antwortete, dass diese Tiere nur ein kleiner Teil derer waren, die in seinem Land zu Tode gequält würden. Und dass niemand ihnen helfen könne. Dass unfassbares Leid unter den Tieren herrsche.

Ich fragte ihn, warum das denn passieren würde. Es sagte:" Wir leben in einem Land, das stolz ist auf seine schönen Strände und in das viele Fremde kommen um dort ihren Urlaub zu verbringen. Es gibt in unserem Land viele von uns und auch von den Schnurrnasen, die kein richtiges Zuhause haben und die auf der Strasse leben. Wir werden von den „Touristen" gefüttert, aber auch von vielen anderen Bewohnern. Oder wir leben auf den großen Plätzen, wo die Zweibeiner ihren Müll abladen. Da gibt es immer etwas für uns zu essen.

Einige von uns hatten auch einmal ein Zuhause und wurden irgendwann auf die Strasse geworfen und sich selbst überlassen. Viele von uns überleben dieses Leben nicht, es gibt zu viele von diesen „Autos" die uns einfach kaputtfahren und liegenlassen. Aber es gibt auch Zweibeiner, die uns einsammeln und uns ein schönes Leben geben. Aber das Glück haben nur wenige.

Viele werden mit Schlingen eingefangen und in große Zwinger gebracht in denen ganz viele von uns wohnen. Und da gilt nur das Gesetz des Stärkeren. Und nach einiger Zeit verschwinden dann immer einige von uns und kommen niemals wieder.

Aber die meisten von uns haben sich an das Leben auf der Strasse gewöhnt und wir kennen es nicht anders. So war es auch bei mir. Ich habe viele Jahre auf der Strasse gelebt und war der Anführer eines Rudels. Wir haben friedlich mit den Zweibeinern gelebt und wurden auch oft gefüttert. Ich wurde alt und irgendwann sah ich den Regenbogen und kam hierher.

Doch seit einiger Zeit werden die Rudel immer weniger! Es verschwinden immer mehr. Keine einzelnen Tiere, die überfahren oder eingefangen werden, sondern immer ganze Gruppen. Und nicht nur unsere Artgenossen, sondern auch die Schnurrnasen wie Du einer bist. Und so eine Gruppe ist heute über die Brücke gekommen...!"

Ich schaute zu dieser Unzahl von Tieren und die wollten überhaupt nicht mehr wach werden. Was musste diesen Tieren angetan worden sein? So lange hatte hier noch kein Neuankömmling geschlafen...

Doch dann erstrahlte plötzlich der Regenbogen über uns und die Gruppe erwachte langsam. Der Regenbogen hieß sie hier willkommen. Die Tiere der Gruppe hatten sich – wie es bei den Neuankömmlingen üblich war – verändert. Sie hatten alle wieder ihr schönes Fell, Gliedmaßen waren da wo sie hingehörten, Wunden waren verschwunden. Aber der Blick war nicht frei. Vorsichtig schauten sie sich um und sie schmiegten sich aneinander.

Köpek trat vor und sagte zu ihnen: „ Ihr seid hier in Sicherheit. Ich müsst niemals mehr Angst haben, ihr werdet niemals mehr Schmerzen erleiden. Die Zweibeiner, die ihr hier trefft wollen euch nichts Böses! Alle Pein liegt nun hinter euch!"

Dann deutete er auf mich und sagte „Das ist Erzähl-Teddy. Ich bitte euch, ihm eure Geschichte zu erzählen. Habt keine Angst und keine Scheu. Er wird über euch und das was euch angetan wurde, den Zweibeinern berichten. Je mehr von den Zweibeinern erfahren, was in unserem Heimatland geschieht, umso größer ist die Hoffnung, dass sich etwas ändert..."

Es war totenstll und keiner der Neuankömmlinge rührte sich. Doch irgendwann stand ein kleiner Mischling auf und setzte sich vor mich.

„Ich bin Bebek. Ich hatte einmal ein Zuhause, aber dann hat man mich einfach vor die Tür gesetzt und nicht mehr hineingelassen. Lange habe ich vor der Tür gesessen und geweint, aber man hat mich nicht mehr eingelassen. Irgendwann hab ich mich einer Gruppe von Artgenossen angeschlossen und wir lebten auf einem großen Platz auf dem jeden Tag große Brummer ankamen und den Müll der Zweibeiner abluden. Da war immer etwas Leckeres dabei und wir wurden alle satt. Mit unserer

Gruppe wohnten hier auch ganz viele Katzentiere, vor allem alte Tiere, die nicht mehr niedlich genug waren, um von diesen „Touristen" gefüttert zu werden. Aber hier war für uns alle genug da.

Doch eines Tages kamen ganz viele Zweibeiner, die auf dem ganzen Platz viele Leckerliebrocken, große und kleine, verteilten. Wir rannten alle dorthin und wunderten uns, dass die Zweibeiner in einiger Entfernung stehen blieben.

Aber das Angebot war zu verlockend. So machten wir und auch die Katzen uns über das leckere Fleisch her. Doch nach kurzer Zeit fing ein schlimmes Feuer in unseren Bäuchen an zu brennen. Wir hatten die schlimmsten Schmerzen und weisser Schaum lief aus unseren Mündern. Und da kamen die Zweibeiner näher. Sie hatten große Knüppel in den Händen und schlugen auf uns ein. Wir konnten uns nicht wehren, weil die Schmerzen in unseren Bäuchen so schlimm warne. Und jetzt noch die furchtbaren Schläge auf unsere Köpfe.

Einige bewegten sich nicht mehr, aber auf die, die sich noch bewegten, wurde gnadenlos heruntergeprügelt. Ich konnte mich nicht mehr bewegen, aber ich lebte noch.

So bekam ich mit, dass die Zweibeiner uns nahmen und auf die Platte von so einem Riesenautos warfen. Sie fuhren eine kleine Strecke und dann wurden wir mit Riesengabeln in ein Loch geworfen. Bei mir bohrten sich die Zinken von der Gabel in meinen Bauch und die Schmerzen wurden unerträglich.

In dem Loch lagen schon viele von uns, Hunde und Katzen. Einige lebten noch, viele waren tot.

Es wurde nass und ich roch einen durchdringenden Gestank. Dann wurde es heiß! Furchtbar heiß und ich roch einen furchtbaren Gestank. Ich hörte grauenvolle Schreie. Und realisierte nicht, dass die Schreie von mir kamen. Und von einigen Tieren neben mir.

Und dann erlöste uns der Regenbogen.

Warum? Was haben wir euch getan? Wir leben da, wo wir keinen stören. Wir tun niemandem etwas!"

Und dann fingen die anderen an zu erzählen. Aber das werde ich nicht wiedergeben! Die Geschichte von Bebek und seinen Freunden war so furchtbar, dass ich nicht mehr weitererzählen kann!

Ich möchte euch, meine Menschenfreundinnen und -freunde bitten, zu helfen, diesem furchtbaren Quälen und Töten ein Ende zu machen.

Wir können es leider nicht!

Euer Teddy.

ZWEIFEL

Hallo, hier ist euer Teddy.

Seit unsere neuen Freunde angekommen sind und mir ihre furchtbaren Geschichten erzählt haben, komme ich aus dem Grübeln nicht mehr heraus. Ich habe mich von unserer Gruppe zurückgezogen und möchte mit niemanden sprechen.

Es geistert die ganze Zeit nur ein Wort in meinem Kopf herum:

WARUM?

Warum wird uns Tieren so viel Schlimmes angetan? Wir geben euch Zweibeinern unsere Liebe und viele von euch geben uns nur Schlimmes zurück. Und das nicht nur in diesem Land, wo unsere neuen Freunde herkommen, sondern auch in dem Land, in dem ich gelebt habe. Und eigentlich überall.

Ich erinnere mich an so viele Geschichten, die mir erzählt wurden. Von Blondie und den Vermehrern, Ihren Babys, die ihr weggenommen wurden. Von dem stolzen Stier El Blanco und den Torturen, die ihm zugefügt wurde um euch Zweibeiner zu unterhalten! Von Erika, der die Babys weggenommen wurden damit ihr Zweibeiner die Milch von den Babys bekommt! Von Gudrun, die in einer riesengroßen Halle zusammen mit unzähligen Artgenossinnen gehalten wurden und die sich gegenseitig töteten nur um den Zweibeinern ein Frühstücksei zu bescheren.

Und es gibt noch so viel Tier-Elend überall auf eurer Welt.

WARUM?

Ja, es gibt auch viele Zweibeiner, die gegen dieses Elend der Tiere kämpfen. Bei denen es die Tiere guthaben. Die ein großes Herz für uns Tiere haben. Die versuchen, die geschundenen Seelen zu retten und ihnen ein schönes Leben zu bescheren.

Die uns lieben bis wir über die Brücke gehen.

Doch wiegt es das Martyrium von unzähligen Tieren auf der Erde auf? Können sie es ändern?

WARUM?

Das Wort macht mich wahnsinnig. Ich finde keine Antwort. Warum bin ich der Erzähl-Teddy? Warum muss ich mir all die furchtbaren Geschichten anhören? Warum muss ich die meinem Frauchen erzählen? Ich sehe oft, dass ihr beim Schreiben ganz viel Wasser aus den Augen läuft und sie kann dann nicht weitertippseln.

Ich beschließe, Oma-Frauchen zu besuchen. Sie ist sehr klug und kann mir bestimmt Antworten geben.

So laufe ich los und bemerke, dass mir in einiger Entfernung Hexe folgt.

Irgendwann komme ich bei der uralten Brücke an und Oma-Frauchen scheint schon auf mich zu warten. Sie sitzt alleine auf ihrer Bank. Claire, Madeleine und Joie sind nicht da. Nur ihre liebe kleine Minka sitzt wie immer auf ihrem Schoß.

Sie winkt mich zu sich und ich springe neben sie auf die Bank. Sie sagt nichts, krault nur ganz sanft meinen Nacken. Das hat Frauchen auch immer so gemacht und ich genieße es. Langsam werde ich ruhiger und kann mich etwas entspannen.

Dann fängt sie an zu sprechen.

„Lieber Teddy, ich weiß wie es Dir geht. Du stellst Dir die Frage, die sich alle guten Menschen auf der Erde immer wieder stellen: WARUM?

Und es gibt auch für uns so oft keine Antwort auf diese Frage.

Oft ist es das was wir „Profitgier" nennen. Das heißt, dass es nur darum geht, möglichst viel Geld zu verdienen. Und da werden Tiere als „Nutzvieh" bezeichnet und wie Sachen behandelt. Man ignoriert die Qualen. „Unrentable" Tiere werden einfach aussortiert. Sprich – getötet und weggeworfen! Sie werden unter Bedingungen gehalten, die mehr als furchtbar sind. Und das nur, damit die Menschen in den „Supermärkten" möglichst billiges Fleisch kaufen können.

Oder es sind Gründe, bei denen die Religion vorgeschoben wird. So gelten in vielen Ländern Hunde als unrein und somit sind sie Freiwild.

Manche Zweibeiner quälen Tiere auch einfach aus Lust. Und da wird kein Unterschied gemacht, ob es ein kleines Tier wie eine Katze oder ein Hund oder ob es Pferde sind, die eigentlich friedlich auf der Weide grasen wollen und bestialisch niedergemetzelt werden. Und vor den menschlichen Gerichten werden sie als Sache bezeichnet...

Es gibt so viele Länder auf der Erde, in denen Tiere nicht als das angesehen werden was sie sind: Fühlende und liebende Lebewesen wie wir Menschen. Nur können sie eines nicht: Sprechen! Und viele können nicht ihre Schmerzen herausschreien.

Dem Fisch am Haken gefällt es nicht, dass sich dieses Mordwerkzeug durch seine Lippe bohrt. Aber er kann nicht schreien!

Und so gibt es noch unzählige Beispiele.

Du lieber Teddy hast die Gabe bekommen, die Geschichten weiterzugeben. Und Dein Frauchen schreibt sie nieder und ich weiß, dass es ihr bei vielen Geschichten das Herz bricht. Aber sie wird weiterschreiben, weil auch sie hofft, dass die Menschen irgendwann einmal aufwachen.

Es sind doch aber auch so viele schöne Geschichten, von denen Du berichten kannst. Du darfst nicht aufhören, den Menschen die Geschichten eurer Freunde zu erzählen.

Den Menschen, die ein geliebtes Tier verloren haben, gibst Du Hoffnung auf das Wiedersehen und den Tieren, die keine schöne Zeit auf der Erde hatten, gibst Du auf der ewigen Wiese ein neues Frauchen oder Herrchen, das sie bis in alle Ewigkeit liebt!"

Ich blieb noch einige Zeit liegen und Oma-Frauchen kraulte meinen Nacken.

Irgendwann schleckte ich ihr über die Hand, stand auf und streckte mich. Ich sprang von der Bank und ging über die geheime Brücke.

Auf der anderen Seite wartete Hexe auf mich.

Gemeinsam gingen wir Seite an Seite zurück zu unserer Gruppe.

Irgendwann schaute sie mich an und sagte nur „Und?"

Ich antwortete: „Ich bin weiter der Erzähl-Teddy!"

Darauf antwortete meine Hexe nur „Ich bin stolz auf Dich mein großer Freund!"

Und wir gingen zurück zu unserer Gruppe und irgendwann wird der Regenbogen uns wieder zur Brücke rufen und ich werde euch eine neue Geschichte erzählen.

Euer Teddy

FLUMMI

Hallo meine lieben Freundinnen und Freunde hier ist euer Teddy

Vielen Dank, dass ihr mir Mut gemacht habt, meinen Weg als „Erzähl.Teddy" weiterzugehen. Die Zweifel plagen mich immer noch und die Geschichten über böse Zweibeiner verfolgen mich.

Aber auch meine Freunde aus unserer Frauchen-Gruppe, der Katzenmann und auch Tante Siggi aus dem Tierheim, in dem ich so lange war, möchten dass ich weitererzähle.

Um eine endgültige Entscheidung treffen zu können, durfte ich mir gestern ein Blümchen von der Wiese hinter der verschlossenen Hecke pflücken, mit der ich in die Träume meines geliebten Frauchens eintauchen kann. Davon hatte ich euch ja schon früher erzählt und gestern wurde die Hecke für mich geöffnet.

Kaum hatte ich mir das Blümchen ausgesucht – ich hatte wieder das Maiglöckchen gewählt – fand ich mich auf dem Kissen neben dem Kopf meines Frauchens wieder. Sie schlief fest, schien mich jedoch zu spüren. Wie früher streckte sie den Arm aus und ich kuschelte mich hinein. Dabei schnuffelte ich wie früher in ihrem Haar.

Sie lächelte im Schlaf und sagte leise „mein Teddy!"

Dann schlief sie weiter und ich schlüpfte in ihren Traum. Dort erzählte ich ihr, was mich so quälte und ob ich ihr die Geschichten aus dem Regenbogenland weiter erzählen soll. Sie hielt mich im Traum ganz fest in ihrem Arm wie damals, bevor ich über die Brücke musste.

„Mein Teddy" sagte sie, „Du musst Deine Geschichten weiter erzählen. Sie sind wichtig für die Menschen. Egal ob es die lustigen oder die traurigen Geschichten sind. Und auch die ganz furchtbaren Geschichten gehören dazu. Sie können vielleicht ein ganz klein wenig dazu beitragen, dass die Menschen aufgerüttelt werden. Es ist auch für mich oft sehr schwer, die Geschichten niederzuschreiben und oft laufen mir die Tränen in Strömen und ich kann nicht weiterschreiben. Aber auch ich werde nicht aufhören, Deine Geschichten zu schreiben.

Oft werde ich gefragt, wie ich denn auf die Geschichten komme. Und wenn ich dann sage, dass Du sie mir diktierst, wird meist milde gelächelt.

Also mein großer Bär, erzähle bitte weiter. Und irgendwann werde ich diejenige sein, die Du am Ende der Brücke unter dem Regenbogen in Empfang nimmst. Und dann wird der Regenbogen besonders hell für uns scheinen!"

Und dann liefen wir im Traum gemeinsam durch einen wunderschönen Wald bis ich zurückgerufen wurde.

Und ich wusste nun sicher, dass ich weiter der „Erzähl-Teddy" sein würde!

Es war nun eine schwere Last von mir genommen und ich konnte mich entspannt in das schöne weiche Gras legen und ein wenig Dösen.

So lag ich eine Weile als plötzlich der Regenbogen rief. Und Hexe kam zu mir. Also kam ein Neuankömmling für unsere Gruppe.

Und plötzlich bekam ich Angst. Was, wenn wieder ein Tier mit furchtbarer Vergangenheit kam? Konnte ich es ertragen? Und könnte ich wieder so eine schreckliche Geschichte erzählen?

Ich war kurz davor umzudrehen, da legte Hexe ihre Pfote auf meinen Rücken und sagte nur „Komm mein Großer, da wartet jemand auf uns!"

Sie hatte recht und gemeinsam liefen wir zur Brücke. Der Regenbogen war mittlerweile strahlend hell und zeigte uns damit, dass ein Neuankömmling die Brücke betreten hatte.

Wir traten an die Stufen heran und schauten wer da kam.

Und dann sahen wir ihn. Es war ein kleiner brauner Mischlingshund, der fröhlich über die Brücke gehopst kam. Er hielt an jedem Brett an und schnuffelte. Dann hob er sein Näschen und schnuffelte in die Luft. Er sah uns und kam auf uns zu gerannt.

Am Ende der Brücke sprang er die Treppe hinunter und ehe ich mich versah, kugelte ich mit dem kleinen Kerl über das Gras. Hexe bog sich vor Lachen.

Dann sagten wir dem lustigen Fellknäul, dass er jetzt ein wenig schlafen solle, bevor wir weitergehen, aber der hatte sich schon zusammengekringelt und schlief.

So legten wir uns auch hin und wollten darauf warten, dass er wieder aufwachte und wir ihn offiziell im Regenbogenland willkommenheissen durften. Aber wir lagen kaum, da sprang der kleine Kerl schon wieder auf und hopste um uns herum.

Oh nein, schon wieder so etwas Verrücktes wie Merlin und Gudrun. Aber egal, lieber verrückt als traumatisiert.

Wir hießen ihn herzlich willkommen und fragten ihn nach seinem Namen.

Er sagte: „Ich bin Flummi!"

Flummi – das sagte mir irgendetwas! Und dann fiel es mir ein: Frauchen hatte irgendwann für die beiden Mädels ein kleines Bällchen mitgebracht. Das warf sie auf den Boden und dann hopste das Bällchen durch die Gegen und wollte überhaupt nicht mehr aufhören zu hopsen. Das Bällchen hieß Flummi...

Aha, Flummi also!

Wir gingen zu unserer Gruppe und der kleine Flummi wurde herzlich willkommen geheißen.

Merlin-Maus kam sofort angerannt und wollte Verstecken spielen.

Aber die anderen wollten zuerst seine Geschichte hören und so wurde Verstecken auf später verschoben. Merlin fügte sich und setzte sich auf den Kopf von Hexe.

Flummi fing an zu erzählen:

„Ich bin ein Unfall! Genau wie meine 4 Geschwister. So hat uns unser Frauchen immer genannt. Aber das schien etwas Schönes zu sein, denn sie und der Zweibeiner, der zu ihr gehörte, waren immer sehr lieb zu uns allen. Unsere Mama und wir hatten von den beiden Zweibeinern ein wunderschönes Zuhause nur für uns bekommen. Wir durften ganz viel an den Nuckelies von Mama trinken und die Zweibeiner waren sehr besorgt um uns alle. Unser kleines Zuhause war immer sehr sauber und wir wurden gestreichelt und geknuddelt.

Irgendwann durften wir aus unserem kleinen Zuhause heraus und wir konnten in der großen Höhle der Zweibeiner herumtoben.

Meinen Namen „Flummi" hatte ich von der Zweibeinerfrau bekommen. Sie meinte, ich sei nicht müde zu bekommen. Immer wenn meine Geschwister und meine Mama schon schliefen, hopste ich immer noch durch die Gegend und wollte spielen.

Irgendwann kamen andere Zweibeiner und schauten sich meine Geschwister und mich an. Mich fanden sie süß, aber meine Geschwister durften dann mit ihnen ausziehen. Das war für mich ziemlich schlimm, ich hatte nun keine Spielkameraden mehr.

Also fing ich an meine Mama zu nerven. Ich wollte spielen! Mir war langweilig! Aber ihr ging ich auf die Nerven und irgendwann sagte sie mir das unmissverständlich. Und das tat ziemlich weh!

Nun war ich ganz alleine und ich fing an, in alles hineinzubeissen. Und alles kaputtzumachen.

Meine Zweibeiner waren sehr genervt von mir und sie schimpften immer ganz doll mit mir.

Aber irgendwann kam ein neuer Zweibeiner und der wollte mich haben. Er nahm mich auf den Arm und ich wusste sofort, dass ich den ganz lieb haben würde. Ich leckte ihm über die Schnauze und er krabbelte mich hinter den Ohren.

Wir waren ein Team! Er hieß Herrchen!

So nahm er mich mit in sein Zuhause und ich zerlegte als erstes seine Wohnung – wie er es nannte. Ich schredderte alles was mir vor die Schnauze kam. Aber warum hatte er mich auch alleine gelassen! Wenn ich nicht schredderte, bellte ich was das Zeug hielt.

Und irgendwann kam er nach Hause. Sprachlos stand er in der Tür und sah das Chaos. Dann kam auch schon die Zweibeinerin, die in der „Wohnung" nebenan wohnte und beschwerte sich lautstark über das „Gekläffe".

Er machte die Tür zu und wir waren alleine. Und ich wartete auf ein Riesendonnerwetter.

Aber Herrchen setzte sich auf den Boden neben mich und fing an mich zu streicheln. Hä? Kein Donnerwetter?

Er sagte:"Mein kleiner Flummi, entschuldige bitte, ich habe wohl alles falsch gemacht! Aber ich hatte noch nie einen Hund. Aber in Dich habe ich mich sofort verliebt und ich werde mich bemühen, in Zukunft alles richtig zu machen!" Dann gingen wir in das zerstörte Wohnzimmer und setzten uns auf die zerfledderte Couch. Und Herrchen knuddelte mich!

Am nächsten Tag ging er mit mir auf eine große Wiese wo viele Hunde waren und eine nette Frau, die den Zweibeinern erklärte, was sie mit uns machen sollten.

Da ging es um so einfache Sachen wir hinsetzen, hinlegen, liegenbleiben. Laaaangweilig!

Und die Frau merkte sofort, dass ich ein ganz Schlauer war! Und das sagte sie meinem Herrchen. Und dann bekam ich – wie Herrchen es nannte - „Einzelunterricht".

Und das war lustig! Da war eine große Wiese mit lauter bunten Gestellen darauf. Und da durfte ich drunter und drüber wetzen, durch Tunnels rennen, über Stangen hüpfen. Und Herrchen rannte immer neben mir her und spornte mich an. Und immer bekam ich Leckerlies!

Doch mit der Zeit wurden mir die bunten Dinger langweilig.

Und da dachte mein Herrchen sich etwas neues aus: Er wurde mein Turngerät! Und das war toll! Er brachte mir bei, über ihn zu hüpfen, unter seinen Beinen durchzurennen. Auf zwei Beinen auf seinem Kopf zu stehen. Und lauter lustige Sachen.

Irgendwann machte er aus einem Apparat lustige Töne – die Zweibeiner nennen es Musik – und ich hüpfte im Takt dazu auf ihm herum.

Eine Freundin von ihm kam irgendwann zu unserer Hüpfstunde und quiekte vor Freude. Sie sagte, dass wir damit unbedingt ins Fernsehen mussten. Hä? Was war Fernsehen? Ein neues Spiel?

Und ab dann machten wir ganz viele neue Sachen und ich hatte da ganz viel Freude dran. Manche waren ganz schön schwer, aber Herrchen freute sich immer so sehr, wenn ich eine neue Übung richtig gemacht hatte. Und das war immer so schön für mich.

Irgendwann fuhren wir mit Herrchens Auto ganz weit weg. Als wir endlich anhielten, kamen viele fremde Zweibeiner und alle redeten durcheinander. Das ging mir ziemlich auf die Nerven.

Sie brachten uns auf eine große Platte und es wurde furchtbar hell. Ganz viele Dinger die Licht spuckten blendeten mich und ich sollte meine Übungen vorführen. Und da standen riesengroße Kästen, die ihr großes Auge auf mich richteten.

Die konnten mich mal!

Ich legte mich einfach hin und machte gar nix!

Die Zweibeiner fingen an zu schimpfen, redeten von „vertaner Zeit" und von „blödem Köter"!

Da nahm mich mein Herrchen hoch und meinte nur, dass wir uns das nicht bieten lassen mussten! Und dann gingen wir weg.

Am nächsten Tag wollten wir wieder nach Hause fahren. Aber vorher wollte Herrchen noch ein wenig mit mir spielen, damit ich auf der Fahrt müde sein würde.

So gingen wir auf eine große Wiese neben diesem „Hotel". Und da spielten wir unser Programm ab. Und es machte einen Riesenspaß. Am Rand der Wiese stand ein großer Zweibeiner, der uns zusah.

Der winkte einen anderen Zweibeiner zu sich und ich erkannte den Kerl, der mich einen „blöden Köter" genannt hatte.

Und der kam dann zu Herrchen und sagte, dass wir am Abend in der Show seien. Der Chef wünsche das und duldete keine Widerrede.

Das sagte mir alles nix. Aber Herrchen diskutierte noch eine Weile mit ihm.

Als der wegging sagte Herrchen zu mir „Flummi, heute werden wir es denen zeigen"

Ok!

Etwas später mussten wir wieder auf diese große Platte und wieder war da so schlimmes Licht und die einäugigen Kasten. Und ich legte mich wieder hin. Nix! Ich wollte nicht!

Aber da kam der Zweibeiner, der vorhin zugesehen hatte. Der hockte sich neben mich und kraulte meinen Nacken. Und er sagte, dass ich ein ganz toller Kerl sei und ich es schaffen könnte.

Was könnte ich denn schaffen?

Aber Herrchen sah mich an und sagte nur: „Zeig's ihnen!"

Und dann rannte ich los. Und hüpfte und sprang und machte alles, was mir Herrchen beigebracht hatte. Am Ende waren alle still und ich war müde und ging mit Herrchen in das „Hotel"

Später fuhren wir noch einmal zu dieser Platte. Aber da sah nun alles ganz anders aus. Es saßen unzählige Zweibeiner um die Platte und hauten Ihre Hände aneinander. Und das Licht wetzte über die Platte. Und vor der Platte saßen ein paar Zweibeiner, unter anderem der Mann von mittags.

Wir gingen auf die Platte und Herrchen sagte ganz ernst zu mir: „Flummi, jetzt gilt es. Zeig es denen!"

Und dann gingen die Töne los, die ich ja schon kannte. Und ich wetzte und sprang und hüpfte und krabbelte. Ich machte alles, was mir Herrchen beigebracht hatte. Und ganz zum Schluss rannte ich von der Platte und hüpfte auf den Tisch vor dem Mann, der an mich geglaubt hatte. Ich schleckte ihm über die Nase.

Da hüpften alle Zweibeiner hoch und hauten ihre Hände aneinander. Es war ein Riesenlärm, aber ich spürte, dass ich gemeint war. Herrchen kam zu mir und gab mir ein Leckerlie und ich spürte, dass er stolz auf mich war.

Das war schön, dann konnten wir ja nun endlich nach Hause fahren.

Aber wir mussten noch bleiben und später noch einmal auf die Platte. Da fielen ganz viele Schnipsel auf uns herunter und ich bekam etwas umgehängt. Und Herrchen bekam einen glänzenden Topf und viele Zettel, die von den Zweibeinern „Geld" genannt wurden.

Herrchen meinte, dass wir nun „berühmt" seien und ich den Zweibeinern oft zeigen durfte, was ich konnte.

Das machten wir einige Zeit und Anfangs machte es mir auch Spaß. Aber irgendwann wollte ich das nicht mehr machen. Alle wollten mich immer anfassen. Und der Lärm tat mir in den Ohren weh.

Mein Herrchen merkte das mir diese „Auftritte" keinen Spaß mehr machten. Und sofort hörte er damit auf. Ich musste nie mehr auf diese Platte vor den schreienden Zweibeinern. Zusammen mit Herrchen machte ich noch weiter unsere Übungen. Aber nur noch für uns!

Und mit der Zeit wurde ich ruhiger. Und war oft müde. Die Übungen wurden mir zu anstrengend. Ich schlief gerne und kuschelte mit Herrchen.

Irgendwann lag ich bei meinem Herrchen in seinem Bett und kuschelte mich an ihn. Ich merkte, dass ich ihn nun verlassen mußte. Da wurde er wach und hielt mich ganz fest. Er sagte: „Danke Flummi, Du bist mein bester Freund und wir werden uns wiedersehen." Dabei tropfte Wasser auf mein Fell.

Dann sah ich den Regenbogen..."

Wir hießen Flummi herzlich willkommen und der verschwand mit Merlin zum Verstecken spielen.

Gute Nacht ihr Lieben, euer Teddy

TANZBÄR

Hallo liebe Freundinnen und Freunde.

Immer wenn Frauchen eine Geschichte von mir getippselt hat, schreiben ganz viele von euch, wie es ihnen gefallen hat. Oft sind ganz viele von euch traurig, aber eigentlich mögen alle, die etwas schreiben, meine Geschichten.

So war es eigentlich auch bei der Geschichte von Flummi. Der hat ja erzählt, dass er von seinem Herrchen ganz viele Kunststücke gelernt und dass ihm das unheimlich viel Spaß gemacht hat. Denn unserem Flummi war es immer ganz schnell langweilig und zusammen mit seinem Herrchen hat er viele lustige Sachen eingeübt. Und das hat die beiden auch ganz eng zusammengeschweisst.

Und unser Flummi wurde auch niemals zu etwas gezwungen. Wenn er keine Lust hatte, dann war das so und er konnte sich ausruhen.

Nun hat nach der Geschichte eine Freundin wohl die Befürchtung gehabt, Flummi würde wie ein Tanzbär gehalten. Das hat meinem Frauchen schlechte Träume gemacht, was ich natürlich mitbekommen habe.

Aber ich hatte keine Ahnung, was ein Tanzbär ist. Ich bin hier auf der Wiese noch keinem Tier, das so heißt, begegnet. Ich fragte die anderen aus unserer Gruppe, aber keiner konnte mir eine Antwort geben.

So konnte mir wieder einmal nur eine helfen: Oma-Frauchen!

Ich machte mich auf den Weg zu ihr und ich nahm Flummi mit. Der konnte am besten beurteilen, ob er ein Tanzbär wäre.

Wie immer rannte er die ganze Strecke vor und zurück und um mich herum. Schnell bereute ich, ihn mitgenommen zu haben. Aber jetzt musste ich da durch und bei Oma-Frauchen wurde er merkwürdigerweise immer ganz ruhig.

So kamen wir bei der uralten geheimen Brücke an und Oma-Frauchen saß mit ihrer Minka auf der Bank und winkte uns. Flummi sprang zu ihr auf die Bank, drehte sich zweimal um sich selbst, legte sich hin und – schlief!

Oma-Frauchen krabbelte ihn im Genick und fragte mich, was meine Frage sei. Ich erklärte ihr, dass eine irdische Freundin unseren Flummi mit einem Tanzbären verglichen habe und unser Frauchen deshalb schlechte Träume hatte.

Sie überlegte kurz und hatte dann auch eine Antwort. Sie sagte, dass der Katzenmann einmal von einem Mann erzählt hatte, der Tiere aus dem Zirkus gerettet hat und der jetzt mit ganz vielen von denen auf der ewigen Wiese wohnte. Und da seien auch Tanzbären dabei.

Aber wie sollten wir den finden? Sie zwinkerte mir zu und sagte „ich haben dem Katzenmann eben ein Telegramm geschickt!" Wir hier im Regenbogenland sprechen ja eigentlich mit unseren Gedanken miteinander. Deshalb versteht auch jeder jeden. Und Oma-Frauchen nannte das immer „Telegramm schicken".

Und da sahen wir von weitem den Katzenmann mit seiner großen Schar Katzen kommen. Und bei ihm war noch ein anderer Zweibeiner, der ganz viele Tiere dabei hatte, die wir noch niemals gesehen hatten. Und als sie näher kamen, sahen wir, dass der andere Zweibeiner genauso viele Bilder wie der Katzenmann auf seinem Fell hatte.

Neben ihm lief ein Kater, der war noch viel viel größer als ich! Und der hatte ein wunderschönes langes Fell auf dem Kopf. Er schmiegte sich an den Zweibeiner und machte dabei schöne Geräusche. So ungefähr wie wenn ich schnurrte, nur noch viel lauter. Neben ihm lief eine andere große Katze mit Streifen so wie meine. Aber die war gelb. Hinter ihnen war ein Tier, das so groß war, dass ich meinen Hals ganz zurückbiegen mußte um seinen Kopf zu sehen. Das hatte so eine lange Nase, dass sie bis auf den Boden reichte. Und riesengroße Ohren. Und als sie ganz nahe waren, hob das Tier seine Nase und schrie damit ganz laut. Flummi wäre fast von der Bank gefallen und ich warf mich vorsichtshalber einmal auf meinen Rücken!

Und so waren noch ganz viele andere Tiere dabei, die wir nicht kannten.

Der Zweibeiner trat mit seiner großen Katze nach vorne. Er kam direkt zu mir und sagte „Du bist also der Erzähl-Teddy! Wir haben schon viel von Dir gehört und vielleicht kannst Du auch einmal die Geschichten von meinen Freunden hier anhören. Die haben auch schon viele schlimme Dinge erleben müssen. Aber heute geht es um unseren Ben. Ben war ein Tanzbär und er soll Dir heute von seinem „Leben" erzählen.

Da machten die großen Katzen und das Nasentier den Weg frei und es kam ein uralter brauner zotteliger Geselle nach vorne. Er sah eigentlich ganz lieb aus. Er hatte runde Puschelohren und kleine Äuglein, die ganz lieb schauten. Er plumpste auf seinen dicken Po und streckte seine Hinterbeine von sich.

Der Zweibeiner sagte „das ist Ben. Er musste jahrelang Geld für seine Peiniger – Menschen möchte ich zu denen nicht sagen – verdienen. Aber das soll er euch selbst erzählen!"

Ben schien in die Ferne zu schauen und seine Augen wurden unendlich traurig. Dann fing er an zu erzählen.

„Als ganz kleiner Bär wohnte ich mit meiner Mama in einem engen Stall wo jeden Tag Zweibeiner kamen und uns begafften. Aber Mama hielt mich immer ganz dicht bei sich und ich fühlte mich geborgen. Aber die Zweibeiner machten mir Angst. Immer steckten sie lange Stangen durch das Gitter und stachen meine Mama und mich. Das tat mir so weh und Mama versuchte immer, mich mit ihren Tatzen zu verteidigen.

Eines Tages kam einer der Zweibeiner, der immer am gemeinsten mit den Stangen war, in unseren Käfig und hat nicht gemerkt, dass er das Gitter zwischen uns und ihm nicht geschlossen hatte. Mama wartete, bis er nah genug war und dann stürzte sie sich auf ihn. Sie verbiss sich in seinen Körper und schleuderte ihn durch den Käfig.

Dann knallte es ganz schlimm und Mama bewegte sich nicht mehr. Sie schleiften sie aus dem Käfig und ich war ganz alleine. Und es war kalt. Und ich hatte Hunger. Sie schmissen mir einen Brocken hin, aber das kannte ich noch nicht. Ich hatte doch immer an Mamas Milchbar getrunken.

Doch ich hatte Hunger und nagte an dem Brocken. Irgendwann kam eine Zweibeinerin und stellte mir einen Napf mit weissem Wasser , das so ähnlich schmeckte wie das Fresschen von Mama. Ich schleckte alles aus und dann kam die Zweibeinerin und setzte sich zu mir. Sie war sehr lieb und so lies ich es zu, dass sie mich anfasste. Mir fehlte doch die Wärme meiner Mama so sehr.

Sie nahm mich auf den Arm und trug mich aus dem engen Käfig heraus. Ab dann durfte ich bei der Zweibeinerin wohnen und sie war sehr lieb zu mir. Ich bekam am Anfang noch die „Milch". Aber nach und nach gab sie mir anderes Fresschen. Und das war auch sehr lecker. So wurde ich immer größer und ich liebte meine Ersatz-Mama sehr.

Doch dann kam der Tag, als Zweibeiner zu uns kamen und mich einfach einpackten. Sie steckten mich in eine Box und meine Ersatz-Mama rannte hinter ihnen her und ganz viel Wasser lief aus ihren Augen.

Aber ich wurde in eine Kiste gepackt und in ein großes Auto gepackt. Lange waren wir unterwegs und irgendwann stoppte dieses Auto. Ich wurde herausgeholt und zwei grobe Zweibeiner zerrten mich aus meiner Kiste. Vor Angst biss ich dem Einen in die Hand. Und da machte ich das erstemal damit Bekanntschaft, was meine nächsten Jahre bestimmen sollte: Schläge mit dem Stock! Und das tat so weh. Und sie hörten erst auf, als ich am Boden lag. So ließen sie mich liegen. Mehrere Tage lang. Ich lag in meinem eigenen Dreck und bekam nur eine Schale schmutziges Wasser.

Nach einigen Tagen kam der ganz brutale Zweibeiner und brachte mir eine Schale mit stinkendem Essen. Aber es war mir egal. Ich hatte so großen Hunger. Danach bekam ich schlimme Bauchschmerzen und schlimmen Durchfall. Und darin musste ich leben.

Doch das war mir auch schon egal. Es konnte ja nicht schlimmer kommen!

Dachte ich!

Dann holten mich die zwei aus meinem Käfig und brachten mich in einen anderen Käfig. Da wurde mir eine ganz heiße Nadel durch die Nase gesteckt. Solche Schmerzen hatte ich noch niemals gehabt. Ich wurde fast wahnsinnig vor Schmerzen. Aber das war noch nicht das Ende. Durch die frische Wunde wurde mir ein Eisenring gesteckt und daran zerrten die beiden. Mit wurde schwarz vor den Augen aber die beiden zerrten mich nach oben und banden den Ring ganz oben im Käfig an, so dass ich auf meinen Hinterbeinen stehen musste. Ich konnte den Kopf nicht drehen. Ich konnte mich nicht bewegen und schon gar nicht konnte ich mich hinlegen.

So „stand" ich drei Tage in dem Käfig. Ohne Essen, nur mit schmutzigem Wasser, das sie mir einflösten. Dann durfte ich mich endlich hinlegen. Und bekam von dem fauligen Essen. Aber es gab wenigstens etwas zu Essen!

Ich hatte kaum die Schale leergegessen, da zerrten mich meine Peiniger wieder an meinem Nasenring nach oben und banden mich an der Kette fest. Und ich stand wieder drei Tage lang. Und immer zeigten sie mir den Stock.

Das wiederholte sich immer und immer wieder. Und irgendwann lag ich nach der Tortur auf dem Boden und mein Peiniger kam und zeigte mir den Stock. Und ich stand auf und stellte mich auf meine Hinterbeine. Nur nicht wieder festgebunden werden!

Er lachte und sagte zu seinem Kumpel „Prima, der hats gelernt, dann können wir jetzt mit dem richtigen Training anfangen!"

Es war mir egal. Ich wollte nur eines: Schlafen!

Aber am nächsten Tag kam mein Peiniger wieder und zeigte mir den Stock. Und ich stellte mich auf meine Hinterbeine. Er zog mich über einen Platz und ich tapste auf zwei Beinen hinter ihm her.

In der Mitte des Platzes lag eine Platte unter der Rauch hervorquoll. Dort führte er mich hin. Als wir näher kamen, ertönte ein komisches Gedudel, die Zweibeiner nannten es Musik. Und ich wurde auf die Platte geführt. Und die war kochend heiß! Und ich durfte nicht hinunter! So tapste ich von einem Fuß auf den anderen. Es waren so schlimme Schmerzen. Und die Zweibeiner johlten und lachten. Sie schrieen „Tanz Bär, Tanz!"

Fortan ging das jeden Tag so. Wenn ich einmal wagte, mich auch nur ein wenig zu wehren, wurde an der Kette in meiner Nase gerissen und ich bekam Tagelang nichts zu essen.

Und irgendwann war es soweit. Wenn ich auch nur die Melodie von diesem furchtbaren Lied hörte, fing ich an zu „tanzen", vor Angst, dass die Schmerzen wiederkamen.

Das ging jahrelang. Und die Menschen, vor denen ich „tanzte" fanden mich niedlich. Aber keineer sah mir in die Augen.

Ich hatte mich aufgegeben.

Und dann kamen irgenwann zwei Menschen. Und als die Frau anfing zu sprechen, horchte ich auf! Das war doch meine Ersatz-Mama! Und ich richtete mich auf und fing an, sie zu rufen. Wir hatten einen Ruf, der uns beide verband. Und ich rief! Sie drehte sich um und sah mich. Ungläubig sagte sie „Mein Ben?" Und ich rieb meine großen Kopf an dem Gitter und sie kraulte meine Ohren.

Sie ging zu dem anderen Zweibeiner und sagte „Ben kommt mit, koste es was es wolle"

Und dann gingen sie mit meinen Peinigern in eine kleine Höhle auf Rollen. Und ich verlor wieder alle Hoffnung.

Doch dann ging alles recht schnell. Es wurde ein riesengoßer Kasten vor meine Gitterbox geschoben und da ging eine Klappe auf. Meine Ersatz-Mama stand an der Seite und rief nach mir.

Zuerst zögerte ich. Aber dann sprang ich in den Kasten und die Klappe ging zu. Es war so schön sauber hier drin und ich hörte die Stimme meiner Ersatz-Mama und wir rumpelten los.

Irgendwann stand die Kiste still und die Klappe öffnete sich. Und ich erblickte eine ganz große Fläche. Auf dem Boden weiches Gras. Bäume und leckeres Essen.

Zuerst traute ich ich kaum aus meiner Kiste. Aber dann machte ich den ersten Schritt auf den weichen Boden. Und noch einen und noch einen. Und das auf meinen vier Beinen! Nie mehr auf zwei Beinen.

Nie mehr ein Tanzbär sein!"

Flummi hatte sich neben Ben gesetzt und ihm aufmerksam zugehört. Er sagte: „ Mein großer Freund, wir haben eine Gemeinsamkeit, die Menschen lachen über uns und das was wir machen. Aber sie sind so dumm! Sie sehen nicht, dass Du Deine „Kunststücke" nur wegen der furchtbaren Schmerzen, die Du erleiden musstest, machtest.

Mich hat die Liebe zu meinem Herrchen und der Spaß an dem Rumgehopse getrieben. Und ein ganz klein wenig die Leckerlies. Und wenn mein Herrchen irgendwann hier ankommt, werden wir neue Kunststücke ausprobieren, mir ist nämlich hier oft langweilig!

Flummi legte sich nun zwischen die großen Pranken des Bären und schlief.

Der Zweibeiner, der Ben mitgebracht hatte, sagte, dass es ein großes Problem sei, zu unterscheiden, welche Tiere freiwillig und aus Spaß Kunststücke vorführten. Leider gibt es das noch ganz oft, dass Tiere mit Gewalt und durch Qual zu irgendwelchen Kunststücken gebracht werden.

Nicht jedem Tier geht es so gut wie unserem Flummi.

Und hoffentlich gehen in Zukunft noch mehr dieser sogenannten „Zirkusse" den Weg, keine Tiere mehr vorzuführen. Viele haben den Weg schon beschritten!

Ich werde mir heute noch viele Geschichten von den „Zirkustieren" anhören. Und vielleicht werde ich sie euch erzählen!

Aber zum Schluß eins: Unser Flummi ist kein Tanzbär!

Euer Teddy

DAS VERRÜCKTE HUHN

Hallo ihr lieben Freundinnen und Freunde. Ich habe mit den Tieren von dem Zirkus-Mann ganz viele Gespräche geführt und alle wollten mir ihre Geschichte erzählen. Und das waren zum Teil ganz schlimme Geschichten.

Aber es gab auch Tiere, die es richtig gut hatten bei ihren Zirkus-Eltern und die zu nichts gezwungen wurden. Aber die waren schon selten...

Doch heute will ich euch eine Geschichte erzählen, die ich immer noch nicht so richtig glauben kann.

Hexe und Kalli kamen zu mir unter meinen schönen Baum und fragten mich, ob ich mit zu Gudrun kommen wolle. Wir hatten schon länger nichts von ihr gehört und das konnte bei Gudrun heißen, dass es ihr gut ging, aber auch, dass sie sich auf dem Weg in eine Katastrophe befand oder vielleicht schon mittendrin war.

Also schloss ich mich den beiden an und wir schlugen den Weg zu der großen Weide mit den Rindern ein, mit denen Gudrun und ihre Freundinnen und Freunde nun lebte. Wir hatten die beiden Gruppen ja zusammengeführt, weil die beiden sich prima ergänzten. Die Hühner befreiten die Rinder von ihren Plagegeistern – die es bei uns ja auch gab, schließlich waren das ja auch Tiere - und die Hühner hatten leckeres Fresschen und sie liebten den Dung der Rinder.

Auf dem Weg zu Gudrun begegneten uns viele Tiere und alle schienen seltsam zufrieden. Meist waren es große Tiere und irgendwann begegnete uns das Tier mit den riesigen Ohren und der langen Nase von dem Zirkus-Mann. Es begrüßte uns mit einem ohrenbetäubenden Schrei aus seiner Nase. Dann ging Fant – so hiess der Große – in die Knie und wir konnten ihn anschauen. Er fragte uns, ob wir auch auf dem Weg zu der Wunderheilerin Gudrun und ihren Freunden seinen.

Wir schauten uns an und hatten tausend Fragezeichen in den Augen. Vorsichtig fragte ich ihn, was er damit meinte...

Und er sagte nur: „Wenn ihr einen Termin bei ihr wollt, müsst ihr viel Zeit mitbringen!"

Dann stand er auf und trottete davon.

Und wir standen da und waren vollkommen ratlos! Was war mit Gudrun los? Wunderheilerin? Sie war ein Huhn! Ein lustiges Huhn, ja! Ein liebes Huhn – ja! Ein verrücktes Huhn – sowieso!

Aber eine Wunderheilerin?

Gudrun? Niemals! Fant musste sie verwechseln!

Aber wir liefen nun etwas schneller.

Und irgendwann sahen wir aus der Ferne eine lange Schlange von Tieren vor einer Wiese stehen. Es waren fast alles große Tiere.

Und als wir näher kamen, sahen wir, dass ganz vorne an der Schlange Gudrun stand. Und neben ihr war ein Riesenhaufen von Gras, Zweigen, Ästen und Blumen. Und neben Gudrun standen ihre Freundinnen und auch der große Hahn in einer Reihe.

Dann waren wir an der langen Schlage von Tieren angekommen. Wir wollten an ihnen vorbeigehen.. Aber das war gar nicht so einfach! Die Tiere in der Warteschlange wurden böse und manche hauten und bissen nach uns.

Was war denn hier los? Wir waren auf der friedlichsten Wiese und unsere Mitbewohner bissen nach uns? Das verstieß ganz klar gegen alle Regeln!

Dann hatten wir uns zu Gudrun vorgekämpft, bei der gerade ein großes Shire-Horse sein großes Maul voll frischem Heu ablud. Gudrun scharrte es zur Seite und rief eine der Freundinnen, die neben ihr zu warten schien. Sie schickte es zu dem riesigen Pferd, das Huhn hüpfte auf ihn und sie trabten von Dannen.

Jetzt sah sie uns. Und sie gackerte sofort los. „Wie schön, dass ihr da seid! Welche Behandlung möchtet ihr? Flöhe? Zecken? Ohrmilben? Oder das ganze Programm?

Natürlich bekommt ihr einen Sondertarif! Sagen wir – für jeden zwei Regenwürmer für eine Komplettbehandlung!"

Wir sollten Tiere dafür opfern, damit wir von Plagegeistern befreit würden? Hier auf der Wiese duften keine Tiere getötet werden. Und schon gar nicht, weil ein anderes Tier einen Profit damit machen wollte!

Und dann sahen wir die Rinder. Ich ging zu Erika und zu El Blanco. Und ich fragte, was aus dem Zusammenleben mit den Hühnern geworden war.

El Blanco schüttelte traurig seinen riesengroßen Kopf und sagte „Das war am Anfang so schön. Wir hatten keine Plagegeister mehr und die Hühner waren auch zufrieden. Aber dann kam eines von den Wildwutzen und bot Gudrun leckeres Fresschen dafür an, dass auch er von seinen Plagegeistern befreit würde.

Und da witterte unsere Gudrun ein Geschäft! Sie sagte zu der Wildwutz, dass er ihr schmackhafte Blümchen bringen sollte und sie ihm dann eine Freundin bringen würde.

Und das sprach sich herum! Immer mehr kamen und brachten leckeres Fresschen mit. Obwohl unsere Wiese alles bietet, was ein Tier braucht. Und unsere Fladen sind ja auch sehr nahrhaft.

Aber nun hatten unsere Freundinnen keine Zeit mehr für uns. Und auch den stolzen Hahn spannte sie in ihre Geschäfte ein. Wir sind sehr unglücklich und möchten gerne, dass Du die Hühner wieder wegbringst!"

Dann senkte er den Kopf und trottete davon.

Ich ging zurück zu Gudrun und sagte ihr, dass sie mit mir kommen solle. Sie drehte sich nicht einmal zu mir herum und gackerte nur „Ich habe jetzt keine Zeit, siehst Du nicht, dass ich hier Arbeit habe?"

Und da platzte mir das erste Mal, seit ich hier im Regenbogenland war, der Kragen. Ich schnappte mir das Huhn im Genick und trug es einfach weg. Es flatterte und gackerte, aber es war mir egal!

Irgendwann ließ ich sie los und sie wollte wieder zurück zu ihren „Kunden" rennen. Und da hatte ich die Schnauze voll! Ich schmiss sie auf den Rücken und hatte sie an der Kehle. Ganz langsam drückte ich zu und sie merkte, dass ich es ernst meinte.

Sie war nun vollkommen still und ich öffnete langsam meinen Fang. Und sie blieb brav liegen!

Allerdings schaute sie mit einem Auge immer in Richtung ihrer „Kunden".

Ich grollte nur „Wage es nicht...!"

Und dann hielt ich ihr einen Vortrag über das Zusammenleben hier auf der Regenbogenwiese. Aber sie musste wie immer dazwischengackern. „Ja aber warum soll ich denn den Rindern das Ungeziefer aus dem Fell picken, wenn ich von anderen Tieren leckeres Fresschen dafür bekomme?"

Und plötzlich tauchte direkt über Gudrun eine kleine Wolke auf. Und sie fing an zu regnen! Und sie regnete nur auf Gudrun. Ich schaute hinauf und dachte „ok, spät, aber besser als nie!" Und Gudrun fand das überhaupt nicht toll. Egal, in welche Richtung sie rannte, die Wolke folgte ihr und regnete sie voll.

Wir schauten uns das Schauspiel eine Zeit an und dann gingen wir zu den wartenden Tieren und sagten ihnen, dass sie sich zu den Rindern auf die Wiese gesellen sollten. Und den Hühnern und dem Hahn erklärten wir, dass sie sich nun ein Tier aussuchen konnten und es von den Plagegeistern befreien durften.

Alle – insbesondere Erika und ihre Freundinnen - freuten sich und die Hühner hüpften durch die Gegend und pickten hier und pickten da.

Und Gudrun sammelten wir mitsamt ihrer Wolke ein. Die musste noch ein wenig Nachhilfe in Sachen Regenbogenland bekommen.

Sie musste in die Obhut von einem Respektwesen! Und das war ganz klar Oma-Frauchen!

So gingen wir mit ihr und ihrer Wolke zu der geheimen Brücke. Auf der anderen Seite stand Oma-Frauchen und das patschnasse Huhn watschelte über die Brücke. Dort nahm Oma-Frauchen sie in die Arme und sofort verflüchtigte sich die Wolke.

Oma-Frauchen nahm die patschnasse Gudrun mit auf ihre Bank und die legte sich neben sie und schlief ein.

Sie würde unsere verrückte Gudrun wieder in die Spur bringen!

...Hoffentlich!

Gute Nacht, euer Teddy

DER GLITZERNDE BAUM

Hallo ihr Lieben, hier ist euer Teddy.

Mit unserer Gudrun haben wir immer noch viel Spaß! Sie will einfach nicht einsehen, dass sie ihr Geschäft mit der „Vermietung" ihrer Artgenossen nicht fortführen darf.

Immer wieder büchst sie bei Oma-Frauchen aus und will zurückwandern.

Aber wir können sie immer schnell wieder einfangen. Denn jedesmal wenn sie über die geheime Brücke zurück auf unsere Wiese geht, kommt die kleine Wolke, setzt sich über Gudrun und fängt an zu regnen.

So müssen wir immer nur an unserem strahlend blauen Himmel nach einer kleinen Regenwolke aus der es unablässig regnet, Ausschau halten.

Dann können wir unsere patschnasse Gudrun wieder einfangen und sie zu Oma-Frauchen zurückbringen.

Doch heute bekam ich einen Ruf von Claire, der Mama von Madeleine.

Ich begab mich also zuammen mit Hexe zu der geheimen Brücke, wo Claire schon auf uns wartete. Ich fragte sie, wo denn die kleine Madeleine sei, denn seit ihrer Ankunft auf der ewigen Wiese hatte sich Claire nicht einmal von ihrer geliebten Tochter getrennt.

Sie antwortete, dass es eine Überraschung für Madeleine geben solle und sie deshalb ihre geliebte Tochter bei ihrer Oma und Joie gelassen hatte.

Wir fragten, was es denn für eine Überraschung für Madeleine geben solle und ob es einen besonderen Anlass dafür gäbe.

Sie sagte: „Mein Kind hat bald Geburtstag. Auch wenn es das hier eigentlich nicht gibt, möchte ich doch meiner Madeleine noch ein einziges Mal einen schönen Überraschungstag bescheren. Doch weiß ich nicht, was ich hier für sie machen darf oder kann.

Essen und trinken gibt es hier nicht. Wir haben ja niemals Hunger oder Durst. Die irdischen Spielsachen brauchen wir hier auch nicht und Freundinnen hat sie außer ihrer geliebten Joie auch nicht.

Aber durch ihre Krankheit konnten wir die letzten Jahre vor ihrem Gang über die Brücke niemals richtig Geburtstag feiern. Immer musste sie Alleine sein, durfte keine Freundinnen haben. Natürlich haben wir ihr all unsere Liebe geschenkt, und was mit Geld zu kaufen war und war wir ihr geben durften, haben wir ihr geschenkt.

Nur an ihrem letzten Geburtstag hatte sie endlich eine kleine Freundin, mit der sie das Zimmer teilte. Mit ihr war sie fröhlich. Mit ihr konnte sie ihr Leid und ihre Schmerzen teilen. Aber sie ging dann auch vor Madeleine. Ihr Name war Josephine..."

Wir versprachen ihr, dass wir uns etwas Wunderschönes für unseren kleinen Sonnenschein einfallen lassen würden.

So gingen wir zurück und berieten uns mit unseren Freunden in der Gruppe.

Als erstes meldete sich unsere Maus Merlin zu Wort: „Wir können Verstecken spielen!"

Wir dankten unserer Supermaus und versprachen ihm, demnächst mit ihm und Madeleine Verstecken zu spielen. Doch für den Geburtstag mussten wir uns etwas Besonderes einfallen lassen.

Wir würden auf alle Fälle Oma-Frauchen, den Katzenmann mit seiner Gruppe und den Zirkus-Mann mit seinen Tieren einladen. Vielleicht könnten ja die Tiere aus der Zirkus Truppe etwas Schönes machen. Natürlich nur, wenn sie es selbst wollten. Zwang hatten sie in ihrem Leben viel zu oft erfahren müssen und viele von ihnen wollten niemals mehr ein Kunststück vorführen.

Poco wollten wir auch mit seinen Freunden einladen und auch Erika und der Stier El Blanco sollten kommen.

Mitten in unsere Überlegungen rief uns der Regenbogen. Wir dachten, ein Neuankömmlich sei unterwegs und Hexe und ich begaben uns zur Brücke. Doch der Regenbogen schickte uns dieses Mal keinen Neuankömmling, sondern er geleitete uns in die Mitte der Wiese, wo der wunderschöne und steinalte Baum stand. Der an den besonderen Tagen immer wunderschön geschmückt war und der heute an seinen Ästen lange glitzernde Bänder hängen hatte, die wunderschöne Melodien spielten. Darüber blieb der Regenbogen stehen und leuchtete in seinen schönsten Farben.

Wir gingen zu der geheimen Brücke. Dort standen schon Claire, Oma-Frauchen und Madeleine mit ihrer Joie auf dem Arm. Madeleine war ganz aufgeregt.

„Ich habe heute Geburtstag!" sagte sie und Hexe und ich gratulierten ihr herzlich. Das hübsche kleine Mädchen hatte wieder ein hübsches Blümchenkleid an und die honigblonden Haare waren zu Zöpfen geflochten, die lustig auf und ab wippten.

Nun nahmen wir sie in unsere Mitte und sie hüpfte aufgeregt zwischen uns her. Dann sah sie den wunderschön geschmückten Baum, der in der Sonne glitzerte.

Unter dem Baum standen alle Freunde der Frauchen Gruppe und der Katzenmann mit all seinen Miezen. Als wir näher kamen, hörten wir, dass all die Fellnasen laut schnurrten.

Das kleine Geburtstagskind freute sich so sehr und ihr Mama vergoß leise Tränen der Freude.

Dann sahen wir aus der Ferne das große Nasentier von dem Zirkusmann. Bei ihnen waren alle Tiere, die von Menschen so schlimm behandelt worden waren.

Als sie näher kamen, war der Anführer nicht unser Zirkus-Mann, sondern ein Wesen, was ganz bunt im Gesicht war und eine riesengroße rote Nase hatte. Und bunte Felle und riesengroße Füße! Was war das?

Und Madeleine juchzte! „Ein Clown! Immer schon hatte ich mir einen Clown gewünscht!"

Und der Clown trat vor und mit ihm kam Ben nach vorne und stellte sich auf seine Hinterbeine. Fant setzte sich auf seinen großen Poppes und hob auch seine dicken Vorderbeine und reckte seine lange Nase in den Himmel. Und dann trompetete er ganz laut. Die anderen Tiere stellten sich um die drei herum. Die großen Katzen setzten sich auf ihre Hinterbeine und winkten mit den Vordertatzen.

Madeleine stand mit offenem Mund vor den Tieren und dann rannte sie zu Fant und schmiegte sich an ihn. Der nahm sie vorsichtig mit seiner großen Nase hoch und setzte sie auf seinen Kopf zwischen die riesengroßen Ohren.

Dann senkte er sich auf seine vier großen Beine und lief mit Madeleine auf seinem Kopf einmal um den glitzernden Baum.

In der Zwischenzeit kam dieser „Clown" zu Claire und uns und wir erkannten den Zirkusmann.

Er sagte:"Ich hatte mir geschworen, dass ich niemals mehr dieses Kostüm anziehen würde. Aber ich wusste von dem größten Wunsch von

Madeleine. Und so seht ihr mich ein letztes Mal als Clown. Meine tierischen Freunde hatten sich beraten und alle, die jetzt hier für Madeleine noch einmal ihre Kunststücke vorführen, machen das mit Freude und für unser kleines Mädchen!"

Dann sahen wir aus der Ferne eine große Staubwolke. Poco, Paco und ihre Freunde kamen. Ob sie auch noch eine Überraschung für Madeleine brachten?

Als sie näher kamen, sahen wir, dass auf Poco ein menschliches Wesen mit wehendem schwarzem Haar saß. Und auf Paco saß ein großer weisser Hund.

Madeleine stand wie erstarrt und flüsterte nur „Josephine!"

Dann rannte sie los und Poco legte sich ins Gras und das Mädchen sprang von seinem Rücken und rannte zu Madeleine.

Es war ihre letzte Zimmerkameradin, ihre letzte und einzige Freundin.

Die beiden umarmten sich und dann schauten sie sich an und Madeleine sagte „Sie sind Schwarz!" und Josephine ließ eine Strähne von Madeleines Haare durch ihre Finger gleiten und sagte nur „Deine sind Blond!"

Dann lachten beide, fassten sich an den Händen und tanzten im Kreis. Und wollten nicht mehr aufhören.

Irgendwann kamen die beiden zu uns und Claire schloß die kleine Josephine in die Arme. Mittlerweile war auch der weisse Hund an der Seite des Schwarzhaarigen Mädchens angelangt und legte seinen Kopf in ihre Hand.

Sie sagte „Das ist Snow, meine Familie! Meine Eltern sind noch nicht hier und ich habe nur meinen geliebten Hund, der schon vor mir hier war."

Oma-Frauchen und Claire schauten sich an und sagten, dass Josephine mit Snow nun bei ihnen sein sollte, bis ihre Eltern eines Tages kamen. So konnten die beiden Freundinnen immer beisammen sein.

Es war ein wunderschöner Tag und dann gingen alle wieder ihrer Wege.

Hexe und ich gingen noch mit bis zur geheimen Brücke und dann liefen wir nach Hause.

Wir waren nun etwas müde und freuten uns darauf, nur wieder die Ruhe unserer Weise zu genießen.

Und dann sahen wir aus der Ferne eine kleine Wolke, aus der es regnete...Gudrun!!!

Keine Ruhe!

Gute Nacht, euer Teddy!

SUNNY

Hallo, hier ist euer Teddy. Wir hatten einen wunderschönen Geburtstag von Madeleine gefeiert. Doch das Schönste war, dass sie ihre geliebte Freundin Josephine wiedergefunden hatte. Die beiden lernten sich im Krankenhaus kennen und hatten ihre letzten Wochen auf der Erde gemeinsam verbracht.

Nun waren sie gemeinsam mit Madeleines Mama und unserem Oma-Frauchen auf der ewigen Wiese. Manchmal besuchten wir sie dort und freuten uns immer, wie glücklich unser kleiner Sonnenschein jetzt war. Ihre beiden Herzenstiere, der weisse Snow von Josephine und das Glückskätzchen Joie von Madeleine waren dicke Freunde geworden und Snow passte immer auf die kleine Joie auf.

Doch heute empfing ich wieder einen Ruf des Regenbogens. Der Ruf galt nur mir, so machte ich mich auf den Weg und sah schon von Weitem den Regenbogen strahlen.

Doch irgendwie schien etwas mit meinen Augen nicht in Ordnung zu sein. Der Regenbogen flackerte! Er wurde heller und blasser, dann war er ganz weg, dann war er wieder da.

Das gab es noch nie!

Ich blieb stehen und beschloss einen Moment zu warten, um mich zu vergewissern, dass mir meine Augen keinen Streich spielten.

So setzte ich mich ins Gras und beobachtete den Regenbogen. Und es setzte sich fort: Er wurde strahlend hell, dann wieder ganz blass. Dann war er verschwunden und kurz darauf wieder da.

Ich verstand das nicht und ging dann in die Richtung der Brücke um diesem merkwürdigen Phänomen auf den Grund zu gehen.

Da war plötzlich unsere allwissende Hexe neben mir. Da sie den Regenbogen nicht sehen konnte, weil der Ruf ja nur an mich gegangen war, erzählte ich ihr das seltsame Verhalten des Regenbogens.

Sie bleib stehen und erklärte mir, dieses Phänomen bedeutete, dass ein Zwei- oder Vierbeiner mit dem Tod rang. Es stand noch nicht fest, ob er oder sie über die Brücke gehen würde. In diesem Moment war er dem Tod näher als dem Leben.

Auf alle Fälle stand er oder sie schon am Fuß der Brücke und der Regenbogen reagierte. Je schwächer die Farben des Regenbogens, umso größer waren die Chancen, dass das Tier oder der Zweibeiner überleben würde.

Ich beschloß, mir die Sache aus der Nähe anzusehen.

Als ich bei der Brücke angelangt war, waren die Farben des Regenbogens schwach, aber noch zu sehen.

Ich stieg die Stufen der Brücke hinauf und sah am anderen Ende einen kleines süßes Hundemädchen. Sie lag da und dann sah ich, dass ihr eines Beinchen nur halb da war. Sie schien zu schlafen, also ging ich leise über die Brücke und setzte mich neben die Kleine.

Sie war so klein, viel kleiner als ich. Und sie zuckte und schien Schmerzen zu haben. Aber ich spürte, dass sie noch nicht bereit war, über die Brücke zu gehen.

So wartete ich, bis sie erwachte und als sie mich sah erschrak sie und wollte nach mir schnappen.

Doch ich sagte ihr, dass sie keine Angst haben müsse. Ich erklärte ihr, dass ich der Teddy bin und sie abholen solle.

Sie schaute mich verständnislos an und fragte mich, wohin sie mit mir gehen solle. Und wo denn ihr geliebtes Frauchen sei.

So erzählte ich ihr, wo ich sie hinbringen würde und dass ihr Frauchen irgendwann auch zu uns kommen würde. Und dass sie hier auch wieder ihre vier gesunden Beinchen und keine Schmerzen haben würde.

Sie blickte mich lange an, dann schüttelte sie langsam ihren hübschen Kopf mit den lustigen Puschelohren.

Dann sagte sie:

„Nein, das geht nicht! Auch wenn ich keine Schmerzen mehr habe und wenn meine vier Beinchen wieder da sind, ich kann nicht mitgehen! Ich muss bei meiner lieben Menschen-Mama und bei meiner Tochter und meinem Kumpel bleiben! Und ich will nicht von Mama weg! Auch wenn ich ganz viel Aua habe!"

Ich bewunderte den kleinen Knirps für seine Worte. In dem kleinen Körper schien ein Löwenherz zu wohnen!

So fragte ich sie, was denn passiert sei.

Und sie fing an zu erzählen:

„Ich bin Sunny. An dem bösen Tag war ich mit dem großen Menschen-Welpen von Mama Gassi. Ich führte ihn wie immer an dem Bändchen spazieren. Zweibeiner können ja ganz schlecht alleine laufen! Wir waren dort unterwegs, wo ich immer mein Pipi und Kacka machten.

Plötzlich kam eine alte Zweibeinerin mit einem großen Artgenossen um die Ecke. Der Artgenosse strotzte nur so vor Kraft und die Alte konnte ihn kaum halten. Man spürte, dass der Große nicht oft rennen durfte. So machte der sein Geschäft und die Alte wollte ihn wieder hinter sich in das Haus hineinzerren. Die hatte wohl keine Lust auf Gassi. Das machte den großen Artgenossen richtig wütend.

Er versuchte, sich zu befreien und zerrte an seinem Strick. Die Alte konnte ihn nicht mehr halten und so stürzte sich der Hund – ein großer Schlittenziehhund – auf mich und verbiss sich in meinem Beinchen.

Irgendjemand oder irgendetwas schrie ganz furchtbar, bis ichmerkte, dass ich das war. Irgendwann liess der Hund von mir ab und ich hatte so schlimme Schmerzen. Aus meinem Beinchen lief der rote Saft.

Meine Mama war fast verrückt vor Sorge und sie raste mit mir zum Onkel Doktor. So hatte Mama den Zweibeiner damals genannt, als ich schon mal so sehr krank war. Der gab mir sofort einen Pieks, dann noch einen und dann hatte ich plötzlich keine Schmerzen mehr.

Als ich wieder wach wurde, hatte ich zwar keine Schmerzen mehr, aber ich hatte auch das eine Vorderbeinchen nicht mehr! Statt dessen war da so ein kleiner Stummel aus dem lange Schläuche wuchsen.

Ich war ganz schwummselig und schlief auch gleich wieder ein.

Von Weitem hörte ich, wie der Onkel Doktor zu Mama sagte, dass ich noch nicht über den Berg sei. Hä? Wir waren doch gar nicht wandern.

Und dann bin ich wieder eingeschlafen.

Als ich wieder kurz wach wurde, spürte ich, dass ich einmal Pipi machen musste. Ich wollte aufstehen und bin sofort auf die Nase gefallen. Da vorne fehlte was! Und mein Pipi ist in so einen komischen Lappen gelaufen, den sie mir um das Bauchi gebunden hatten.

Ich lag in einer kleinen Box und über mir war eine schöne warme Sonne. Aber ich war dauernd ganz müde und Frauchen war die ganze Zeit da.

Sie war bei mir und hielt mich in ihren Armen. Ich hatte zwar schlimmes Aua, aber sie steckte mir ein Stückchen von meiner geliebten Leberwurst ins Mäulchen. Die schmeckte zwar komischerweise etwas bitter, aber danach hatte ich kein Aua mehr. Überhaupt, dauernd gab sie mir komisch schmeckende Leberwurst...

Und sie steckte mir dauernd etwas in den Poppes, was piepte und sie freute sich immer, wenn sie irgendwelche Zahlen sagte, die „kein Fieber" bedeuteten.

Und dann sagte der Onkel Doktor, dass ich „über den Berg" sei."

In diesem Moment verschwand der Regenbogen und die kleine Sunny war weg.

Ich ging langsam zu Hexe zurück und erzählte ihr von Sunny.

Die Kleine und ihre Mama ging mir nicht aus dem Sinn.

Also besuchte ich sie nach einigen Tagen in ihrem Zuhause. Sunny hatte so ein Dings um den Stummel, was die Menschen „Strumpf" nennen. Doch sie hatte sich schon ein wenig an das Stummelchen gewöhnt und fiel nicht mehr dauernd auf die Nase.

Aber sie hatte immer noch große Angst, wenn sie dort Gassi gehen sollte, wo der große Hund sie angefallen hatte.

Aber ihr liebes Frauchen tat alles was ein Mensch tun konnte um der kleinen Sunny zu helfen und ihre Schmerzen zu lindern.

Ich werde Sunny und ihr Frauchen immer wieder besuchen und mein Frauchen liest auch immer die Berichte von den beiden. Dabei spitze ich ihr über die Schulter und freue mich über die Fortschritte, die unsere kleine tapfere Maus Sunny macht!

Wir wollen sie noch lange nicht hier im Regenbogenland sehen!

Gute Nacht, ich bin so froh, dass heute einmal ein Tier zurück zu ihrem Frauchen durfte! Auch wenn es hier noch so schön ist, was würde ich dafür geben, wenn ich wieder bei meinem Frauchen sein könnte!

Euer Teddy

WEG DER BESINNUNG

Hier ist wieder euer Teddy. Wir machen uns etwas Sorgen um unsere kleine Heldin Sunny, die ja schon auf der Regenbogenbrücke war und so sehr gekämpft hat, dass sie wieder zu ihrem Frauchen zurück konnte.

Aber jetzt muss sie noch einmal an ihrem Stummelchen operiert werden und wir alle drücken Daumen, Pfoten, Tatzen und Hufe, dass alles gut geht.

Um mich etwas abzulenken, fragte ich Hexe, ob wir einmal zu Oma-Frauchen gehen wollen, um zu sehen, was unser verrücktes Huhn Gudrun so macht. Wahrscheinlich hat sie auf der ewigen Wiese schon alle um den Verstand gebracht.

Ein ganz klein wenig schlechtes Gewissen hatte ich ja schon, dass ich Oma-Frauchen unser geschäftstüchtiges Huhn auf das Auge gedrückt hatte.

Am Anfang gab es ja schon einige Schwierigkeiten und Gudrun war einige Male von der ewigen Wiese ausgebüchst. Aber dank der kleinen Wolke, die sie überall hin begleitete, haben wir sie immer schnell gefunden.

Da wo es regnete war Gudrun!

Irgendwann kamen wir bei der geheimen Brücke an und sahen Oma-Frauchen mit Claire, Madeleine und Josephine auf der Bank sitzen. Ihre Tiere spielten vor der Bank im Gras. Claire hatte mittlerweile eine kleine weisse Perserkatze adoptiert, die keine Menschen gekannt hatte. Fleur – Blume – spielte mit den anderen und alle schienen sehr zufrieden.

Keine Spur von Stress! Man könnte auch sagen: Keine Spur von Gudrun! Und von der Wolke. Strahlend blauer Himmel wohin man auch sah!

Wir gingen zu der Bank und die Begrüßung war wie immer sehr herzlich.

Oma-Frauchen bemerkte unseren fragenden Blick, lachte und sagte : „Ihr sucht Gudrun! Nun ja, die haben wir als geheilt entlassen. Sie ist auf dem Weg zu ihren Hühnerfreundinnen. Nachdem sie sehr oft nass geworden ist, hat sie eingesehen, dass es nicht richtig ist, ihre Freundinnen an andere Tiere zu „vermieten" und damit Futter zu verdienen. So durfte sie denn gehen. Aber ihre Wolke ist sie nicht losgeworden. Die Wolke begleitet sie weiter und bei dem kleinsten Rückfall wird Gudrun wieder nass.

Aber wir glauben, dass sie ihre Lektion gelernt hat! Wir haben ihr deutlich gemacht, dass die Wolke sie beobachtet und wenn sie nicht den richtigen Weg geht, wird sie auf den Weg der Besinnung geschickt!

Der Weg der Besinnung!

Dieser Weg steht eigentlich vor dem Gang über die Regenbogenbrücke . Es ist ein karger Weg durch eine karge Landschaft.Und eigentlich ist er für Zweibeiner, die zwischen der ewigen Wiese und dem Gang in die Verdammnis stehen. Auf diesem Weg – und es ist ein sehr langer Weg – haben sie die Möglichkeit, über ihre Fehler nachzudenken und zu bereuen.

Der Mann von Frauchen, das Herrchen von Hexe, Ziemzer, Buffy, Wutti und einigen anderen musste diesen Weg gehen, bevor er über die Brücke gehen durfte. Weil er eigentlich ein sehr lieber Zweibeiner war, der nur irgendwann auf einen falschen Weg abgebogen ist.

Tiere gehen diesen Weg in der Regel nicht. Tiere sind nicht von Natur böse, wenn, dann werden sie von den Zweibeiner böse gemacht. Wenn sie ins Regenbogenland kommen, gehen sie zu ihrer ursprünglichen Natur zurück und legen alles Böse, was ihnen beigebracht wurde, ab.

Doch es gibt Tiere, die haben eine Windung im Kopf, die irgendwann falsch abgebogen ist und sie bekommen die Möglichkeit auf dem Weg der Besinnung diese Windung wieder in die richtige Bahn zu lenken.

Wir hatten gehofft, dass unsere Gudrun es mit Hilfe von Oma-Frauchen geschafft hat, die Windung in ihrem Hirn wieder glatt zu ziehen!

Also machten wir uns auf den Weg zurück auf unsere Wiese.

Kurz vor der geheimen Brücke kam uns der Katzenmann entgegen und bog sich vor Lachen. Ich fragte ihn, was ihn so sehr amüsierte. Er prustete los und sagte nur „Gudrun!"

Oh nein, was war jetzt schon wieder?

Wir warteten, bis sich der Katzenmann beruhigt hatte. Dann sagte er: „Gudrun hat ein Wettbüro aufgemacht!"

Ein – WAS?

Was war ein Wettbüro? Das hatten wir noch niemals gehört! Wir sahen den Katzenmann vollkommen verständnislos an und nicht einmal meine Hexe wusste eine Antwort!

Er setzte sich zu uns und fing an zu erzählen. „In meinem ersten Leben auf der Erde, bevor ich anfing Katzen zu retten, war ich oft in solchen Wettbüros. Da setzen Menschen ihr Geld auf irgendwelche unsinnigen Sachen. Zum Beispiel, wer in einem sportlichen Wettkampf gewinnt. Und ich habe ganz viel Geld gesetzt und immer verloren. Bis ich gar nichts mehr hatte und mich auf das Wesentliche im Leben konzentriert habe: Die Tiere.

Aber viele Menschen verspielen – so heisst das, wenn sie ihr ganzes Geld hergeben – alles was sie haben.

Doch bei Tieren habe ich das noch niemals erlebt.

Aber Gudrun hat das „Plagegeister-Wettessen – Wetten" erfunden. Auf der Wiese, auf der ihre Freundinnen und die Rinder wohnen, holt sie immer zwei Rinder und zwei Hühner heraus. Die Tiere, die vor der Wiese stehen, dürfen dann sagen, wer von den beiden Hühnern die meisten Plagegeister wegpickt. Dazu steht eine Eule als „Schiedsrichter" dabei.

Aber anders als beim „Wettbüro" können die Tiere, die ihren Tipp abgeben nichts gewinnen. Ganz im Gegenteil, sie müssen – um mitmachen zu dürfen – an Gudrun Blümchen, Gras oder andere Leckereien abgeben. Und Gudrun gibt einen winzigen Teil an ihre Freundinnen ab. Aber das meiste behält sie für sich!"

Gudrun!

Wir machten uns auf den Weg und schnell kamen wir zu der Wiese, wo die Hühner und die Rinder eigentlich in einer wunderbaren Symbiose zusammenleben sollten.

Aber da war die kleine Wolke!

Sie stand am Himmel und regnete unablässig. Nein – sie schüttete! Das musste diese Huhn doch beeindrucken. Gudrun musste doch schon bis auf die letzte Feder patschnass sein!

Als wir näher kamen, waren wir fassungslos.

Gudrun sass unter einem großen Stier. Über dem Stier war die Wolke und regnete und regnete. Und der Stier war klatschnass.

Und Gudrun war trocken!

Dieses Huhn war unglaublich! Wir gingen zu ihr. Gerade stand ein großer Hirsch vor ihr und hatte in seinem Geweih wunderbares frisches Gras, was er neben dem Stier niederlegte.

Das freche Huhn sagte zu ihm, dass er einen Moment warten müsse, die beiden nächsten Runden würden gleich anfangen. Dann kamen zwei Rinder mit zwei Hühnern auf dem Rücken.

Gudrun rief laut „pööööörk" und die Hühner fingen wie wild an zu picken. Es dauerte einen Moment, dann rief Gudrun wieder „pööööörk" und die Hühner hörten auf zu picken

Nun rief unser geschäftstüchtiges Huhn die Schiedseule zu sich und gackerte mir ihr. Dann schaute sie in die Runde und deutete mit ihrem Flügel auf ein dickes Wildschwein und sagte „Du hast gewonnen, du darfst mir noch mehr Futter bringen!" Und das Wildschwein freute sich und rannte davon, um noch mehr Gras für Gudrun zu holen.

Wir waren sprachlos! Was war das für ein Huhn?

Und die Wolke regnete gnadenlos auf den Stier herab...

Wir gingen zu Gudrun und holten sie unter dem patschnassen Stier hervor. Sie war total empört, plusterte ihre Federn auf und schlug mit den Flügeln.

„Was wollt ihr denn? Was mache ich denn jetzt schon wieder falsch? Ich habe keine meiner Freundinnen vermietet, so habe ich es versprochen! Wir machen nur ein lustiges Spiel und dass die mir alle Leckerlies bringen, da kann ich gar nichts dafür!"

Unsere Gudrun war unbelehrbar!

So schickten wir die Wartenden weg und sagten ihnen, dass sie ihre Geschenke wieder einsammeln sollten und dass in Zukunft die Blümchen, das Gras und die Zweige da zu bleiben hätten, wo sie hingehörten: Auf die Wiese und an die Bäume.

Schnell zerstreute sich die Gruppe in alle Winde und Gudrun stand alleine unter ihrer Wolke vor uns.

Plotzlich hörte die Wolke auf zu regnen und zog ein kleines Stück von uns weg. Und dann schickte sie einen großen Blitz herunter auf die Wiese.

Die Wolke bewegte sich und etwas befahl uns, der Wolke zu folgen. Mit Gudrun.

So zogen wir los, die Wolke über Gudrun und immer, wenn sie einen Satz mit „ja aber ich hab doch nix falsch gemacht" anfing, kamen dicke Tropfen aus der Wolke.

So war Gudrun irgendwann still und ergab sich in ihr Schicksal.

Irgendwann kamen wir an der großen alten Brücke an. Dieses Mal spannte sich der Regenbogen nicht über die Brücke. Es war einfach nur eine uralte Holzbrücke.

Und nun war es das erstemal, dass ein Tier wieder zurück über die Brücke musste.

Wir erklärten Gudrun, dass sie nun den Weg der Besinnung gehen müsse und dass sie irgendwann, wenn sie für würdig gehalten werde, wieder zu uns zurück kommen dürfe.

So betrat sie die Brücke und watschelte langsam zur anderen Seite.

Dort sah sie die vielen Zweibeiner, die langsam den Weg der Besinnung entlang gingen.

Sie drehte sich noch einmal herum zu uns und gackerte „Vielleicht mache ich ein Kiosk auf."

Dann hüpfte sie die Treppe hinunter und begab sich auf den Weg der Besinnung...

Gudrun! Wir werden sie wiedersehen!

Gutd Nacht, euer Teddy

DIE EWIGE FRAGE

Hallo ihr lieben Freundinnen und Freunde, hier ist euer Teddy

Viele von euch bitten mich immer mal wieder nach ihren geliebten Tieren, die über die Brücke gehen mussten, zu schauen oder sie an der Brücke abzuholen.

Ich möchte euch so gerne den Gefallen tun, aber das kann ich leider nicht. Ich bin hier auf der Wiese weniger als ein Staubkorn. Die Wiese ist unendlich groß und unendlich ist die Anzahl der Tiere. Wenn ich mich auf die Suche gemacht habe, so hat mir immer der Zufall oder die Tiere, die wir hier kennen, geholfen.

Aber ich kann jeden von euch, der oder die ein geliebtes Tier gehen lassen musste, beruhigen! Nicht ein Tier, das hier über die Brücke kommt, bleibt alleine. Entweder es wird von einem Tier, das irgendwann einmal bei Herrchen oder Frauchen gewohnt hat, abgeholt und bleibt dann in der Gruppe, oder - wenn es das erste Tier von seinem geliebten Menschen war - wird es in einer anderen Gruppe aufgenommen, bis der geliebte Zweibeiner irgendwann über die Brücke kommt und sie gemeinsam auf die ewige Wiese gehen.

So haben auch wir in unserer Gruppe viele "Waisentiere", die bei uns auf ihren geliebten Menschen warten.

Aber alle Tiere sind immer mit ihrem Menschen verbunden. Sie spüren, wenn es ihrem Zweibeiner schlecht geht. Sie besuchen sie in ihren Träumen. Trösten sie und schenken ihnen gute Träume.

Die Menschen spüren es meist nicht, wenn ihr verstorbenes Tier ihnen beisteht. Das liegt oft daran, dass Frauchen oder Herrchen noch viel zu sehr an ihrem "irdischen" Seelentier festhalten.

Doch das ist jetzt an diesem Ort, auf dieser wunderschönen Wiese, wo es keine Schmerzen, keine Angst, keinen Hunger und keinen Durst gibt und es geht ihnen gut.

Wenn sie es zulassen, dass ihr Tier jetzt an einem Ort ist, an dem es ihm gut geht, an dem es keine Schmerzen hat und an dem es mit Freunden auf der Wiese herumtollen kann, dann wird der Mensch auch spüren, wenn sein Tier neben ihm Nachts auf dem Kissen sitzt. Vielleicht spürt er oder sie sogar die Pfote, die sich zart auf das Gesicht legt.

Viele von euch fragen, wann es an der Zeit ist, einem anderen Tier ein Zuhause zu geben. Sie haben ein schlechtes Gewissen, weil sie denken, dass sie damit das geliebte Tier "verraten". Aber das ist nicht so! Alleine der Gedanke an ein neues Tier zeigt euch, dass ihr schon bereit seid, einer kleinen Tierseele ein neues Zuhause zu geben.

Aber sucht nicht! Lasst es zu euch kommen! Und bitte, bitte, sucht nicht in diesem Internet!

Unterstützt nicht die Qualen, die die Mamatiere und die Babys bei den bösen Menschen erleiden müssen, nur um euch niedliche "preiswerte" Babys zu verkaufen.

Geht in die Tierheime und schaut euch einfach mal um. Euer Seelentier hier im Regenbogenland wird euch zu dem richtigen Tier führen.

Ein schlechtes Gewissen dürft ihr nicht haben, Euer Seelentier oder eure Seelentiere, die hier im Regenbogenland sind, werden immer in der Kammer in eurem Herzen sein und hier auf euch warten.

Aber euer Herz hat noch ganz viele Kammern für Tiere, die eure Liebe brauchen und euch wieder Freude in euer Leben bringen.

Viele Grüße von uns allen hier auf der Blumenwiese an unsere lieben Frauchen und Herrchen!

Wir sehen uns...

Gute Nacht, euer Teddy

STÄBCHEN IM PO

Hallo, hier ist euer Teddy.

Ich hatte euch doch von der kleinen tapferen Hündin Sunny erzählt, die von einem großen Hund so schlimm gebissen worden war, dass sie ihr Beinchen verlor. Sie stand schon auf der Brücke und durfte dann doch im letzten Moment zurück zu ihrem Frauchen.

Die kleine Hündin hat so sehr um ihr kleines Leben gekämpft und ihr Frauchen hat durch ihre Liebe gezeigt, dass es noch nicht an der Zeit war, über die Brücke zu gehen.

Ich habe bei der kleinen Sunny das erste Mal erlebt, dass ein Tier schon auf der Brücke stand und der Regenbogen entschied, dass sie nicht hinüber gehen musste.

Das hat mich sehr bewegt und auch ein klein wenig neidisch gemacht. Es ist wunderschön hier, aber ich wäre so gerne noch bei meinem Frauchen geblieben...

Aber ich freute mich so sehr für die kleine tapfere Hündin und ihr Frauchen. Und so beschloss ich, den Weg der beiden ein Stück zu begleiten.

Sunnys Frauchen tat alles dafür, dass es ihrem kleinen Liebling besser ging. Sie pflegte die Wunde am Stumpf, versorgte die Kleine mit Schmerzmitteln und vor allem – und das war das Wichtigste – umsorgte sie ihre kleine Sunny mit ihrer ganzen Liebe.

Doch etwas lief nicht richtig. Die böse Wunde wollte nicht heilen. Sunnys Frauchen machte sich große Sorgen und konnte nur noch schlecht schlafen. Sunny musste noch einmal operiert werden.

Ich beschloß, Sunny zu besuchen. So ging ich zu der unüberwindlichen Hecke um zu fragen, ob ich mir ein Blümchen holen darf, mit dem ich die Möglichkeit habe, Sunny zu besuchen.

So stand ich an der Hecke und bangte, ob sie sich für mich öffnete. Zuerst geschah nichts und ich wollte schon wieder umdrehen. Doch dann öffnete sich die Hecke und ich suchte nach dem Blümchen, das für Sunny passen würde. Denn nur mit dem richtigen Blümchen durften wir das Tier oder den Menschen besuchen, der zu dem Blümchen gehört. Ich schaute mich um und dann sah ich ein hübsches kleines Butterblümchen, das mir sein Köpfchen entgegenstreckte. Ich ging zu dem Butterblümchen und strich über das Köpfchen. Und schon war ich bei Sunny

Sie lag neben ihrem Frauchen und war wach. Ihr Frauchen lag neben ihr und schlief ganz unruhig.

Sunny erschrak nicht als sie mich sah. Sie kannte mich ja schon. Wir redeten mit unseren Gedanken miteinander. Tiere können das und Tiere können uns Bewohner des Regenbogenlandes auch sehen, wenn es zugelassen wird. Und dazu brauchen wir das Blümchen.

Sie schaute mich an und meinte „kommst Du mich jetzt holen? Muss ich weg von Mama? Ich hab doch noch gar nicht Tschüss gesagt!"

Ich beruhigte sie und sagte ihr, dass ich besorgt um sie bin und wissen möchte, wie es ihr geht.

„Na ja" sagte sie, „ich bin schon mal fröhlicher durch die Gegend gehüpft. Der Stummel tut mir ganz doll weh, auch wenn ich das meiner lieben Mama nicht zeigen mag. Sie ist so lieb zu mir und macht alles was ich ihr sage. Es gibt nur zwei Sachen, da kann ich ihr einfach nicht beibringen, dass ich das nicht möchte: Einmal die weissen Steinchen, die sie immer in irgendwelchen Leckerlies – Leberwurst, Käse, Würstchen – versteckt und die ich trotzdem immer finde. Und die schmecken richtig Wäääks! Aber wenn ich die gegessen habe, tut mein Stummelchen nicht mehr so weh. Scheint was dran zu sein! Aber was richtig übel ist, ist das piepsende Stängelchen, das sie mir immer in den Popo steckt. Das ist entwürdigend! Das kann ich nicht leiden!

Aber Mama freut sich immer so doll, wenn das Dings gepiepst hat und ich „kein Fieber" habe. Scheint gut zu sein!

Wir gehen auch Gassi und es wird jeden Tag ein bischen mehr. Ja, ich stolpere oft und dann haut es mich auf mein kleines Schnäuzchen. Aber da fehlt ja schließlich auch ein Stück von meinem Beinchen! Nur da wo der böse große Hund mit seiner alten Frau wohnt, gehe ich nicht gerne, da muss Mama mich tragen weil ich Angst habe!

Aber immer, wenn Mama mein Stummelchen auspackt, macht sie Falten in ihr Gesicht. Und es hört auch gar nicht auf, wehzutun. Ich versuche, das vor Mama zu verbergen, aber sie merkt es doch immer.

Also geht es wieder zu dem „Onkel Doktor". Der schaut sich mein Stummelchen an und bekommt auch diese komischen Frauchen-Falten ins Gesicht. Es sagt zu Frauchen, dass ich noch einmal „operiert" werden muss. Das scheint etwas Böses zu sein, weil meinem lieben Frauchen sofort wieder Wasser aus den Augen läuft."

Da wachte plötzlich das Frauchen von Sunny auf und ich musste zurück ins Regenbogenland.

Am nächsten Tag sollte Sunny wieder operiert werden. Ich ging zur Brücke und wartete, ob der Regenbogen erschien. Aber der Himmel blieb blau, kein Regenbogen weit und breit! Sunny hatte die Operation überstanden und sie lebte!

Ich wollte sie noch einmal besuchen und bekam noch einmal den Zugang zu den Blümchen.

Und schon war ich bei Sunny. Sie lag wieder bei ihrem Frauchen und die schlief diesesmal viel ruhiger. Sie atmete ganz tief und manchmal kam so ein ganz kleines Grunzen aus ihrem Mund.

Sunny freute sich mich zu sehen. Sie sagte „Hallo großer Teddy, es ist schön, dass Du mich besuchst. Ich weiss gar nicht, warum meine Mama so schlimm geweint hat. Als wir beim Onkel Doktor waren, hat der mir einen kleinen Pieks gemacht und dann war ich auch gleich schon wieder bei Mama. Nur mein Stummelchen war wieder ganz dick eingepackt. Und mir war ein wenig schwumselig. Ich bin gedotzelt und wollte eigentlich nur schlafen. Und ein wenig mehr Aua hatte ich auch.

Als ich aufgewacht bin, bin ich gleich mal zu Mama gehoppelt und die hat sich ganz doll gefreut. Aber dann hat sie mir wieder die Leberwurst hingelegt. Ha! Ich habe sofort gewußt, dass sie da die bitteren Steinchen drin versteckt hat! Ich habe sie einfach liegengelassen! Mit mir doch nicht! Aber dann lagen da plötzlich leckere Würstchen. Meine allerliebsten Lieblingswürstchen! Und happs, waren die weg. Und Wäääks! Da waren auch bittere Steinchen drin!

Nochmal macht die das nicht mit mir! Das verspreche ich!

Aber dann kam sie auch noch mit dem Piepse-Stäbchen. Und den wollte sie in meinen Poppes stecken! Und ich kniff mein Polöchlein mit aller Kraft zusammen. Aber Mama meinte, dass es sein müsste und lies nicht locker. Und dann gab ich einfach auf. Und Mama freute sich wieder ganz doll, dass ich „kein Fieber" hatte.

Mit dem Gassigehen geht das auch besser und meine Mama ist auch sehr zufrieden mit meinem Stummelchen.

Aber jetzt bin ich ganz müde und will noch ein wenig schlafen. Die komischen Steinchen machen ganz schläfrig."

Unsere kleine Sunny wird wieder ganz gesund werden. Es fehlt ihr zwar ein Stück ihres Beinchens, aber sie kann auch so noch lange Zeit bei ihrem Frauchen und ihrer Familie bleiben.

NACHBARN

Hallo, hier ist euer trauriger Teddy.

Ich musste heute ein Katzenkind an der Regenbogenbrücke abholen.
Das kleine Kätzchen kam ganz langsam und geduckt über die Brücke.

Ich nahm sie in Empfang und sie legte sich sofort hin und schlief. Sie sah furchtbar aus. Das Schwänzchen hing nur noch an einem Stück Fell, der Rücken war seltsam verbogen aber am schlimmsten waren die Augen. Sie waren in ihre Höhlen eingedrückt.

Was musste dieses arme winzige Wesen ertragen haben?

Das Leben hatte für sie noch gar nicht richtig begonnen und sie wurde zu Tode gequält.

Und das machen keine Tiere! Tiere töten schnell und nur dann wenn sie Hunger haben oder ihr Revier verteidigen müssen!

Das waren die, die sich Menschen nennen! Es gibt unter ihnen welche, die Spass daran haben, kleinen Wesen, die sich nicht wehren können, furchtbare Schmerzen zuzufügen.

Das Kleine wachte irgendwann auf und alle Verletzungen waren weg. Sie schaute mich mit ihren großen Augen an und fragte mich ganz ängstlich, ob die bösen Zweibeiner hier irgendwo seien. Ich beruhigte sie und fragte, was ihr passiert sei.

Sie erzählte mir, dass sie vor kurzem von ihrer Mama zu ganz lieben Zweibeinern gezogen sei. Die schmusten mit ihr und sie hatte eine ganz liebe Spielkameradin, die schon etwas älter war.

Nach einiger Zeit durfte sie aus der Wohnhöhle hinaus auf das schöne Gras. Sie freute sich und schnüffelte herum. Am Ende des Grases war ein kleines Gitter und davor stand ein Zweibeiner. Der sprach ganz lieb mit ihr und so ging sie zu ihm. Zuerst krabbelte er sie am Kinn und sie begann zu schnurren.

Da packte er sie plötzlich und steckte sie in etwas was ganz dunkel innen drin war.

Irgendwann schüttelte er sie aus dem Ding heraus und was dann mit der Kleinen passierte, kann ich hier nicht wiedergeben.

Nach furchtbaren Qualen erlöste der Regenbogen die Kleine – sie hieß Blümchen – und nun war sie hier!

Ich führte sie zu unserer Gruppe, weil hier noch kein Tier auf sie wartete.

Dort wartete schon Hexe auf uns. Sie nahm das kleine Blümchen in Empfang und brachte sie zu Mummel. Die kuschelte sich sofort an das kleine Wesen und Blümchen legte sich an ihren Bauch.

Hexe ging mit mir zurück zur Gruppe und war seltsam still. Ich fragte sie, was denn mit ihr sei.

Sie schaute mich nachdenklich an und sagte, dass sie mit mir zur ewigen Wiese gehen möchte. Dort würde das Herrchen warten. Und sie beide würden mir etwas erzählen.

So gingen wir zu der geheimen Brücke und Hexe sagte die ganze Zeit kein Wort.

An der Brücke angekommen, sahen wir auf der anderen Seite schon Herrchen stehen. Hexe hatte ihn gerufen.

Auf der Bank saßen wie immer Oma-Frauchen, Claire und Madeleine. Ihre Tiere spielten im Gras.

Wir setzten uns vor die Bank und Herrchen nahm Hexe auf den Arm.

Dann fing Hexe ganz leise an zu erzählen:

„Wir hatten noch nicht lange in unserem schönen neuen Haus gewohnt. Frauchen und Herrchen gingen nach meinem Morgenfresschen immer weg um bunte Scheinchen zu verdienen. Ich durchstreifte in der Zwischenzeit mein Revier.

Oft begegnete ich anderen Zweibeinern. Die waren auch alle sehr lieb. Von einigen bekam ich sogar Leckerlies. Und ich fand meinen besten Freund, Minou, einen stattlichen Kater. Na ja, manche würden ihn Dick nennen. Aber er war einfach lieb und stattlich.

Nur direkt neben unserem Haus – ihr Zweibeiner nennt es „Doppelhaus"- mussten komische Menschen wohnen. Immer waren die Holzplatten vor den Fenstern geschlossen. Niemals war jemand im Garten. Nur spätabends hörten wir, wie die Fenster sich öffneten und jemand im Garten herumging.

Ich war ja furchtbar neugierig und so blieb ich eines Abends einfach draußen. Frauchen und Herrchen riefen mich, aber ich tat einfach so, als würde ich sie nicht hören.

Vieleicht würde ich ja von diesem „Nachbar" - so nannten ihn Frauchen und Herrchen – besondere Leckerchen bekommen!

Und irgendwann gingen die Holzplättchen vor den Fenstern hoch und die Tür öffnete sich. Und es kam ein Zweibeiner heraus. Hinter ihm eine kleine Zweibeinerin, die ganz geduckt lief. Die hatte bestimmt Schmerzen an ihrem Rücken.

Also ging ich zu dem Zweibeiner, der war anscheinend der Chef hier. Ich schnurrte um seine Beine und wartete auf mein Leckerlie!

Er hielt einen kleinen Moment ganz still und dann begann das Grauen! Er pckte mich an meinem Schwanz und schleuderte mich einige Male durch die Gegend. Das tat so schlimm weh, aber ich konnte vor Schreck nicht schreien. Dann knallte er mich mit dem Kopf auf den Boden. Aber nicht einmal, sondern mehrmals. Da konnte ich endlich schreien. Ich hatte solche Schmerzen. Mein Mäulchen schien zu explodieren.

Dann schmiss er mich auf den Boden und trat mir mit seinen großen Füßen in mein Bauchi. Ich flog über den Zaun auf unser Gras und plötzlich war mein Herrchen da!. Der war gerade auf dem Weg über den Zaun, als ich auf ihn zuflog und er mich gerade noch fangen konnte bevor ich auf dem Boden aufschlug.

Sofort wollte er über den Zaun aber Frauchen rief nur, dass sie sofort mit mir zum Tierarzt müssten. Weil ich mehr tot als lebendig wäre. So rannten die Beiden mit mir zu ihrem Auto und fuhren zu dem lieben weißbefellten Zweibeiner. Der piekste mich und dann hatte ich keine Schmerzen mehr.

Als ich wieder wach wurde, lag ich in einem kleinen Käfig und hatte überall kleine Läppchen um mich gewickelt. Über mir war ein warmes Licht und ich war furchtbar müde. In meiner Vorderpfote steckte etwas mit einer langen Schnur und da lief irgendwas in mich hinein.

Und dann schlief ich wieder ein."

Hans-Herrchen hatte die ganze Zeit zugehört und fing nun an zu sprechen:

„Wir hatten unser Traumhaus gefunden. Zu einem Preis, der unglaublich günstig war.

Den Grund fanden wir sehr schnell heraus! An dem Tag des Einzuges fuhren wir mit dem LKW in die Einfahrt. Einer der Umzugshelfer stolperte über den Zaun des Nachbarn und trat mit einem Fuß auf das Nachbargrundstück.

Keine 15 Minuten später stand die Polizei vor der Tür. Wir hatten eine Anzeige wegen Hausfriedensbruch am Hals! Vom Nachbarn!

Ich ging sofort hinüber um das zu klären. Aber da waren alle Rolläden unten und kein Mensch öffnete.

Der Polizist grinste nur und meinte, dass wir uns nun noch öfter sehen würden.

Na Prima!

Wir gewöhnten uns daran, dass wir diese Menschen niemals sahen und ab und zu hatten wir die Polizei zu Gast. Das war immer sehr nett.

Aber dann kam dieser Abend, als unsere kleine Hexe nicht nach Hause kam. Wir hatten schon den ganzen Abend gesucht. Sie war niergends zu finden.

Normalerweise kam sie immer nach Hause wenn meine Frau Doris und ich von der Arbeit nach Hause kamen. Aber nicht an diesem Abend!

Wir riefen und raschelten mit Leckerlies. Eigentlich immer eine sichere Möglichkeit, um sie nach Hause zu locken.

Einige Nachbarn halfen uns bei der Suche und wir waren gerade beim Frauchen von Hexe´s Freund Minou als ich fürchterliche Schreie hörte!

Hexe!

Und das waren keine Kampfschreie. Das waren Schmerzensschreie!

Wir beide rannten wie verrückt zurück nach Hause und als wir im Garten ankamen, flog uns Hexe in hohem Bogen über den Zaun dieser merkwürdigen Gestalten entgegen. Ich konnte sie gerade noch auffangen. Sie war in einem furchtbaren Zustand.

Ihr Schwänzchen hing schlaff herunter, sie blutete aus Mäulchen und Ohren und der Rücken war unnatürlich verbogen.

Ich sah nur noch Rot und wollte sofort über diesen Zaun!

Aber Doris schrie, dass wir Hexe sofort zu unserem Freund, dem Tierarzt bringen müssten. Um den Kerl könnte ich mich später kümmern.

Wir rasten also die zwei Orte weiter zu unserem Freund und Tierarzt, den Doris inzwischen informiert hatte. Der untersuchte unsere Hexe und röntgete sie.

Da stellte sich wieder einmal heraus, dass unsere kleine Hexe äußerst zäh war. Das Schwänzchen war Gottlob nur ausgerenkt, das regenerierte sich von selbst. Sie hatte sich vor Schmerzen auf die Zunge gebissen und daher das Blut. Das Blut aus dem Ohr musste er noch beobachten. Aber der Tritt in den Bauch war schlimm! Die Nieren waren gequetscht und die Blase gerissen. Das musste sofort operiert werden und sie musste da bleiben.

Auf dem Rückweg konnte ich nicht sprechen! Doris wusste, was das bedeutete!

Wir fuhren in unsere Einfahrt und ich rannte sofort nach nebenan. Wie immer waren die Rolläden heruntergelassen und das Haus war stockdunkel.

Ich klingelte Sturm und donnerte gegen die Haustür. Ich schrie wie ein Verrückter!

Und plötzlich öffnete sich die Tür einen Spalt. Ich trat mit aller Gewalt dagegen und schlug ohne Vorwarnung zu. Und ich traf diese Bestie mitten im Gesicht. Er taumelte nach hinten und ich setzte nach. Ich prügelte diesen Kerl quer durch die Wohnung. Der hielt nur seine Arme vor das Gesicht und flennte. Und je mehr der flennte, umso mehr schlug ich zu.

Plötzlich spürte ich eine Hand auf meiner Schulter. „Aufhören, Polizei!"

Und da kam ich langsam wieder zur Besinnung. Vor mir lag ein Häufchen Elend.

Aber dieses „Häufchen Elend" hatte unsere Katze fast totgetreten!

Die beiden Polizisten kannten wir ja schon von vielen Besuchen bei uns.

Doris erklärte ihnen, was geschehen war.

Die Frau von dem Kerl heulte herum und meinte, das wäre doch nur eine blöde Katze gewesen.

Da drehte sich der Polizist zu mir herum und meinte, ich solle nach Hause gehen, der Herr Sowieso sei offenbar die Treppe heruntergefallen.

Er drehte sich zu der Frau herum und die senkte den kopf und meinte, dass ihr Mann wohl eine Stufe übersehen habe.

Wir erstatteten Anzeige. Und unser toller Polizist bewegte, dass dieses „Geisterhaus" untersucht wurde.

Dabei fanden sich etliche Leichen von Hunden und Katzen, die zum Teil furchtbar zugerichtet waren.

Darunter auch die beiden Katzen unseres Polizisten…"

Warum?

Euer Teddy

BELLA

Hallo liebe Freundinnen und Freunde, hier ist euer Teddy.

Nach dem Bericht von Hexe und ihrem Herrchen von dem bösen Nachbarn sind wir wieder alle zusammen hier unter unserem Lieblingsbaum. Aber Hexe ist noch immer sehr still und kümmert sich zusammen mit Mummelchen ganz lieb um unser kleines Blümchen.

Heute sahen wir von weitem eine große Staubwolke und dann spürten wir auch schon die donnernden Hufe.

Aha, Poco kam zu Besuch. Aber wie es aussah, kam die ganze Herde mit. Und das waren unendlich viele Pferde. Vorweg der stolze weisse Andalusier Paco. Und direkt neben ihm unser Paco.

Direkt vor mir blieben sie stehen und Poco meinte: „Was ist los Faulpelz, hast Du nicht den Ruf gehört?"

Ich? Ruf? Doch da sah ich ihn: Den Regenbogen! Ich hatte ihn tatsächlich verdöst!

Also sprang ich auf Poco´s Rücken und er galoppierte mit mir zu der Brücke.

Paco und die Herde blieben im Hintergrund.

Wir traten an die Brücke heran und da sahen wir, dass ein schönes braunes Pferd über die Brücke kam. Langsam und bedächtig setzte es einen Huf vor den anderen, als hätte es Angst, zu stürzen.

Dann kam es die Stufen herunter und wir sahen, dass es sehr müde sein musste.

Es schaute uns mit seinen wunderschönen Augen an und sagte: „Ich bin Bella. Und ich bin so müde."

Dann lehnte Bella sich an die Brücke und schloss die Augen. Poco sagte zu ihr, dass sie sich doch ins weiche Gras legen solle, aber sie erwiederte „Ich kann mich nicht hinlegen. Ich habe Angst, nicht mehr hochzukommen. Ich bin immer so müde und meine Beine tun mir weh. Und manchmal habe ich keine Kraft in ihnen und sie knicken weg. Deshalb schlafe ich lieber im Stehen."

Poco beruhigte sie und erklärte, dass sie ganz gewiss wieder aufstehen würde. Und das so leicht wie lange nicht mehr.

Sie schaute ihn ungläubig an, legte sich aber dann langsam in das weiche Gras und schloss die Augen.

Sie schlief nun den Schlaf, mit dem im Regenbogenland immer alles beginnt.

Poco gesellte sich nun zu seiner Herde und ich legte mich neben die schöne Bella ins Gras. Dabei beobachtete ich sie. Man sah ihr an, dass sie in ihrem langen Leben schon viel erlebt haben musste. Doch ihr Schlaf war ruhig und ihr Gesicht entspannt.

So döste ich auch ein und irgendwann schnaubte etwas neben mir.

Bella!

Sie war aufgewacht und stand verwirrt neben mir. Da kam auch schon Poco angalloppiert.

Bella schaute uns an und sagte:"Habt ihr das gesehen? Ich bin einfach aufgestanden. Ohne nachzudenken. Und ganz ohne Schmerzen! Und müde bin ich auch nicht mehr. Und jetzt sagt mir bitte: Wo bin ich hier?"

Poco stellte sich neben Bella und erklärte ihr wo sie war und dass sie nun zu der großen Herde gehört bis irgendwann ihr Frauchen kommt, mit der sie dann über die geheime Brücke auf die ewige Wiese gehen würde.

Bella fragte mich, ob ich auch zu der Herde gehöre und wie ich mit meinen kleinen kurzen Stummelbeinchen mithalten könne.

Ich überlegte kurz, ob ich beleidigt sein sollte. Aber das gehört sich hier im Regenbogenland nicht. Und schon gar nicht für so einen souveränen Kater wie mich.

Also schüttelte ich mich kurz und berichtete ihr, dass ich der „Erzähl-Teddy" bin. Der die Geschichten unserer Freunde aufnimmt und sie den Zweibeinern erzählt. Und dass die dann ganz viel über uns Tiere und auch über ihre Zweibeinergenossen lernen können.

Bella neigte ihren großen Kopf und schnaubte mir ins Gesicht so dass ich Angst bekam, dass mir die Ohren wegfliegen.

Dann begann sie zu erzählen:

„Ich kann mich ganz schwer an meine Kindheit erinnern. Ich weiss nur, irgendwie war es nicht schön. Ich war schon als Fohlen oft sehr müde und schlief manchmal einfach ein.

Da wo ich wohnte war es nicht sehr schön. Aber ich gewöhnte mich daran. An den Schmutz, an das wenige Essen. Und an die Zweibeiner.

Ich wurde älter und irgendwann fingen die Zweibeiner an, sich auf mich zu setzen. Das war mir sehr unangenehm. Sie schmissen schwere Dinger auf meinen Rücken und auf diese Dinger setzten sich die Zweibeiner dann auch noch drauf! Sie steckten mir einen harten Stock in den Mund und rissen mit langen Schnüren, die an meinem Kopf befestigt waren, daran herum.

Es tat mir weh und so machte ich, was sie von mir verlangten.

Das ging lange Zeit so. Es kamen Fremde, die sich auf mich setzten und mir ihre Füße mit spitzen Dingern in den Bauch rammten.

Nachts musste ich in eine kleine Box mit nassem Boden. Da mochte ich mich nicht hinlegen. Also schlief ich im Stehen.

Aber ich war ständig müde und manchmal schlief ich einfach kurz ein. Und manchmal knickten mir auch die Vorderbeine ein.

Und manchmal passierte mir das, wenn einer der Zweibeiner auf mir saß. Dann bekam ich Schläge. Sie hauten mich mir langen Stangen. Und wenn ich einfach nur da stand und meine Augen mir zufielen, stachen sie mir mit langen Stangen, an denen vorne Stacheln waren, in den Bauch.

Irgendwann bekam ich Schmerzen in meinen Beinen und das Wegknicken meiner Vorderbeine wurde schlimmer. Und meinen Kopf konnte ich vor Müdigkeit kaum noch aufrecht halten.

Da sperrten sie mich in ein schmutziges Gatter. Mit hartem Boden und wenn Wasser vom Himmel fiel, war alles voll Matsch. Oft rutschte ich aus und meine Gelenke taten mir immer mehr weh. Zu Essen bekam ich nur wenig und mein Wassernapf war oft leer.

Der Zweibeiner dem ich „gehörte" tauchte ab und zu auf und beschimpfte mich als unnützen Gaul...

Eines Tages kam er mit einem anderen Zweibeiner und die beiden unterhielten sich über mich. Der andere sagte, dass er noch einen Interessenten für mich hätte und wenn der mich nicht nehmen würde, sollte ich geschlachtet werden. Das würde wenigstens noch etwas Geld bringen.

Ich wusste nicht, was das bedeutete, aber es war mir auch egal. Mir war alles egal! Ich war dreckig, ich stank. Und ich wollte nur schlafen. Am liebsten für immer!

Doch kurze Zeit später standen zwei Menschen an dem Gatter vor meiner Hölle. Sie hatten schöne Stimmen und sprachen ganz lieb mit mir.

Vorsichtig ging ich zu ihnen, immer Ausschau haltend, ob sie vielleicht so eine Stange mit den Spießen in der Hand hatte.

Und ja, die Menschenfrau hatte etwas in der Hand: Möhrchen! Leckere frische Möhrchen! Wie lange war es her, dass ich sowas Feines bekommen hatte.

Vorsichtig nahm ich ihr das Leckerlie aus der Hand und ganz leise berührte die Zweibeinerin mich an der Nase. Ich schrak zurück, aber sie redete ganz leise mit mir, so dass ich wieder zu ihr ging. Und dann liess ich mich auch von ihr anfassen.

Und ich senkte meinen Kopf zu ihrem Gesicht und ganz leise blies sie in meine Nüstern. Das war so schön! Sie verstand unsere Sprache!

Doch dann war sie wieder weg. Ich war traurig und lehnte mich an das Gatter um zu schlafen.

Aber gar nicht lange, dann hörte ich die Stimme wieder. Und sie kam zu mir durch den Matsch, nahm meinen Strick und führt mich hinaus.

Wir gingen durch den Hof und auf einen komischen Kasten zu. Das kannte ich nicht! Da bekam ich Angst und ging erst einmal Rückwärts. Aber sie gab nicht auf und sprach ganz ruhig mit mir.

Und irgendwann ging ich mit ihr über das schräge Brett in den komischen Kasten hinein. Es wackelte und hinter meinem Poppes ging eine Wand hoch. Da bekam ich doch Panik, zumal das Ding sich bewegte.

Aber die Zweibeinerin war bei mir und sie hatte ganz leckeres weiches Heu für mich. Da vergass ich das Gewackel ein wenig.

Dann hörte das Gewackel auf und die Wand ging auf. Ich durfte aus dem Rolldings aussteigen. Hoffentlich musste ich nun nicht wieder in mein schmutziges Gatter.

Doch hier war es ganz anders! Es roch so schön nach Artgenossen. Und gar nicht schmutzig. Da waren noch andere Zweibeinerinnen, die sich um mich kümmerten. Die waren genauso lieb wie Ines – so hiess diese liebe Menscherin, die mich aus dem Schmutz gerettet hatte.

Sie brachten mich in eine große Box. Auf dem Boden war ganz dick richtig lecker riechendes Stroh aufgeschüttet. In einem Korb an der Wand war duftendes Heu. In einem großen Topf war noch anderes Essen. Und es gab ganz sauberes, frisches Wasser.

Durfte ich hier bleiben? Vorsichtshalber aß ich erstmal alles auf! Vielleicht würde ich ja danach nichts mehr bekommen...

Dann lehnte ich mich an die Wand meiner Box und schlief ein.

Als ich wieder wach wurde, standen die Zweibeinerinnen an meiner Box und Ines war bei mir und legte mir ein neues sauberes Halfter an. Dann führte sie mich hinaus und ich sah ganz viele Artgenossen. Und die schienen alle ganz schön zufrieden zu sein. Alle standen in ihren großen, sauberen Gattern – die Zweibeiner nennen das Paddock – und grasten.

Ich wurde zu einem großen Platz geführt und dann kam eine Zweibeinerin mit einer langen Schlange. Ich erschrak und machte einen Hüpfer zur Seite. Die Zweibeiern zeigte mir die Schlange und plötzlich fing die an, Wasser zu spucken. Und das lief über mein Fell. Und es war schon warm.

Die anderen Zweibeinerinnen kamen mit Bürsten und dann rubbelten und strichen sie mit den Bürsten das Wasser in mein Fell. Und das war so schön.

Und so begann mein zweites – mein schönes Leben!

Ich wurde gepflegt und gehegt. Und dann kam ein Zweibeiner mit weissem Fell. Der untersuchte mich und kam mit einem Kästchen, das er an meine Beine hielt. Und er stach mich mit Nadeln in den Hals und klaute mir meinen roten Saft

Ich war immer noch oft sehr müde und ab und zu knickten mir auch die Beine noch weg. Aber ich bekam komische Steinchen, mit denen ging es mir besser.

Die drei Frauchen und Ines machten mit mir ganz viele Übungen. Jeden Tag musste ich an einer langen Leine in einer großen Halle im Kreis laufen. Und ich spürte, dass ich immer kräftiger wurde.

Und irgendwann kam Ines mit diesem Ding, was sie „Sattel" nannte. Nach einiger Zeit der Übung mit einer Decke, nur dem Sattel und mit schweren Beuteln auf dem Sattel, traute sich Ines dann, auf diesen „Sattel" aufzusteigen.

Und ich lies es zu! Schön ist das für uns Pferde nicht! Aber wir lassen es zu, weil wir unsere Menschen lieben.

So ging es eine längere Zeit. Bis ich merkte, dass es mir nicht mehr so gut ging. Ich wurde wieder sehr schnell müde. Meine Knie schmerzten und ich lahmte.

Die Weissfellfrau kam und bestimmte, dass sich niemand mehr auf mich draufsetzen dürfte. Und da war ich sehr froh. Mein Bein schmerzte sehr.

Und ich bekam Angst, dass ich nun wieder als unnützer Gaul in die Ecke geschoben würde.

Aber im Gegenteil! Alle waren so lieb zu mir. Niemand schmiss mir mehr diesen „Sattel" auf den Rücken. Ich durfte mit meinen Freundinnen auf die Wiese und Nachts schlief ich in meiner weichen und sauberen Box.

Ich war nun schon eine lange Zeit in meinem Zuhause. Aber in letzter Zeit ging es mir immer schlechter. Ich war ständig müde und meine

Freundinnen interessierten mich nicht mehr. Ich freute mich nur noch, wenn mein Frauchen kam. Aber ich hatte zunehmend mehr Schmerzen.

Und dann kam wieder die Weißfellfrau und drückte und tastete an mir herum. Und sie klaute mir wieder meinen roten Saft. Dann hielt sie das Kästchen an meinen Bauch.

Frauchen lief ganz viel Wasser aus den Augen. Sie hielt mich ganz fest und drückte ihr nasses Gesicht in meinen Hals.

„Ich verspreche Dir, dass ich bis zu Deinem letzten Atemzug bei Dir bleiben werde!"

In den nächsten Tagen ging es mir immer schlechter. Ich bekam weisse Steinchen, aber ich wollte eigentlich am liebsten Schlafen. Mich hinlegen. Keine Schmerzen mehr haben...

Und dann kam der Tag, an dem die weissbefellte Frau zu mir auf die Weide kam. Frauchen Ines war dabei und die Weissbefellte gab mir einen Pieks.

Frauchen hielt meinen Kopf und schmiegte ihren Kopf an meinen Hals.

Und dann sagte sie: „Meine Bella, ich gebe Dir etwas mit auf Deinen Weg. Meine Liebe!"

Und das gab sie mir mit:

Abschied von Bella

Du bist müde und schwach!
Wir spüren dein Schwinden.
Nachts liegen wir wach.

Böse Träume durch unseren Schlaf sich winden.
Wir wissen, es ist Zeit für dich zu gehen
und leise sagen wir „Leb wohl"!

Du kannst die Regenbogenbrücke schon sehen!
Wir sehen uns wieder! Das weiß ich wohl!
Abschied tut weh, doch nichts ist von Dauer!

Tränen der Liebe sind in unserem Gesicht.
Unsere Herzen weinen in tiefer Trauer,
Aber am Ende galoppierst du ins Licht!

(mit Erlaubnis der Verfasserin Ines Nickolai)

Und dann sah ich den Regenbogen und ging über die Brücke"

Bella schaute uns an und dann sagte sie, dass sie keine Schmerzen mehr hätte und keine Müdigkeit mehr spüre, -sie fühlte sich so wach wie noch nie und wollte nun endlich diese neue Welt erkunden.

„Aber" fragte sie, „wie erfahre ich, dass mein Frauchen hier ist? Wenn ich doch mit der Herde unterwegs bin?"

Paco, der mittlerweile zu uns gekommen war, antwortete ihr: „Der Regenbogen wird Dich rufen. Und dann werdet ihr gemeinsam zur ewigen Wiese gehen."

Der stolze Andalusier drehte sich herum und gallopierte los. Poco und Bella folgten ihm und dann gallopierte die gesamte Herde los und der Boden bebte.

Bella hatte bei euch ein wunderschönes Leben. Danke Ines.

Euer Teddy

SAFARI

Hallo liebe Freundinnen und Freunde, hier ist euer Teddy.

Unser Frauchen hatte ja diesen Geburtstag, an dem ihr Zweibeiner immer feiert. Obwohl ich das niemals begreifen werde, warum ihr es feiert, wenn ihr ein Menschenjahr älter werdet.

Aber ihr macht ja oft sehr merkwürdige Sachen...

Ich bin schon am Abend vor dem „Geburtstag" bei Frauchen gewesen und habe ihr ein Blümchen mit allen guten Wünschen von uns hier oben auf das Kissen gelegt. Das Blümchen würde ihre Wünsche erfüllen und ihr Gesundheit und schöne Träume schenken

Sie hat es wohl wie immer gespürt dass ich da bin. Ich legte meine Tatze auf ihren Kopf und sie lächelte und murmelte im Schlaf „mein Teddy".

Die beiden Mädels, Schnäuzchen und Sternchen legten sich auf die andere Seite von Frauchens Kopf und sie mussten mir versprechen, immer gut auf unser Frauchen aufzupassen.

Sternchen sagte, dass sie das ja gar nicht müssen, weil ich, der Teddy, ja immer bei ihnen wäre und auf Frauchen und die beiden Mädels aufpassen.

Na ja, stimmt ja auch eigentlich!

Ich blieb noch ein wenig und als die beiden Mädels dann auch eingeschlafen war, bin ich zurück zur Wiese.

Wie an jedem Geburtstag von Frauchen sind wir dann alle zur ewigen Wiese aufgebrochen um Oma-Frauchen zu besuchen. Sie war an diesem Tag immer ganz traurig, weil sie nicht mit ihrer Tochter Doris feiern konnte.

Wenn wir dann alle bei ihr waren, erzählte sie immer schöne Geschichten von Frauchen.

Schon von der Brücke sahen wir sie mit ihrer Minka auf ihrer Bank sitzen. Claire und Madeleine saßen vor der Bank im Gras und spielten mit Joie und Snow, ihren beiden Seelentieren.

Oma-Frauchen winkte uns zu und wir setzten uns alle um die Bank herum. Ich erzählte ihr von meinem Besuch bei Frauchen und sie wollte alles von ihrer Tochter wissen.

Dann sahen wir von Weitem noch das Herrchen, den ehemaligen Mann von Frauchen, mit Buffy und Ziemzer herankommen. Hans-Herrchen umarmte Oma-Frauchen und setzte sich dann zu ihr auf die Bank. Buffy und Ziemzer kamen zu uns in die Runde.

Jetzt würde uns Oma-Frauchen sicher wieder eine schöne Geschichte von Frauchen erzählen!

Aber Oma-Frauchen sagte uns, dass diesesmal das Herrchen eine Geschichte von Frauchen erzählen würde.

So sahen wir ihn erwartungsvoll an und er fing an zu erzählen:

„Euer Frauchen und ich sind immer gerne verreist. Wir waren in vielen Ländern und haben immer viel gesehen. Vor allem die Tierwelt der vielen fremden Länder hatte es eurem Frauchen angetan.

Aber das Lieblingsland eures Frauchens war Kenia. Die Tierwelt in diesem Land und die Freundlichkeit der Menschen hatte es eurem Frauchen angetan.

Unsere erste Reise in dieses wunderbare Land wird mir bis in alle Ewigkeit in Erinnerung bleiben.

Wir waren von einem guten Freund, den wir beide von unserer Arbeit am Flughafen kannten, nach Kenia eingeladen worden. Der hatte vor ein paar Jahren in Kenia ein Hotel eröffnet und jedesmal, wenn er in Deutschland war, hatte er uns eingeladen.

Und in diesem Jahr sollte es klappen!

Als ich Doris von der Einladung erzählte war sie zuerst skeptisch, denn unser Freund Diethelm war schon am Flughafen als absoluter Chaot bekannt. Aber ich konnte sie überzeugen und da ich damals am Flughafen einige afrikanische und asiatische Airlines als Kundenbetreuer unter meinen Fittichen hatte, konnte ich einen günstigen Flug arrangieren, auf dem ich auch meine sehr umfangreiche Fotoausrüstung kostenlos mitnehmen konnte.

Am Tage des Abfluges fuhr uns der Bruder von Doris zum Flughafen. Und natürlich fuhr er in Richtung Abflug.

OK, nun musste ich die Bombe platzen lassen...

Ich sagte zu Harald „Äh, wir müssen in den Süden." Harald schaute entgeistert in den Rückspiegel und Doris sagte nur „Sag mir, dass es nicht wahr ist! Es ist kein Frachter, oder?"

Vorsichtshalber sagte ich nichts. Aber ich sah, wie sich ein gewaltiger Sturm hinter der Stirn von Doris zusammenbraute.

Mittlerweile waren wir am Tor zum Frachtbereich angekommen. Da Doris am gesamten Flughafen bekannt wie ein bunter Hund war, kam der Security-Mann zur Schranke und fragte, wo wir denn hinwollten. Ich erklärte ihm, dass wir zur Position xxx mussten. Er schaute uns ungläubig an und sagte „Da steht doch das Zebra!?!?" Und ich erklärte ihm, das wir genau da hin wollten.

Und dann sahen wir ihn: Den Frachter von Kenya-Airways. Und er war bemalt wie ein Zebra!

Wir stiegen über die Crewtreppe in das Flugzeug und wenn Blicke töten könnten, wäre ich schon viel früher hier gelandet.

Aber oben war es eigentlich ganz gemütlich. Die beiden Piloten, die ich von meiner Tätigkeit her kannte, begrüßten uns sehr herzlich und sie zeigten uns unsere Plätze. Es ware First-Class Sitze direkt hinter dem Cockpit und unser Bereich war vom Frachtraum schalldicht abgetrennt. Und das Beste: Wir hatten zusammen mit den Piloten eine Stewardess für uns.

Wir wurden den ganzen Flug über mit leckeren Speisen und Geträken verwöhnt und hatten die Möglichkeit jederzeit ins Cockpit zu gehen.

Und ich hatte meine gesamte Fotoausrüstung direkt bei mir! Kostenlos!

Aber das Beste: Doris war nicht mehr Böse mit mir!

Es war Mitte November und als wir in Mombasa aus dem Flugzeug stiegen, knallte uns die Hitze und die Luftfeuchtigkeit ins Gesicht. Wir waren schlagartig Patschnass.

Diethelm hatte uns versprochen, uns ein Taxi zum Flughafen zu schicken und wir waren gespannt, ob er daran gesacht hatte.

Aber als wir in die „Ankunftshalle" - die damals eine Art größerer Carport war – kamen, stand da ein junger Mann mit einem großen Schild in der Hand auf dem „Doris und Hans" stand.

Diethelm - der Chaot - hatte unseren Nachnamen vergessen. Aber wenigstens hatte er an das Taxi gedacht!

Wir gingen zu dem jungen Mann und er führte uns zu einem, nun ja, Taxi. Es war ein uralter Peugeot, der nur noch vom Rost zusammenghalten wurde.

Er verstaute die Koffer im Kofferraum und ich stieg auf der Beifahrerseite ein. Doris ging zu der Tür hinter dem Fahrer und der schrie noch. „No, no, no other Side!!!!" Aber da zog Doris schon am Türgriff und hatte die komplette Tür in der Hand! Und fast auf dem Fuß!

Sie schaute mich fassungslos an und sagt nur : „Komm mir niemals mehr mit Kenia!" Diethelm tat mir jetzt schon leid...

Unser Fahrer legte die Tür auf den Rücksitz und Doris stieg auf der anderen Seite ein. Die Tür knarrte zwar fürchterlich, aber sie blieb in den Scharnieren hängen!

Und dann ging die Fahrt los! Durch Schlaglöcher, in denen das Taxi fast verschwunden wäre. Aber unser Fahrer war ein Meister seines Fachs! Innerhalb Mombasa war offenbar die Hupe das wichtigste Teil am Auto. Ich hörte Doris hinten das Vaterunser beten. Das hatte ich von ihr noch nie erlebt!

Doch irgendwann waren wir aus Mombasa draußen und es ging nun endlich in Richtung Hotel.

Nach einiger Zeit und unzähligen Schlaglöchern sahen wir auf der rechten Seite das Meer! Glasklar und mit schneeweissen Stränden.

Jetzt konnte es nicht mehr weit sein!

Doch dann bog unser Fahrer nach links ab und es ging in den dichten Dschungel. Mehrmals mussten wir durch Bäche fahren und vom Meer war weit und breit nichts mehr zu sehen!

Und dann hielt unser Taxi plötzlich an. Von hinten kam „Jetzt fehlt eigentlich nur noch, dass wir umgebracht werden!" - Meine Frau... _

Unser Fahrer ging zum Kofferraum und holte unsere Koffer heraus. Er ging damit in den Dschungel und bedeutete uns, mitzukommen. Ich muss zugeben, ganz wohl war mir auch nicht!

Doch nach einigen Metern standen wir an einer Art Fluß. An den Ufern ein wunderbarer Mangrovenwald. Fand ich...

Aus den Augen meiner Frau schossen Blitze. Sie sagte nichts! Und das war das Gefährlichste!

An einem kleinen Steg lag ein Boot. Aber wenigstens das schien ziemlich neu zu sein. Da stellte unser Fahrer unsere Koffer hinein und sagte „please come in".

Doris meinte zu mir „jetzt ist es auch schon egal, entweder wir werden hier von Insekten aufgefressen, ersäuft und den Krokodilen vorgeschmissen, oder ich kotze mich zu Tode!"

Dann fuhren wir langsam los und ich fühlte mich an meine Kindheit am Altrhein zurückversetzt. Es war traumhaft.

Überall Vögel, fremde Geräusche, Affengeschrei. Es war eine unwirkliche Welt. Sogar Doris fing es an zu gefallen!

Nach einiger Zeit sahen wir einen Steg und auf dem Steg stand Diethelm.

Er winkte uns zu und half uns aus dem Boot.

Sofort waren zwei riesengroße Einheimische mit vielen hüftlangen Zöpfen da, die unser Gepäck nahmen.

Diethelm erklärte uns, dass es Askaris – Wächter – waren. Sie stammten aus dem Volk der Massai und waren stolze Krieger dieses Stammes. Er gab dem Menschen dieses Volkes Arbeit in seiner Anlage. Sie waren verantwortlich für die Sicherheit des gesamten Areals und nahmen das sehr ernst. Er ermahnte uns, stets respektvoll und freundlich zu ihnen zu sein. Aber das war für uns sowieso selbstverständlich.

Dann kamen wir zum Hotel. Das Erste, was uns auffiel war, dass es in den Fenstern keine Scheiben gab. Nur Klappläden aus Holz.

Diethelm erklärte uns, dass es das Konzept seines Hotels war, im Einklang mit der Natur in der Natur zu leben. Und dazu gehörte, dass man auch mal Besuch von einheimischen Tieren bekam.

Das versprach spannend zu werden!

Diethelm brachte uns zu unserer „Suite" und die beiden Askaris stellten unsere Koffer ab. Wir bedankten uns freundlich und die beiden verschwanden lautlos.

Trinkgeld zu geben wäre eine große Beleidigung gewesen.

Dann gingen wir hinein und waren überrascht. Es war ein sehr großes Zimmer, einfach aber sauber.

Und auf dem Schreibtisch stand ein hübsches Willkommensgeschenk: Ein riesiges Insekt aus Plastik. Doch plötzlich fing dieses „Plastikinsekt" an, sich zu bewegen. Es wippte vor und zurück und es hatte die Vorderbeine nach oben wie im Gebet gestreckt. Eine Gottesanbeterin! Und zwar eine Echte!

OK, unser erstes wildes Tier.

Wir gingen auf unseren Balkon und direkt davor flochten Webervögel ihre kunstvollen Nester. Und unter dem Balkon war ein Ableger des Creeks und darin waren tatsächlich Krokodile.

Da klopfte Diethelm an unsere Tür und holte uns zum Essen ab. Der „Speisesaal" war nach allen Seiten offen und es gab das tollste Büffet, das wir je gesehen hatten. Es gab Fisch, Obst und Gemüse. Wunderbar zubereitet. Aber es gab kein Fleisch!

Diethelm setzte sich an unseren Tisch und sagte uns, dass er für den übernächsten Tag eine Überrschung für uns habe.

So nutzten wir den nächsten Tag um das Gelände zu erkunden und davon könnte ich euch noch Stunden berichten. Aber davon ganz bestimmt irgendwann!

Am Morgen des darauf folgenden Tages wurden wir früh geweckt und Diethelm hatte uns schon gesagt, dass wir eine kleine Tasche packen sollten.

Er fuhr uns zu einem winzigen Flugplatz – na ja, eigentlich war es eine Wiese - in der Nähe, wo eine kleine Propellermaschine auf uns wartete.

Wir waren die einzigen Fluggäste und dann ging es auch schon gleich los. Die Maschine hob ab und zuerst ging es über landwirtschaftlich genutztes Gebiet. Riesige Flächen breiteten sich unter uns aus.

Doch nach einiger Zeit wurde die Landschaft karg und es zeigten sich vereinzelte fremde Bäume und weite Flächen von gelbem Gras.

Und dann sahen wir ihn: Den Kilimandscharo! In seiner ganzen Schönheit lag er vor uns, der Gipfel im Nebel aber man konnte noch einen Teil der schneebedeckten Spitze sehen.

Und unter uns zogen Elefanten, Giraffen, Zebras und Antilopen über die Steppe.

Es war majestätisch!

Und kurz darauf setzte die kleine Maschine zur Landung an.

Direkt neben der Landebahn wartete ein Jeep auf uns und brachte uns in Diethelms Lodge. Die bestand aus mehreren kleinen Rundhütten und einer offenen „Halle". Neben der „Halle" war eine kleine Hütte, aus der verführerische Düfte hervorkamen.

Er fuhr zu einer der Rundhütten und darin war alles, was man brauchte. Bett, Waschgelegenheit und vor allem ein Moskitonetz über dem großen Bett. Toilette und Dusche waren ausserhalb der Hütte.

Das Essen war unglaublich lecker, es wurde von einer Massai-Frau zubereitet und wir wussten nicht, was wir aßen, aber es schmeckte so gut!

Nach dem Essen bleiben wir noch in der offenen Halle sitzen. Es gab keine Dämmerung, es wurde schlagartig dunkel und mit der Dunkelheit kamen die Stimmen!

Man hörte das heisere Brüllen von Löwen, das Gekichere von Hyänen, Elefanten trompeteten. Und viele, viele Tierstimmen, die wir nicht zuordnen konnten.

Und dazu den gigantischsten Sternenhimmel, den wir jemals gesehen hatten. Nur der Mond! Was war hier mit dem Mond los? Es war Halbmond und das Ding lag auf dem Rücken!

Am nächsten Mogen gingen wir kurz nach Sonnenaufgang zum Frühstück und direkt vor der Terrasse stand eine Gruppe Elefanten und fraß.

Es war eine unglaublich friedvolle Szene. Und es gab keinen Zaun zwischen uns...

Und da kam auch schon unser Fahrer vom letzten Tag. Sein Name war Aki und wir gingen gemeinsam zum Jeep. Auf dem Beifahrersitz saß schon einer der Askaris mit einem Gewehr zu unserer Sicherheit.

Wir waren noch keinen Kilometer gefahren, da schrie Doris plötzlich „Stopp!"

Unser Fahrer stieg in die Bremse und der Askari hatte blitzschnell das Gewehr im Anschlag.

Doris sprang aus dem Jeep und rannte nach vorne. Ich hinter ihr her, die Kamera im Anschlag.

Sie kniete vor einer Kugel! Jetzt war sie irgendwie übergeschnappt! Dass sie immer Tiere retten wollte, kannte ich schon. Aber Kugeln, die offensichtlich aus Kacke bestanden? Doch dann sah ich hinter der Kugel einen bunten Käfer. Der stand mit seinen Hinterbeinen an der Kackekugel und versuchte verzweifelt sie wegzurollen. Doch die Kugel war in ein Erdloch gerollt und er bekam sie nicht hinaus!

Wenn Doris ihn nicht gesehen hätte, wäre er mitsamt seiner Kugel überrollt worden.

Sie nahm die Kugel mitsamt dem Käfer und setzte ihn ein Stück weiter an den Wegesrand. Der Käfer fing sofort an, die Kugel wegzurollen.

Unser Fahrer und der Askari schauten sich nur an und schüttelten den Kopf.

Nun fuhren wir weiter und Aki kannte alle Stellen, wo Tiere zu finden waren. Ich hatte alle meine Kameras dabei und die entsprechenden Objektive montiert.

Und es lohnte sich! Mein Ziel war es, die „big five" vor die Linse zu bekommen. Elefant, Nashorn, Wasserbüffel, Löwe und Leopard.

Das hatte ich vor Fahrtbeginn unserem Aki gesagt und er versprach mir alle bis auf den Leopard!

Den vor die Linse zu bekomme war fast unmöglich. Aki machte nun schon seit vielen Jahren Safaris und er hatte noch niemals einen Leoparden gesehen.

So fuhren wir und Aki hielt sein Wort.

Wir sahen Elefanten, Gitaffen, Zebras, Nilpferde, Wasserbüffel. Einem Rudel Löwen konnten wir uns bis auf zwei Meter nähern und ich hatte wunderbare Aufnahmen im Kasten.

Dann fuhren wir durch die gelbe Steppe und plötzlich hielt Aki an. Er deutete nach rechts, aber wir sahen nichts. Dann fuhr er im Schneckentempo durch das gelbe Gras und hielt plötzlich an. Unser Askari deutet auf etwas. Aber wir sahen nichts. Doch dann, als unsere Augen an die vollkommen gleiche Umgebung gewöhnt hatten, sahen wir sie:

Eine Gepardenmama mit zwei Jungen. Die Mama lag vollgefressen in dem gelben Gras und die beiden Kleinen mit ihrem lustigen Stachelfell auf dem Kopf turnten munter auf ihrer Mama herum.

Da konnte ich noch wunderbare Aufnahmen machen.

Aber Doris musste ich mit Gewalt daran hindern, aus dem Jeep zu steigen und die Kleinen zu knuddeln.

Aki sagt uns, dass jetzt noch eine Überraschung auf uns wartete, aber er wollte uns nicht verraten, um was es ging.

So genossen wir die wunderbare Tierwelt des Amboseli-Nationalparks und freuten uns auf eine weitere Übrraschung. Bis jetzt hatte unser Freund uns nicht enttäuscht!

Dann sahen wir in einiger Entfernung Feuerschein. Oh je. Hoffentlich kein Buschbrand!

Doch als wir näher kamen sahen wir, dass da unter einem großen Affenbrotbaum und umgeben von Akazien ein Barbeque aufgebaut war. Es waren ein Tisch und Bänke aufgestellt und in einem Steinring brannte ein Feuer. Darüber wurde von einer Massai-Frau ein Spieß mit Fischen und Gemüse gedreht.

Und es standen rundherum noch einige Askaris mit Speeren.

Es war ein traumhaftes Bild das sich ins Gedächtnis brannte!

Wir begrüßten beide die Askaris mit einer leichten Verbeugung und Doris begrüßte die Massai-Frau. Es gehörte sich nicht, dass ein Mann sich ihr näherte.

Dann geleiteteAki uns zu dem Tisch und setzte sich selbst an den Nachbartisch. Doris wollte, dass sich die Askaris auch dazu setzen sollten, doch die lehnten freunlich ab. Sie mussten uns bewachen und nahmen ihre Aufgabe sehr ernst!

Doris rutschte schon die ganz Zeit unruhig auf der Bank herum und ich fragte sie, was denn los sei. Sie antwortete, dass sie einmal müsse.

Ich rief Aki und erklärte ihm die Lage. Der rief sofort einen der Askaris und der stand sofort auf und führte Doris in ein kleines Gebüsch. Bevor er sie dort hinein lies, untersuchte er den Platz gründlich nach irgendwelchem Getier, das Doris gefährlich werden konnte.

Dann zeigte er ihr den Platz, entfernte sich ein paar Meter und drehte sich diskret um.

Doris ging an den ihr zugewiesenen Platz und hockte sich nieder.

Trotzdem der Askari alles abgesucht hatte, schaute sie sich trotzdem aufmerksam um. Aber da war nichts. Doch sie fühlte sich irgendwie beobachtet.

Und als sie nach oben blickte, schaute sie direkt in die wunderschönen gelben Augen eines Leoparden.

Vollkommen regungslos lag er auf dem Ast einer Akazie und schaute sie an. Nicht aggressiv. Eher neugierig. Seine Schwanzspitze bewegte sich leicht.

Doris schaute ihn an und schloss leicht ihre Augen. Dann blinzelte sie langsam. Und er blinzelte zurück.

Mittlerweile kam dem Askari die Zeit, die Doris für die Verrichtung ihrer Notdurft brauchte, etwas lang vor. So drehte er sich um und sah sofort die Szene.

Ich hatte ein paar Meter entfernt eine große Spinne fotografiert und sah aus dem Augenwinkel den zur Salzsäule erstarrten Askari.

Ganz langsam und sehr leise ging ich zu ihm und wollte fragen, wo meine Frau sei. Er bedeutet mir, still zu sein und deutete mit einer fast unmerklichen Bewegung seines Kopfes auf die unglaubliche Szene vor und über uns.

Der Leopard lag immer noch auf seinem Ast und blinzelte Doris zu. Dann erhob er sich langsam, streckte sich, sprang vom Baum und verschwand im hohen Gras.

Doris erhob sich langsam, ihr waren die Beine eingeschlafen.

Und ich hatte die Aufnahme meines Lebens im Kasten! Die big five waren komplett!

Als Doris sich bei dem Askari, der auf sie aufgepasst hatte, bedankte, verneigte der sich und sagte:

„Mwanamke wa Chui"

Dann ging er zu seinen Freunden.

Unser Fahrer Aki konnte mir nicht übersetzen, was der Askari gesagt hatte.

Also aßen wir das leckere Essen von der Massai Frau und als ich mich bedanken wollte, verneigte sie sich und sagte „Mwanamke wa Chui"

Am nächsten Tag flogen wir zurück ins Hotel und Doris fragte Diethelm, was dieses

„Mwanamke wa Chui" bedeutete. Er wusste es auch nicht, aber er versprach, es in Erfahrung zu bringen.

Wir verbrachten noch wunderbare Tage mir tollen Erlebnissen und waren uns einig, dass wir auf alle Fälle wiederkommen würden.

Am Tag unserer Abreise kam Diethelm und sagte, dass er herausgefunden habe, was dieses geheimnisvolle „Mwanamke wa Chui" bedeutet.

Es bedeutet: „die Leopardenfrau".

Wir waren noch einige Male in Afrika, aber wir haben nie mehr einen Leoparden gesehen. Doch wir waren immer in der Lodge zur Safari und immer hörten wir Nachts einen Leoparden in der Nähe unserer Hütte brüllen."

Das war eine lange Geschichte von Herrchen. Aber bestimmt gibt es davon noch eine Fortsetzung...

Gute Nacht, euer Teddy

HARTMUT

Hallo, hier ist wieder euer Teddy.

Wir waren am Geburtstag von Frauchen noch einige Zeit auf der ewigen Wiese und Oma-Frauchen erzählte nach Hans-Herrchen noch Geschichten aus Frauchens Kindheit.

Aber davon berichte ich euch später.

Danach gingen wir wieder über die geheime Brücke auf unsere Wiese und versammelten uns unter unserem Lieblingsbaum um ein wenig auszuruhen.

Und dann sah ich den Regenbogen und drehte mich fragend nach Hexe um. Doch die lag ganz entspannt im Gras und machte keine Anstalten aufzustehen. Also sah sie den Regenbogen nicht.

So stand ich auf und machte mich auf den Weg zur Brücke.

Doch der Regenbogen strahlte dieses Mal nicht so hell wie sonst. Die Farben waren eher verhalten, schon fast blass. So als würde er sich nicht über den Neuankömmling freuen!

Das hatten wir noch nie!

So stellte ich mich an die kleine Treppe und wartete.

Auf der Brücke sah ich noch nichts, aber plötzlich bildete sich über der Brücke eine kleine Regenwolke!

Gudrun!

Doch dann bildete sich neben der kleinen Regenwolke eine weitere –
etwas größere - Regenwolke.

Was war das? Hatte Gudrun ein weiteres Huhn mitgebracht? Aber gab
es noch so ein verrücktes Huhn wie sie?

Und dann sah ich sie kommen! Gudrun und drei Schritte hinter ihr ein
Zweibeiner. Und über jedem von beiden schwebte eine Regenwolke.

Am Ende der Brücke hüpfte Gudrun auf die Wiese und der Zweibeiner
stieg hinter ihr die kleinen Stufen hinab.

Gudrun schien mich überhaupt nicht zu sehen, sofort fing sie an, auf
den Zweibeiner einzugackern. Sie erzählte ihm, dass sie hier auf der
Wiese die heimliche Königin sei und eigentlich nur aus Versehen auf die
Strasse der Besinnung gekommen war.

Und schon fing die Wolke über ihr an zu tröpfeln.

Das schien sie überhaupt nicht zu bemerken und sie gackerte munter
weiter und erzählte das Blaue vom Himmel herunter. Und der
Zweibeiner hörte ihr gebannt zu und er schien vor Bewunderung zu
erstarren.

Der Wolke wurde das offenbar zu viel und es kam ein heftiger
Platzregen auf Gudrun hinunter.

Das war meine Chance, denn Gudrun hatte mich immer noch nicht zur
Kenntnis genommen.

Ich rief „Gudrun". - keine Reaktion, das Huhn musste ihre Federn
richten!

„Gudruuun" - immer noch keiner Reaktion!

„GUUUUUUDRUUUUUUUUUN" plus ein weiterer Platzregen. Nun hatte
ich endlich ihre Aufmerksamkeit. Sie drehte sich zu mir herum und
gackerte „Ach, hallo Teddy. Bringst Du uns zur ewigen Wiese?"

Ich fragte sie, wie sie darauf käme, dass sie zur ewigen Wiese gehen würde und vor allem, wer denn der Zweibeiner bei ihr war.

Gudrun schaute mich fragend an und sagte nur „das ist Hartmut, meine Familie! Wir sind uns auf dem Weg der Besinnung begegnet und haben festgestellt, dass wir nur aus Versehen auf diesem Weg waren. Hartmut hatte auf der Erde manchmal, na ja, eigentlich öfter, oder einfach gesagt, immer, etwas aus Versehen aus irgendwelchen Geschäften mitgenommen. Ich hatte ja meinen Freunden auch nur Gutes getan und es wurde nur falsch verstanden! Also hatten wir beide streng genommen nichts verkehrt gemacht. Wir waren so gesagt Opfer!" Und Hartmut, der bis jetzt überhaupt noch nichts gesagt hatte, nickte heftig mit dem Kopf.

Und Platsch – ein Platzregen aus beiden Wolken!

Unsere Gudrun hatte sich überhaupt nicht geändert und sie hatte in Hartmut einen etwas einfältigen Weggenossen gefunden.

Doch ich verstand nicht, warum die Beiden nicht noch länger den Weg der Besinnung gehen mussten. Wahrscheinlich hatte Gudrun die Stille dieses Weges mit ihrem ständigen Gegacker nachhaltig gestört.

Und für den Weg der Verdammnis waren beide nicht böse genug. Also hatte man wohl Gnade vor Recht ergehen lassen und die Beiden zur ewigen Wiese geschickt!

Ich rief in Gedanken Hexe und die war sofort bei mir und staunte, Gudrun und Hartmut zu sehen. Sie musste vor uns auf der ewigen Wiese sein und unsere Freunde warnen.

Dann liefen wir fünf – Gudrun, Hartmut, ihre beiden Wolken und ich los zur geheimen Brücke. Doch plötzlich bog Gudrun ab und rannte unter lautem „Bööörk, Böööörk, Bööörk" einfach los. Hartmut folgte ihr brav und mir blieb nichts anderes übrig, als hinterher zu rennen.

Und dann verstand ich, wo sie hinwollte! Die Rinderweide mit ihren Hühnerfreunden!

Nicht schon wieder! Wollte sie etwa wieder ihre Freunde vermieten? Oder ein Wettbüro eröffnen? Oder hatte sie neue Ideen?

Doch als wir an der Weide ankamen und El Blanco, der weisse Riesenstier, Gudrun erblickte, brüllte er einmal kurz auf und die gesamte Herde setzte sich in Bewegung. Der Boden vibrierte unter den donnernden Hufen und die Rinder verschwanden in einer riesigen Staubwolke.

Der große Hahn ließ ein durchdringendes „Kikerkieeeeee" hören und die Hühner folgten ihren Freunden, den Rindern und flatterten unter heftigem Gegacker der Herde hinterher.

Gudrun stand vollkommen verdattert an der Weide und schaute fassungslos der Staubwolke und den fligenden Federn hinterher.

Dann drehte sie sich zu ihem Gefährten um und sagte „Komm Hartmut, wenn die uns nicht wollen, dann sind sie selbst schuld." Hartmut nickte etwas trottelig.

Beide Wolken tröpfelten auf sie herab...

Nun machten wir uns endlich auf den Weg zur geheimen Brücke. Gudrun und Hartmut gingen hinter mir und Hartmut hatte sich schon den selben wackelnden Gang wir Gudrun angewöhnt. Ein lustiges Paar...

Ich hoffte, dass Hexe mittlerweile unsere Freunde auf der ewigen Wiese vorwarnen konnte.

Als wir an der ewigen Brücke ankamen, sah ich, dass Hexe ganze Arbeit geleistet hatte. Der bunte Katzenmann stand schon mit Hans-Herrchen an der Brücke um das ungleiche Paar in Empfang zu nehmen!

Gudrun war bei dem Anblick der beiden Zweibeiner und der unendlich scheinenden Anzahl von Tieren zum ersten Mal, seit ich sie sah, kurz beeindruckt!

Kurz!

Dann drehte sie sich um und sagte: „Hartmut komm! Da kann man was draus machen!" Hartmut nickte brav und meinte, er hätte schon einige Ideen!

Unter Dauerregen aus beiden Wolken gingen die zwei über die geheime Brücke.

Sie wurden von Hans-Herrchen und dem Katzenmann in Empfang genommen und die vielen Katzen umringten sie. Und so zogen sie los.

Doch das unsere Gudrun wenig beeindruckt war, zeigten die beiden Wolken.

Abwechselnd regnete es aus beiden Wolken. Das ungleiche Paar heckte etwas aus!

Ich drehte um und machte mich auf den Weg zu unserem Baum. Plötzlich war Hexe neben mir. Sie schaute mich an und sagte nur: „Es ist noch nicht zu Ende!"

Oh nein, wir würden ganz sicher wieder von Gudrun hören! Und dieses Mal im Doppelpack mit Hartmut...wir können gespannt sein, was die beiden aushecken.

Gute Nacht, euer Teddy.

BRIEF AN TEDDY

Hallo mein lieber Teddy, hier ist Dein Frauchen Doris.

Heute vor genau zwei Jahren musste ich Dich gehen lassen.

Nach über zwei Jahren im Tierheim bei Tante Siggi, in der keiner Dich wollte, in der Du als gefährlich galtest, kamst Du zu mir und vom ersten Moment an waren wir seelenverwandt.

Sieben Jahre durfte ich mit Dir verbringen und Du „gefährlicher Riese" hast mich mit jedem Gramm Deiner 10kg geliebt. Wir haben uns ohne die menschliche Sprache verstanden. Ich musste nur an Dich denken, schon standest Du neben mir. Wenn es mir nicht gut ging, warst Du da! Und in dieser Zeit ging es mir oft sehr schlecht. Oft war meine Welt sehr dunkel und meine Gedanken auch. Aber dann warst immer Du da. Du legtest Dich neben mich und Deine große Pranke lag auf mir. Wenn es mir richtig schlecht ging, wurdest Du zum Clown. Du sprangst mit deinen 10 kg Kampfgewicht durch die Gegend wie ein junges Kitten. Oder Du legtest Dich auf den Boden und ließest die Kleinen auf Dir herumturnen.

Und so brachtest Du mich immer wieder zum Lachen.

An diesem Tag heute vor zwei Jahren stand fest, dass Du gehen musstest. Du warst schwer krank und konntest nur noch schwer atmen. Ich wollte und durfte Dir keine weiteren Qualen oder sinnlose Behandlungen mehr zumuten und musste die Entscheidung treffen.

Du solltest friedlich einschlafen! Für den nächsten Tag war der Termin, Dich über die Brücke gehen zu lassen, festgelegt.

Die ganze Nacht hatte ich nicht geschlafen. Du lagst vor meinem Bett und ich hatte die ganze Nacht neben Dir auf dem Boden gelegen.

Morgens ranntest Du plötzlich los. Du mobilisiertest Deine letzten Kräfte und ich rannte hinter Dir her. In der Küche fielst Du um, krampftest und ich nahm Dich in meine Arme. Meine Tränen strömten aus meinen Augen und Dein Fell war schon ganz nass.

Dann wurde Dein Körper ganz weich und Du schautest mir in die Augen. In diesem Blick lag alles: Abschied, Dankbarkeit und vor allem Liebe.

Dann hast Du noch einmal, ein letztes Mal, ganz tief geatmet und hast Deine Reise angetreten.

Ich habe mein Gesicht in Dein Fell vergraben und die Kleinen kamen und haben sich von Dir verabschiedet.

Als ich abends im Bett lag, neben mir Dein leeres Kissen, hörte ich Dich in Gedanken sagen „ich bin immer bei Dir". Und da konnte ich einschlafen.

Ganz oft habe ich das Gefühl, daß Du neben mir auf dem Kissen liegst und mir Deine Tatze auf den Kopf legst – so wie Du es immer getan hast. Immer dann legen sich die beiden Mädels an das Fussende und sind ganz still.

Spüren sie Dich?

Und Du erzählst mir Deine Geschichten. Nachts in meinen Träumen. Wenn ich morgens aufwache, sind sie plötzlich da. Ich bleibe dann noch etwas liegen und ohne mein Zutun formen sich Gedanken zu Worten, Worte zu Sätzen und Sätze zu Geschichten.

Wenn ich mich dann abends hinsetze schreibe ich einfach. Ohne nachzudenken und ohne abzusetzen. Es sind Deine Geschichten, die Du mir diktierst...

Und diese Geschichten machen Dich unsterblich.

Viele andere Tiere waren vor Dir gekommen und mussten irgendwann über die Brücke gehen. Sie alle habe ich geliebt. Aber außer Dir gab es nur noch meine Hexe, die mich über 26 Jahre begleitet hatte und mit der ich mich auch wortlos verstanden habe.

Ihr beide seid meine Seelentiere!

Ich freue mich darauf, euch alle irgendwann wiederzusehen.

Aber bis dahin wirst Du mir sicher noch viele Abenteuer und Geschichten aus dem Land hinter dem Regenbogen erzählen.

Und hoffentlich werden viele Deiner Geschichten meine Artgenossen ein wenig nachdenklich machen!

Dies ist das Ende Deines zweiten Buches.

Aber es nicht das Ende Deiner Geschichten...

Bis bald mein sanfter Riese, Dein Frauchen Doris

Teddy wird euch noch viele Geschichten aus dem wunderbaren Land hinter dem Regenbogen erzählen.

Freut euch darauf!